国家出版基金项目
NATIONAL PUBLICATION FOUNDATION

沈德潛全集

14

（清）沈德潛 編著

賀嚴 整理

鳳凰出版社

國朝詩別裁集卷十七

長洲沈德潛歸愚纂評　男　種松校字
江陰翁　照霽堂　長洲周　準欽萊同輯

孫致彌

字愷似，江南嘉定人。康熙戊辰進士，官侍讀學士。有《秋左堂詩》。○松坪未第時嘗爲副使，采詩朝鮮等國，極韻事也。館選後，與趙文饒同罹岸獄，幾瀕於危矣，卒以非辜得雪。後聖祖巡幸時，以獻賦復官翰林，至學士。詩筋力於唐人，無綺靡習，當時推爲作家。戊辰諸公並推重之。

江行雜詩

一舸淹晨夕，平沙艤落曛。江潮晴湧月，山火夜燒雲。黑想蛟涎出，腥愁虎氣聞。明朝牽百丈，回首白鷗群。鍊句近岑補闕，宋人使一直寫去。

鷺鷥村下路，停策弔沉淪。大義存《晞髮》，高風緬補脣。明時甘浪迹，亂世得全身。搔首嚴陵瀨，南陽有故人。《晞髮》、補脣一聯，過謝翱墓、方干宅也。五、六分承，結到嚴陵釣臺，乃見宗主。

城迴浮雲外，舟移亂石間。波光能奪月，灘勢欲驅山。過險心猶悸，思鄉鬢欲斑。君看松頂鶴，雲暝亦知還。

福州道中

指點三山近，輕雲護翠微。曉煙榕葉暗，春雨蔗田肥。野女修欆笠，溪人浣㲲衣。啼鵑苦竹裏，争道不如歸。

秋感

遼海關門百二雄，長城萬里憶先公。儲胥自有風雲護，部曲空成帶礪功。一戰龍旂勞汗馬，廿年貝錦怨藏弓。不堪蔓草祈連塚，況復銅駝恨未窮。自注：先中丞贊遼十載，嘗搴龍文大纛，鼎革四王及黄鎮南輩皆出麾下。○郭令公部曲皆封公侯，李義山咏渾瑊詩『咸陽原上英雄骨，半向君家養馬來』，詩中亦同此感也。

詠史次王玠右先生韻

南都歌舞動雲霄，回首燕臺王氣遥。燕頷何年馳鐵馬，羊頭此日總金貂。霓旌小苑明秋月，錦纜長江泛暮潮。龍虎親軍三十萬，登壇空想霍嫖姚。此見四鎮不能周防，而金貂皆歸銅臭，雖長江天塹不能守也。下章兼選優伶言之。

六朝遺恨水潺潺，金殿繁華閉翠煙。但聽臨春歌《玉樹》，不聞清廟奏朱弦。銅駝泣露飛鳴鏑，鐵鎖沉江渡戰船。虎踞山前明月在，秋風怨絶李龜年。

同晙思大年訪華天御先生

蒲帆片片帶斜暉，路轉蒹葭興不違。白露爲霜楓欲脱，澄江如練雁初飛。滄桑廿載衣冠在，猿鶴三軍事業非。回首悲笳驚日暮，新亭風景一沾衣。

感舊示魏禹平

寒燈無焰醉瞢騰，獨對遺編感慨增。複壁人曾藏北海，墓門劍許掛延陵。全家大節存忠孝，三世深交歷廢興。郭隗臺荒荆棘裏，茫茫棖觸恨難勝。自注：魏忠節公被逮，子敬先生從行。先中丞獨匿之邸舍。及忠節卒，先公盡斥衣物，佐其歸裝。延陵許劍，乃與子敬札中語也。○忠節公父子忠孝，中丞公子身仗義，三世交情合并寫來，遂覺生氣滿紙。

至江寧再疊前韻

蔽日浮雲已暫開，先秋偏覺氣悲哉。燕歸知入誰家巷，鳳去愁看舊日臺。胥靡敢期通帝夢，檻車羞比霸齊才。炎歊苦憶涼飔好，憑仗悲笳及早催。此學士脱罪後，重至金陵作也。胥靡之夢虚期，檻車之徵無望，詞近退藏，而用世之懷勃然言下矣。後之遇合，已兆於此。

同介修孟游集元夫園居即事抒懷

朱弦寥落賞音微，尊酒論心静掩扉。遮莫文章供齒頰，底須愁病減腰圍。駃騠七日堪千里，大鳥三年始一飛。醉拂吴鈎談轉劇，主人忘送客忘歸。

張尚瑗

字弘蘧，江南吴江人。康熙戊辰進士，官翰林院庶吉士，改江西興國縣知縣。○損持太史詩，風神未足，沉著有餘，猶書家之顔平原、柳誠懸也。生平宗法昌黎，故尤工古體，詩稿止鐫遊閩、粤作，今全稿散失矣，深爲惋惜。○去官後，箋疏諸經甚富，已鐫者有《三傳折諸》。

上灘

順流船似箭，逆流船似絆。衢睦地勢殊，牽輓程難算。江底清無泥，齒齒白石粲。船石相磨治，犖確冰初泮。深者四五尺，淺或未及半。牽船蹋冰行，挽衣不掩骭。膠淺篙難施，肩舁雜呼唤。已前而復却，欲迎或還扞。一灘抵數里，一里或數灘。灘灘行相續，侵曉到日旰。惶恐黯默名，熟聞心已憚。豈識瀫紋江，驚湍爾許悍。長歌《行路難》，擊楫發三嘆。起二語謡諺，已領一篇之意。後形容上灘險艱，不遺餘力，令讀者目駭心悸。灘，亦音歎，收十五翰中。

九鯉湖

艱哉觀瀾亭，所歷皆懸度。過此鳥道絶，從遊慄相顧。途危景益佳，興發情無怖。身非鄰侯骨，暫作壁間步。强半蛇螾曳，有時猱玃騖。磴斷體欲縋，根蟠足稍駐。琮琤絲竹澗，爛漫琪玗樹。擘水石雙門，掛嶺玉三柱。卻望珠簾垂，銀潢屑煙霧。直下去無幾，邅迴勞予溯。湍駛何潺潺，褰裳不可渡。長嘯向白雲，茫茫蒼靄互。徑路斷絶，緣壁而行，蛇螾同曳，猱玃並騰，服其真寫得出。曩遊黄山蓮花溝、百步雲梯，曾親歷此境。

謁韓文公祠

總角誦公文，不啻編三絶。半世味公道，無能劍一吷。維公不朽姿，薄雲貫虹蜺。謗傷與誇衒，兩者均蠓蠛。氛氳一瓣香，萬古應同爇。舉舉何未生，敢云景行切。潮陽謫宦區，偶然鴻爪雪。藉此滌炎陬，海濱斗杓揭。湖流漾清派，峰勢環飛岊。江山銜明德，臨眺心神澈。白雲飄檐楹，怳憶靈旗掣。公之行道，只在倫常日用，不特謗傷者可嗤，即誇衒者亦見之未真也。讀《原道》篇自得。次章并其弟子表之，明其鎔冶人才，有功後學。

史公識尊聖，世家表弟子。後雖未敢例，義在可竊比。濟濟伊洛徒，游揚復羅李。韓門數入室，若籍湜服喜。唐宋兩朝史，附傳共編記。匹夫百世師，坡言得之矣。配禹尚非誇，傳軻又何訾。荒荒海水南，明珠孕天水。過化遂成材，廟食芳蘋芷。虯枝侍郎木，檜楷同薿薿。

觀音巖

巨靈施崑刀，劈破青玉筍。千里插江面，削平如概準。群岡互起伏，離立車連軫。獨此琨瑶屏，截肪無粟疹。頂矗日黯黯，趾沉波泯泯。一綫裂石罅，虚中駕闌楯。香華鬘陀像，澒洞棲谷牝。淒風颯然來，猱玃度必賈。安得立三分，言從伯昏瞽。王漁洋賦此題，中云『騎危躡虚空，險絶緣鈎梯』，此云『一綫裂石罅，虚中駕闌楯』，可以互證，想見左右石壁，危闌駕壑，此岩未易登也。

彈子磯

競秀英州山，臨江多俯瞰。觀音與彈磯，巉絶奇尤占。劃然千仞壁，削出長天塹。鴻蒙開闢時，鬼斧安施鏨。虯柯縷絡之，蒙茸紛碧紺。乳竇小於拳，纍然不容甑。相傳廣明賊，彈落金丸陷。雄非天山矢，險異蜀門劍。但見灘流駛，湍急不可纜。懷古夫如何，寒風江湛湛。漁洋《南來志》云：『彈子磯懸崖千仞，如洞如厂，斧鑿鐫鑱，擬於鬼神。』詩中亦可互證。廣明賊，未詳。

仙霞關

七閩路與中原通，怪事咄咄驚天公。岡連嶺複雲樹叵，飛鳥不度猿猱窮。微茫一線走絕壁，誰鑿溟涬開鴻濛。二十八盤尤斗絕，路難直似摩蒼穹。王公守國天設險，崤函轘轅自古崇。茲豈小巫怯百二，偏隅冷落箐篁中。正恐五丁力不到，無諸倔强憑巃嵸。爾來文物盛唐宋，舟車衢信當要衝。虵形蟠曲甃磴道，史浩於此開榛叢。宋明王孫兩遺種，哀哀望帝啼鵑紅。日者井蛙跳涔水，高擁黄屋彎朱弓。陰平夜縋渠帥縛，崑崙電掃巢穴空。雖云負固不可恃，車箱箭筈名益隆。熱行五步一回首，僕夫告瘁心神忡。殘旗折戟渺何許，故壘瓦礫餘蒿蓬。淙淙飛泉下幽壑，鞭衝百道鳴豐靐。迴谿互證前路失，恍惚七聖迷崆峒。南風不競自天道，嗟哉豎子時無雄。欲呼真宰鏟疊嶂，永俾灌莽無伏戎。左鼓右旗列几案，拕舟舁轎從西東。懷古登危重興歎，溟茫襟袖侵霧雺。仙霞關爲閩越扼要，界高二十里，爲級三百六十，曲二十二。宋史浩所開闢也。康熙中，逆藩耿精忠謀越此關，制府李之芳以兵遏之，卒以就禽。中一段正指其事，縱橫排奡，一氣蜿蜓，得昌黎之氣骨。

查　昇

字仲韋，浙江海寧人。康熙戊辰進士，官至少詹事。著有《澹遠堂集》。○宮詹書法得董文敏之神，入直南書房時，聖祖屢稱賞之。

訪吴采山不值

秋水乘孤艇，沿緣亂葦間。時看黄葉落，境共白鷗閒。林影溪邊屋，鐘聲雲外山。故人今不見，月出棹歌還。

過浦口和清字

公路浦口浦水清，甘羅城外征人行。大河直下千萬里，哀雁差池三兩聲。南國浮雲天際滿，異鄉秋草夢中生。側身四望渾無盡，新月江關一片明。風格亦從杜出。

陳丈樸庵招賞牡丹，同人即席分賦得明字

金谷何如蜀錦城，放翁舊譜閲《天彭》。置身富貴何須早，到眼雲霞覺倍明。丁字簾前圍蝶翅，午時畫裏驗猫睛。風流共憶《清平調》，合座春光醉玉罌。牡丹用富貴字最易近俗，此翻用之，轉覺其雅，死活之别也。《埤雅》載，人得畫牡丹與猫一幅，莫辨精粗。識者謂花枝哆而色燥，此正午時花也。猫眼黑睛如線，此正午時猫也。猫旦暮目睛圓，日午漸狹長，正午則一線矣。用來恰好。上一句以繡毬作陪襯也。

八里莊

斷井冰膠汲水痕，炊煙三兩不成村。客嫌南語呼難應，門對西風火不温。白月荒途深夜柝，黄沙野菜雜蔬盆。耳邊俄覺秋濤捲，卧聽駑駘齕草根。

陳大章

字雨山，湖廣黃岡人。康熙戊辰進士。著有《玉照亭詩鈔》。○楚風舊沾鍾、譚餘習，後又變爲凌厲，芒角多而性情隱矣。作者矜平躁釋，一歸恬和，可以覘其所養。

九江夜泊

解帆及夕陽，繫舟傍枯柳。天低九派流，浪抱孤城走。奇峰插斗南，雄勢壓江右。雲中五老人，見我時招手。静夜冷魚龍，古戍沉刁斗。欹枕不成眠，且飲潯陽酒。舟中望見五老，轉云五老招人，如此用筆，便覺靈活。

甕山拜律耶文正公墓

林轉河陰長，遥峰粲可數。迤邐得甕山，嶔嵌若覆釜。劫火土一抔，英靈耿萬古。元祖昔龍興，戎馬日旁午。微公濟世心，斯人盡豺虎。荒祠香火微，斷碣聚鼯鼠。漠漠望秋雲，含情空激楚。律耶楚材，遼之裔也，輔元祖有濟世功，予遊西山，曾拜其墓。

王文成紀功碑

碑略云：正德己卯，宸濠叛，稱兵向闕，破南康九江，攻安慶。臣以列郡兵復南昌，宸濠擒，餘黨悉定。天子聞變赫怒，親統六師臨討，遂俘以歸。末云：式昭皇靈，嘉靖我邦國。時庚辰正月也。明年，嘉靖入繼大統，果符其讖。先是，公將獻俘闕下，江彬等檄令縱之鄱湖，俟上親戰，而後奏凱。公不得已，間道入杭，以濠授張永，遁入九華山。隨補奏，序彬、永等功上之，然公卒無賞。嘉靖初下其議，乃起爲南京兵部尚書，封新建伯。

武皇巡遊不知疲，朝御豹房暮京西。群狐跳梁嘷且舞，摇摇九鼎一髮危。宸濠釁踵寘鐇起，盤結肘腋成窮奇。堂堂孫許仗節死，孫中丞燧、許按察逵。東南傾刻翻潢池。虔州中丞屹柱石，忠義憤發非人爲。同時幕府盛才傑，太守伍、邢諸公。戮力共豎天王旗。黄石磯前一再戰，掃除凶焰無孑遺。事不浹旬功再造，隻手半壁扶坤維。當時廟謀亦癡絶，露布已上重誓師。天子自將佩將印，六軍雷動江淮湄。謗書何止盈一篋，當關虎豹皆狐狸。深謀豁達格神鬼，苦心退託隨髡緇。開先寺前七佛碣，旁有大字鐫崔嵬。《雅》《頌》嚴正揭日月，蝌蚪錯落拏蛟螭。改元兆讖實天啓，酬庸錫爵開禎期。平原之書次山筆，千載以後非公誰。昔從流傳看搨本，頃來石壁瞻豐碑。公之英烈傳萬古，求之翰墨蓋已卑。區區群兒肆口舌，劒首一吷終何施。嗚呼，奇人奇功不世出，使我摩挲再拜興嗟咨！宸鐇，安化王也。先宸濠反，楊一清、仇鉞討平之。○王守仁禽宸濠只三十六日，時安邊伯許泰、太監張忠等皆受宸濠賄，恐守仁見上聲其罪，轉言守仁先與宸濠連，後乃變計。武宗知其忠，不信。復言其必反，多方沮抑之。守仁先以宸濠付張永，既乃入九華山僧寺待罪，得免。詩中直陳始末，作傳讀可也。

登小孤山

蜀江萬里浮鴻濛，洞庭勢挾彭蠡雄。小孤突起插天半，百川砥柱爲之東。磴道虛無動寒色，漁舟一葉傍絶壁。蛟鼉正晝吼風霾，泱漭孤雲天地白。參差樓觀麗朝霞，繡髻珠鬒顔如花。陰巖咫尺蓄雷雨，怪樹千歲盤龍虵。吴楚雄關此第一，折戟沉沙莽蕭瑟。憑闌決眥倚半酣，盡捲乾坤入詩筆。隔江清靄有彭郎，銀河帶水遥相望。舟師招手聞絶叫，急趂南風過馬當。小姑嫁彭郎，東坡偶然戲筆，後人輒以此相謔，殊可笑也。此出以端重之筆，能脱窠臼。

送胡卜子南歸

春光叫徹栗留音，贈别何堪折柳吟。空説高臺收駿骨，祇應敝帚享千金。五更風雨窮交淚，驛路鶯花故國心。白雉岡頭荒圃在，未妨述作老雲林。

次韻姜西溟秋日雜感

珥筆頻年在石渠，一囊官粟百無餘。自注：君久與史局食俸，而未得官。伯鸞本不因人熱，中散從知與世疏。尺蠖屈伸存我法，蝸牛負戴亦吾廬。短檠取次新凉入，珎重窮愁且著書。

戊子生日書懷

少日淩兢履畏途，抽身雲水補桑榆。負薪未便慙翁子，學句猶能傲達夫。勛業盡拋青瑣客，形容尚類列仙癯。蕭條四壁空無有，新挂廬山瀑布圖。自注：時有遊廬山之意。

觀化久師齊物叟，忘機甘作灌園人。熊魚自古難兼味，木雁中間可置身。野艇籠煙催放鶴，斷槎欹石坐垂綸。一編最愛襄陽傳，聊爲清時備隱淪。

陸寅

字冠周，浙江錢唐人。康熙戊辰進士。○冠周，高士麗京之子。麗京出亡不歸，冠周訪父，幾徧宇内，終不得，幽憂畢生。少歲即有豫章拔地之勢，遭困厄，詩品愈高。刊文集時，名未成也。戊辰後詩無刊本，故未得見。

岐路行

出門竟何之，東西南北皆路岐。僕夫執轡馬躑躅，驪歌一聲聲最悲。道傍桃李似惜别，飛花故撲金屈巵。人生目前貴適意，不如還逐屠沽兒。兄袁盎，弟灌夫，相逢自負高陽徒，樗蒱百萬能呼盧。朝金張，暮許史，拔劍欲爲知己死，眼前誰是嚴仲子？

宣德箭歌

丁巳夏，余客長安。市有鬻爬背麻姑爪者，視其桿，有『宣德八年，餘干縣所貢竹箭』字。後無所用，散落民間，改爲爬背之具。余乃作歌。

長安城東礨廢箭，故老欷嘘萬人看。金鏃敲殘鼓鑄鋒，鴉翎落盡丹黄變。棄擲風塵未嘗試，老桿分明宣德字。珎惜曾教武庫藏，標題尚識良工製。高皇昔日戎衣著，劒埽妖氛定雄略。已見蒲稍入大宛，更聞蒟醬開邛筰。茫茫九服初通貢，竹箭東南待弦控。包茅常例豫章來，司空檄取官胥送。貽謀孫子但垂衣，夜夜黄星護紫微。三殿日高香不散，上林花暖燕群飛。夕烽并罷平安火，服御深宫無一可。青甆燒出碧雞成，熏鑪製就黄金裹。内家擎獻龍顔動，流落人間至今重。金馬銅駝倏已非，石砮楛矢成何用。只今新製逾工巧，故物休言舊時好。猛將難調神臂弓，仙人且代麻姑爪。君不見，銀泉山下草蕭蕭，狐兔秋原正寂寥。仰天大笑羽毛落，一箭穿雲看射鵰。明自宣德後，武備漸弛，至正統而有土木之變矣。從廢箭中發露此意，點入宣窑、宣鑪，不同閒筆。

秋日憶家大人粵遊

又見秋風動，蘆花江渚飛。忍看時序變，猶與老親違。遠信無他語，深情祇望歸。應憐揮手日，兒女共牽衣。真摯近杜。

自笑

自笑桑弧志，天涯只布衣。到家翻是客，逆旅豈如歸。白日從愁盡，青山入夢非。緘書與僮僕，爲掃釣魚磯。五、六寫盡作客人心事。『青山入夢非』，即『夢裏還家不當歸』意，此覺更簡。

錢塘懷古

祠廟吴山草木凋，蘆中窮士舊吹簫。眼看吴市東門甲，怒捲錢塘八月潮。烏喙竟能亡敵國，魚腸應悔刺王僚。錦帆一片風流盡，白馬紅旗浪裏招。東門，《史記正義》謂鱔門，即鮃門，後改葑門。子胥云：『懸我目於東門之上，以觀越寇之入也。』悔刺王僚，見位傳僚之子孫，越未必滅吴也。前此無人道及。

秋日雜感

翹首天涯那可憑，丹楓一望淚初凝。却羞軹里逢嚴遂，曾否夷門辱信陵。攬鏡未應頭似雪，埋憂不辨酒如澠。棹歌且逐中流去，蕩槳操舟我亦能。領聯見不逢知己意。

沈名蓀

字磵房，浙江錢塘人。康熙庚午舉人，選攸縣知縣，未赴。著有《梵夾集》。

○漁洋《香祖筆記》中載門人沈磵芳詩話三則，本字磵房，《筆記》中應誤書。

題畫册

篷開獵獵風脚，舵曳瀰瀰浪痕。杜宇飛邊蜀道，哀猿啼處荆門。遠紅夕照千里，濃緑垂楊幾村。已到落帆亭下，客心還怕黄昏。六言律詩，偶備一格。

去京師

望望南天雲樹迷，滄浪仍卧釣魚磯。誰言京洛緇塵滿，我獨還家是素衣。予《詠白燕》末二語云『京洛何妨共棲宿，素衣未必化爲緇』，有同心也。苐磵房寫懷，予則託興。

丙戌榜前夢羅昭諫見過

鵠袍烏幘一先生，刺寫江東給事名。八百年來成把臂，可能同訪舊雲英。自注：昭諫有《贈舊妓雲英詩》：『我未成名君未嫁，可憐俱是不如人。』

湖磯歸理釣魚蓑，收拾從前淚點多。笑煞江南村使者，有名金榜便如何？自注：『淚擬何門落玉盤』，昭諫句。江南有使來聘越，不知有羅給事，問何以故，曰：『只爲金榜無名，所以不知。』

惠周惕

字元龍，江南吴縣人。康熙辛未進士，由翰林院庶吉士改授密雲知縣。著有《研溪詩集》。○研溪先生受業於堯峰汪氏，故詩格每兼唐宋。然皆自出新意，風神轉佳，不似他人摭拾宋人字面，以爲能事也。生平邃於經學，貫穿融浹，亦不苐以詩家品目之。

出門

饑寒逼腐儒，顛倒作奇想。長安遠於日，無故思一往。曾聞丈夫雄，咫尺視天壤。豈知適千里，三月費勞攘。爲裝迫旦暮，無乃太鹵莽。蕭然一室中，何物是行幣。念此壯心摧，低佪轉悒怏。出門心事，爲起手十字道盡。然能抱道守拙，飢寒亦不能逼也。

浮雲翳清晨，孤帆雨初注。結束上高堂，迴遲更千慮。苦心發懽顔，但道舟楫具。小兒不知愁，牽衣乞同去。不忍與明言，多方使之誤。送行雜親朋，刺刺語及暮。風急雨漸稠，篙師發微怒。郎今何多談，明日誰與訴？

夜坐有懷

青天如澄江，片月初洗出。草光露離離，樹影風瑟瑟。寒更夜點疎，驚羽孤飛疾。惆悵不成眠，懷人坐終夕。簡極、高極。

從赤城至國清寺

千山萬山渺何處，墖影層層國清路。斜陽林外送微風，布襪蕭然躡雲去。寺外澄潭一鏡圓，連漪倒浸青蒼山。長松蜿蟺落潭底，白日疑有蛟龍眠。泉聲曲折引我入，菩提一樹高摩天。龐眉老僧可人意，爲我掃石開禪關。匏樽酌茗薦瓜果，野味足洗官庖羶。坐來庭徑轉岑寂，脩竹杳寮聞清猿。北窗跂脚許高卧，冰簟蔭借青琅玕。始知物外即幽曠，化城何必離人間。念昔平生俱道長，行驂劫劫無停鞭。三年席帽客京國，口識甘苦難爲言。今歲崎嶇浙東道，水浮陸走行三千。自注：自錢塘、太末、永嘉，至台州，將出紹興，計三千里矣。人生如此竟何爲？空使慘戚凋朱顔。誓從今日抉塵網，山深林密行盤桓。桃花流水跣足渡，嵬峨半醉來參禪。但寫國清之幽曠，易於平直。得平生道長一段，以往日之艱辛，襯目前之游衍，彌覺脩然物外，趣味無窮矣。七言古須於平直中尋出曲折。

贈維揚顧書宣

維揚顧子文章雄，渡江問我清溪東。入門一見便驚絶，袖底詩卷光熊熊。造次手攬讀未徧，齒牙陡覺生清風。君言學詩二十載，前後正變差能窮。人生眉眼不自見，願以妍醜煩青銅。余時怵惕未敢荷，君才何健詞何恭！吾身貧賤困荆棘，竊弄筆墨吟三冬。一言落紙與俗忤，口排吻擊轟兒童。邇來讀書但自省，得失豈暇争雞蟲。聞君議論復感發，如瞽得相行有節。君才趫捷實倍我，何以屬我相磨礲。乃知賢者不自伐，虚襟苦抑由中充。從今尊酒托末契，女蘿裊裊緣長松。得聞君善我必勸，若遇我過須君攻。昌黎韓子昔有語，終始相合如駏蛩。君今别去正秋暮，得句幸寄南飛鴻。『眉眼不自見』二語，妙喻不減東坡。

同諸君興聖寺看杏花

誰剪明霞散山曲，千枝萬枝紅簌簌。五家合隊麗人行，杜老曹騰看不足。聊憑杯酒添春酣，烏帽欹斜尚可簪。客路心情似春雨，晚來和我夢江南。必徵引杏花典實，便是笨伯，妙處正在離即間也。然得此解者甚難，若竟以不切爲能，則又誤會其旨矣。

再賦一首示耑木及同游諸子

西勾之西花爲國，暈碧裁紅鬬顔色。杏花今歲開獨遲，不共棠梨作寒食。嫣然一笑破寺中，恰似詩人在遷謫。嬉春寶馬空當當，盡是看紅不看白。看紅看白，遺山語。楊郎愛惜攜酒過，花欄日底相婆娑。清香泥人著裀席，酒鱗瀉影摇紅波。花如有情解留客，到手莫負金叵羅。春風去矣緑陰合，明日花老君如何？正值改官縣尹時，隨所感觸，俱成妙語，按其詩稿中知之。

夏日寫懷

自從飛鞚到人寰，最憶城南香水灣。旅舍一涼來好雨，竹牀昨夜夢青山。藕花風繞湖三面，紅豆陰輸屋半間。更有西鄰垂白叟，來言玉桂待同攀。

重九潘長公恬庵昆仲招同魏蒼石飲太白樓分韻

天圍睥睨擁南樓，畫棁飛甍俛濟州。千載尚餘高士蹟，一尊今續酒人遊。碧雲淡日黃花節，紅樹西風白雁秋。客裏放懷須酩酊，莫教棖觸故鄉愁。

敝裘 和查夏重

一番淒風促暮砧，漫傾殘笥付縫紝。絲紋斷續難容綫，毛理稀疎不受鍼。猶有餘溫勝短褐，還將獨夜抵重衾。歲寒惟爾堪相倚，忍爲豐貂易素心。一結見用意之厚，待物、待人，俱如此矣。推而廣之，詔求故劒，亦是此意。

再用衣字韻 悼亡妾趙氏

春時初嫁秋來病，九月東遊我未歸。獨擁寒衾壓鍼線，辛勤還爲寄冬衣。

年來無夢到彤扉，臥聽三商玉漏稀。記得去春風雪夜，添香喚我著朝衣。

棹歌

秋光瑟瑟半江紅，花事闌珊到水葓。昨日芙蓉今日老，一年生怕鯉魚風。

楊中訥

字顓木，浙江海寧人。康熙辛未進士，官春坊中允。

高郵道中書事

秦郵幾帶盡荒蕪，清水潭連甓社湖。草舍寒煙何處在，貧家斗粟料應無。空懷憂國長沙淚，難繪流民鄭俠圖。聞道今年秋正熟，官租想已半追呼。

陳鵬年

字北溟，湖廣湘潭人。康熙辛未進士，官至河道總督，謚恪勤。著有《滄洲詩集》。

述憤次李崆峒韻

攬鏡歎疇昔，我生良不辰。遭逢承平世，罪戾蓋有因。束躬待斧鉞，奄忽彌十旬。天怒諒可回，恩波浩無津。巽命重遲迴，已足感臣鄰。永念衰病母，江湖隔昏晨。恐懼心膽碎，雨泣鼻酸辛。上有聖明君，下有垂白親。此爲制府彈劾後作於獄中，不忘君親，可以想其胸次。○崆峒爲劉瑾所陷，有《述憤》作，故恪勤追和之。

新春雜感次韻和中山

鐵瓮城邊路，金焦江上山。蛟螭蟠地軸，豺虎踞天關。皎日群陰散，春風十畝閒。煙雲儼圖畫，蠟屐好躋攀。恪勤兩次爲制府參劾，待罪京江，故稿中京江詩獨多。

京江雜詩

傑閣俯城陰，闌干每一臨。曲阿秦郡縣，北府宋園林。山色分吴楚，江流自古今。春風滿天地，無限望鄉心。

送静庵僧之五臺結夏

五月正炎熱，山寒不可勝。好將雙赤脚，去踏萬年冰。虎石階前伏，龍雲盋底興。欲隨飛錫住，松雪路層層。

江干

愁雲毒霧鎖江干，院落沉沉晝景寒。貔虎千重森鐵瓮，穹霄何日下金竿。迢遥肺石呼難徹，寂寞丹心淚已乾。蟣蝨一身天萬里，仍依北極望長安。忠愛之忱，時時流露，故終免於難。

與許謹齋都諫夜話

琪樹琳宫鎖寂寥，逢君燒燭坐寒宵。三春華髮棲江表，五夜丹心戀聖朝。禁闥似聞憐讜直，湖山自合老漁樵。鯉魚風裏桃花水，共聽南徐早晚潮。時公詩有『鷗盟』字，噶制府奏其連結海寇，必欲致之於死，猶東坡詩之詠檜也。賴天子仁聖，明其無辜，而公亦瀕於危矣。詩中『似聞憐讜直』，應指此也。

移寓城南草堂紀興

北堂遥隔楚雲西，遠近浮槎理亦齊。豈有園官供菜把，仍催稚子樹雞栖。寄奴井在泉堪汲，丁卯橋荒路不迷，比似成都留杜老，居人指是浣花溪。此在京江時移寓，玩其詩意，若欲終老於此者然。

冬日感懷

河淮重寄寵旌旄，方略頻傳霄漢高。中夜扁舟偕畚鍤，經年匹馬狎波濤。廟堂正切宣防計，簿領仍懸撫字勞。漸看海疆今沃壤，桑田兒女獻春醪。此爲從事河工而作，乃當日事也。下二章追念前事。

清時稽古獨優崇，詔許諸儒集禁中。花發上林春窈窕，雪晴阿閣日曈昽。直廬夜檢青藜照，講幄朝呈《白虎通》。痛定湘纍慙報國，皁囊無補但雕蟲。此懷武英殿脩書而作。

平生夢落五湖邊，竹馬重來事黯然。蠲賜歡聲方動地，滯淫秋水又浮天。東南財賦無籌策，士女嬉遊有歲年。春樹萬家煙霧裏，白公隄上每流連。此懷治吴舊事而作。公先爲郡守，後署分藩，故有『竹馬重來』之語。

黄叔琳

字崑圃，直隸宛平人。康熙辛未，賜進士第三人，官至吏部侍郎。○崑圃先生愛才如渴，聞人一長，必稱揚之，使之成名，蓋宰相心事也。年十九登第，後庚午、辛未諸舉人、進士，兩詣其第，稱後同年讌會，誠熙朝盛事云。

柏林寺觀李晉王畫像歌

沙陀懷古趨僧舍，駐馬柏林還看畫。素綃拂拭生輝光，神威凛凛須眉張。紅袍玉帶結束好，唐季英雄一目眇。當時角立有朱三，百戰干戈人易老。國讐未復留遺恨，破碎山河安足問。莊明帶劍左右立，錦囊盛矢受遺訓。誰歟寫照妙入神，李家父子俱天人。鷹揚虎視空一世，經營慘澹傳其真。千載留貽歸浄域，世無別本須珍惜。捲圖四壁起英風，想象沙場萬人敵。寫出晉王英氣勃勃，錦囊三箭，宛然在目，非此詩不稱此題。

送孫文博之雲南省覲

此去行歌《陟岵》詩，短長亭外柳如絲。雨過山驛雞啼竹，風送江程狖挂枝。花下迎親依曉署，尊前憶弟夢春池。可能裁得相思錦，六六紅鱗寄莫遲。

高孝本

字大立，浙江嘉興人。康熙辛未進士，知涇縣、績溪。著有《固哉叟詩》。○固哉作令，鋤强梁，平冤獄，振興文教。以不善事大吏去官，後徧游名山以終，兩邑人春秋祀之。

没字碑

山巔樹石表，雷雨終不歌。捫讀了無字，傳是秦皇碑。東封銘功伐，曷詔丞相斯。或云藏金策，石函外覆之。亭亭霄漢間，觀者徒然疑。祖龍昔多詐，兹意諒可知。六籍既已燔，焉用文辭爲。將以愚黔首，徒令萬古嗤。《没字碑》向無實指，此以焚書愚黔首意實之，應爲定論。

登華山

萬古神靈嶽，三峰鎮雍州。首陽曾北裂，星宿此東流。臺駐軒皇蹕，天垂白帝旒。行攜九節杖，長嘯訪丹丘。

誰開千尺峽，斷處若相連。豈有丹梯接，惟憑鐵綆懸。猿攀巖倒上，鼠伏穴傍穿。自度車箱谷，飛昇傲列仙。劉君東郊述登華之險，全憑鐵索。鐵索以上，復用倒攀旁穿。詩中兩聯真寫得盡！

直到神仙窟，陰陰紫翠濃。希夷雲際卧，毛女樹邊逢。二十八潭水，五千餘仞峰。煙霞都踏徧，欲跨兩茅龍。

贈王山史先生

紫氣行看近，重重嶺上雲。山尊秦二華，名重漢三君。獨鶴亭初到，如鸞嘯乍聞。欲依張楷市，可許一廛分。

鹿忠節公祠 鹿太常善繼。

自是胸藏十萬兵，提戈出塞事無成。廟堂不惜封疆壞，門户惟知水火争。辛苦四年隨相國，倉皇一死殉危城。白楊風急祠前樹，猶作金戈鐵馬聲。

姚弘緒

字起陶，江南華亭人。康熙辛未進士，官翰林院編修。著有《招隱廬詩》。

送閻荆州終養歸中州

驪歌聽罷惜離群，折柳春城倚晚曛。日下重君能愛日，雲間愧我尚瞻雲。霞觴味並金莖賜，綵袖香從玉殿分。聖主恩深親未老，好承庭訓答明君。三、四自然雅切，不入於佻。

程文正

字范村，江南江都人。康熙辛未進士，官工部主事。

采石李翰林墓

蒼蒼松柏繞層岑，謝眺青山葬翰林。天子呼來猶得謗，世人欲殺亦知音。煙迷墓杳漁樵路，月照樓空江海心。鸚鵡鸕鷀杯杓好，死生有約酒星沉。若世人不欲殺，是以尋常待之矣。語極警、極快，若黄九煙見之，必采入《驚天集》中。

錢王廟

霸業分星占斗牛，當年氣蓋海山秋。三千客自知羅隱，四十州空問貫休。鐵箭尚藏遺廟在，錦衣誰似故鄉遊。殘碑有字還堪讀，玉局鴻文筆力遒。三、四本事作對，天然名警。

姚士陛

字別峰，江南桐城人。康熙癸酉舉人。著有《空明閣集》。

月夜泊慈水

舟泊聞宵柝，鄉心正鬱陶。岸蟲秋老急，江月夜深高。兒女懸雙淚，年華送二毛。嗟余悲失所，踪跡獨勞勞。

送五弟

自注：時欲遊蕭山。

宦遊記汝懸弧日，一瞬滄桑十八年。早歲負薪廉吏後，重來衣葛故人前。出門含淚離慈母，長路衝寒值雪天。好認荒祠拜先子，江郎橋畔古壇邊。別峰考作令蕭山，其弟生長署中，故有『重來衣葛』之語。

有懷

但分離處即天涯，若個離家不憶家。自笑欲歸歸未得，也將歸信卜燈花。

顧圖河

字書宣，江南江都人。康熙甲戌賜進士第二人，官翰林院編修。著有《雄雉齋集》。○太史韻語都從性靈流出，無一言依傍，鄙意深喜。但所得詩只二卷，未見全帙。從前與令嗣善不及一借，今令嗣已成古人，可惜也。

攝生

保國釋外懼，攝生留小疾。朽索馭羸馬，徐行百無失。中踈固其衛，獲少靳其出。割慾如守疆，謹身如縛律。不讀黃老書，淵冰宜戰栗。自恃强健，每易傷生。留小疾，正以攝生也。固其衛、靳其出，得老氏精蘊。

任運

善走須得途，邪徑不可行。善博須得盧，不關人力成。達人期任運，世路誇趨營。百慮輸一忘，百巧輸一誠。不見信天翁，亦得全其生。慮輸於忘，任運也。巧輸於誠，任運中有工夫在，更說得密。

息交

君子如春風，可愛不可竭。小人如酒顔，但得暫時熱。急弦莫浪彈，一彈弦一絶。市交莫浪交，中路難固結。惟當同心人，可與論金鐵。狀小人之交，喻新而確。連上二章，皆閱歷有實得語。

諸葛銅鼓

武侯未築祁山壘，先出偏師渡瀘水。人言孟獲不足擒，股掌玩之徒戲耳。豈知北伐用南夷，正欲中原掃讐耻。僰人笮馬供鞭驅，羅鬼烏蠻皆效死。至今銅鼓散山谷，嵩户流傳尚誇侈。精銅其質革其音，想見援枹兵四起。鳥虵龍虎倏離合，戎機萬變人難擬。曾傳八陣有遺磧，更説旗臺餘故址。此鼓千年尚宛存，血戰消磨土花紫。君不聞，定軍山下陰雨中，山鳴雷動聲隆隆。埋鼓鎮蠻功未畢，反旗走敵恨無窮。公之平南夷，正爲北伐計也，議論正大。寫銅鼓處，亦有色有聲。

斷硯歌爲姜西溟先輩賦硯爲家梁汾舍人擊碎

姜侯硯小纔如掌，玉膩金清世無兩。隃麋發采宣毫爽，酒半傳觀各誇賞。舍人怒起奪之急，嫚駡何堪一錢直。奮搥頓似玻瓈拆，滿座失聲留不得。物之成毁有由然，舍人辯口方便便。君不見，姜侯醉作草聖狂而顛，怒猊跁跒龍蜿蜒。又不見，姜侯著書卷幾千，抵突虓固追談遷。脱手便有風雷纏，廟堂頗復急此賢。諸公百僚厭其巔，禄米不救飢窘煎。焉用此石空鑽研，羈窮白首默自憐。嗚呼，胡琴摔破不復絃，唾壺口缺那更全。姜侯乃煎麟角鳳觜之膠重綴聯，玉蜍吐水調松煙。摩挲自謂石可田，石鄉可遊吾老焉。借舍人口中極抒憤懣不平，歸到姜候恬然自安，尤見身分。若無此結，易流於麄。

天平山

山遊窮日返，絶勝數天平。偉石皆人立，欹崖忽鳥驚。僧龕雲共住，樵路鹿兼行。耳畔猶虚響，淙淙落澗聲。

吕履恒

字元素，河南新安人。康熙甲戌進士，官至户部侍郎。著有《夢月巖集》。

○少司農時，言詩者多欲尊宋祧唐，而作者志趣不但不落唐以下，并蘄追六代以上而從之，可云特立獨行者矣。今後人之詩，尚能篤信家學。

斫榆謡

天謂我民何？夏不雨，秋不雨，春無麥、無禾。取彼斧戕，榆則有皮。叶。長吏見之，怒形於顔。趨伐其樹，盡其根於田。將報上官，曰維豐年。意古、詞古，但如此長吏，今之所謂良臣也。

言詩

詩至唐，菁華竭矣。後人取其糟粕，醲而漉之，知不復醇也。乃更雜以醯醢，氣索味變矣。今之有志者，盍力爲防焉。

唐虞有賡歌，言志始爲詩。渾噩元化裹，包匭理無遺。飲食以爲質，采色安所施。有娀既以衰，文質將析離。周《雅》啓其鑰，楚《騷》蕩其涯。役精實有物，雲表發高思。蘇李綴遺響，齊梁多蕪辭。卓哉栗里子，清真乃得之。杜陵忠厚人，情深文亦奇。奈何李供奉，獨賞謝元暉。風騷以後，獨標陶杜，此卓識也。小謝非不佳，然謂之名家則可耳。一序極佳，近人久不敢開此口。

祖越寺至羅漢洞

空山寂無聲，鐘磬自生響。宛轉松石間，忽來雲鳥上。筋骨未遑安，耳目已豁朗。巖腹正中穿，出入隨俯仰。混沌誰開鑿，玲瓏非意想。仰視縹緲峰，天表撐一掌。其上有飛觀，安能度袤廣。自非餐霞人，邈然不可往。『出入隨俯仰』，五字寫盡穿洞神理。

牛口谷

虎頭巖，牛口谷。山農斤斧入林木，取材爲炭充官屋。命與豺虎爭反覆，里胥坐門催軍粟。箕斂斗會麥千斛，鳩聲未已索食肉。終歲許許，不寧邦族。入門手足成皸瘃。皸瘃不足惜，擔負入縣，詰旦歸來庤芻菽，老者欲死少者哭。爲問哭者何所欲？願地勿生山，山勿生木，不然寧葬豺虎腹。羨彼鰥寡與孤獨，一身委壑，心無繫屬。『願地勿生山，山勿生木』，想奇矣！末并羨無告之四民，痛楚何似？倘有觀人風者，尚其采之！

長歌行送友人遊大梁

君不見，秦川客子曠世之逸才，吟詩百篇酒百杯。但見飲盡市中酒，不知詩似黄河天上來。瀚海鵬飛蔽日月，龍門鱣起隨風雷。華嶽三峰在脚底，蹴踏萬里崑崙摧。三光不舒神鬼怒，帝命文鬼施禁錮。極之所往吾道窮，東西南北遊何處？洛陽古都會，才子如星布。賈誼長沙死，蘇秦燕國去。後來者誰可與言？東里之嚬邯鄲步。我生在窮谷，白首事章句。與君相逢松石暇，感君却扇一迴顧。婕好羞見邢夫人，低頭下泣不敢妒。我織流黄，君織紈素。五色爲章，不如衣故。思公子兮未敢言，怨美人兮恐遲暮。浮沉誰許青雲交，莫問悠悠彼行路。以兹傾倒忘饑渴，歡娱過景參商闊。千里相思共秋月，明明在天何可掇！惟有春風知我心，一夕吹君來潁陰。潁陰西望鄉關遠，白雲無際山沉沉。箕山之巔，大嵬之岑。芳草清和，夏木蕭森，可以與君握手而登臨。胡爲杖策大梁去，别恨還同河水深。況復今日人間世，朱亥侯嬴不得意。但飲千鍾酴醁酒，莫問十年不平事。解我囊，治君裝。薜荔衣，芰荷裳。浩然氣吐青天上，下視俗物都茫茫。朽腐神奇亦何常，錦繡文章皆粃糠。水雲山木生光芒，長歌歇，天蒼蒼。友人先遊西北萬里之外，後相與會合，極服其才思之高。旋又往遊大梁，恐今日之大梁，雖朱亥、侯嬴，莫能遇合也。蒼茫飄忽，泯承接段落之痕，近人無能爲役。

闕門行自注：新安，一名鐵門。

哀陳公也。公諱顯元，楚之蘄州人。崇禎壬午令新安，以息民爲治。時洛郡失守，屬城邑皆隳，公率民登鐵門砦，日夜守障，不爲動。賊檄公，公碎其檄，大罵。賊怒，并力攻之。砦啓，無少長皆屠。公走且呼曰：『糾民守死者，縣令也。宜殺某，勿苦我民！』賊不顧，公持其刃，呼益急，遂殲焉。其子某亦遇難。遺民三十六人，爲負土築墳，予聞諸父老云。

澗水奔山齧石根，逆流百折趨鐵門。鐵門山上壘培在，居民曰是陳公屯。瓦礫崩翻燒黔黑，荒塚草白天黄昏。猶傳壬午世反側，函谷關潰無完邑。我公陟巘闢巉石，率民堅守勿降賊。賊移檄文謂公語，彈丸區區何自苦？公揮礟石擊賊軍，雙眥俱裂詈狗鼠。黄巾萬衆并牛力，飛鏃滿眼天地黑。累卵難支巢樹傾，蒼顛黄口遭刲磔。更張空拳無所懼，齾齦血頸僵不仆。同時哲嗣亦罹殃，遺民負土營雙墓。吁嗟乎，天柱地維昔崩摧，金城鐵甕空崔嵬。北門鎖鑰墮燕薊，上東門亦軍延開。迎降倒戈滿眼是，公獨守死何雄哉！春來杜宇猶啼血，瓦棺不朽常山舌。落落青松三尺堆，常照嵩峰萬古月。

早發褒城

旅客聞雞早，征車發驛亭。江城摇落月，石棧出寒星。林啓前村白，天迴遠岫青。七盤關下水，幽咽不堪聽。

梁州

蜀道天難上，梁州路已遥。岷嶓蟠北戒，江漢導南條。落日七盤嶺，晴天萬里橋。獨留懷古意，歌哭未能銷。

留别漢南諸子

白起城邊草，年年怨别離。漢王臺上月，夜夜照相思。岐路自茲去，故人何處期。涔淫數行淚，東盡漢江湄。茲取其格，不在語言之工。

棧中

九折征鞍一敝裘，壯遊心曲在梁州。山當子午縱横處，水落褒斜日夜流。秦氏餘威碑字滅，漢家殘燒石痕留。昔年義舍勞尋問，衰草寒煙見旅愁。前七子中近李北地。

潼關用崆峒原韻弔孫司馬

漢京形勝枕雄關，指顧山川一掌間。地險半開函谷月，天青唯見首陽山。中官催戰來何疾，司馬揮戈去不還。萬古黄河流血淚，春風慘澹旅人顔。弔孫傳庭也。傳庭幾滅寇，因天雨催戰而敗。傳庭死，而明亡矣，一結深惋痛之。

金川門詠史

金川北望日黄昏，聞道燕師入此門。不見古公傳季歷，祇知太甲是湯孫。風雷豈爲鴟鴞變，江漢難招杜宇魂。南渡降旗何面目，西山省恨舊乾坤。議論正，音響高，此種詩用全力而成。

孫大帝廟

仲謀才志擬難兄，江左開基事竟成。讐國稱臣緣底急，同盟歸妹却相傾。南邦文武材何在，東鄂江山蹟已更。惟有遺宫傳避暑，古苔荒草對孤城。降曹丕而謀西蜀，何顔見桓王於地下耶？愚嘗有句云：『彼亦豚犬流，烏足稱英雄？』

荆州懷古

嘗思痛飲讀《離騷》，萬古傷心在二毛。《風》《雅》以還兼正變，懷襄之際獨憂勞。同官已妬能文寵，弟子猶傳和曲高。此日九原難可作，東門隱隱見蓬蒿。領聯寫盡屈子生平。

嚴子陵祠 自注：祠在鞏縣。

霜落秋城木葉丹，客星祠畔肅衣冠。故人無意驕同卧，天子何能屈一官。嚴瀨江山空浩渺，原陵松柏自高寒。東都多少知名士，不及冥鴻一羽翰。

山海關

天際重關虎豹扃，前瞻雲樹尚冥冥。山餘落日千峰紫，海瀉遥空一氣青。漢塞烽煙亭鬐壞，秦城膏血土花腥。漫吟碣石東臨句，絶代雄才敢乞靈。

許由塚

青山頂上一孤丘，俯視陶唐十二州。偶使人間知姓字，遂教潁水涴清流。

荆山自注：懷遠即卞和采玉處，有抱璞巖。

玉藴山輝自有期，匹夫銜璧罪何辭。那知太璞元來貴，不在連城互易時。見玉之貴不在既剖後也，爲比德於玉者增長聲價。今之抱璞者急欲銜奇於人，何哉？

陳璋

字鍾庭，江南長洲人。康熙甲戌進士，官至翰林學士。著有《東冶集》。

○學士係左之先生令嗣，韻語克承家學，即應制詩亦不膚浮，其本領可知矣。

閩山雜詠

初識南甌路，灘船匝月程。江留螺女迹，臺記越王名。地氣三春冷，天時半日晴。誰呼行不得，江上鷓鴣聲。

屬國滄溟外，雄圖壓巨鰲。城隅防鼠雀，市上賣弓刀。旗鼓雙峰雨，樓船八月濤。將軍今坐鎮，冠蓋路相高。

萬井山環抱，南圖亦壯哉。槎從天漢上，門傍海雲開。烏石藏幽寺，青榕廕古臺。到今傳擘荔，壇坫願追陪。

七月己未恭接誥命

少作貧家婦，歸寧更不歸。九京加翟茀，六月感牛衣。自注：前室王氏歸余纔半載，旋有歷下之行，遂成永訣。故鏡照顔慘，宵鐙入夢稀。此生同穴誓，何日重相依。

過張桓侯故居

漢鼎三分日，桓侯戰伐高。心猶輕馬趙，氣已奪孫曹。鹵莽生何惜，精靈死亦豪。英風留涿鹿，不剪舊蓬蒿。不填故實，自是桓侯，移壯繆不得。

送高鶴洲、范舒山、家訒叔諸侍御西征

日下聞天遣，荒寒萬國西。非關驅獬廌，直欲掣鯨鯢。倍道旌麾遠，先鋒鎧仗齊。書生能慷

慨，臨别不含悽。結意見諸臣忠愛，不作兒女態也。余前亦有句云：『食禄自應持正論，至尊終是重良才。』見主臣交得。

攬轡平生志，防身一劒依。行間迴斗氣，馬上帶霜威。出塞詩應壯，從軍事亦稀。王師定神速，好唱凱歌歸。

秋獮應制

羽林按部下天閶，大漠風高兩翼張。獮火燒原秋草黑，陣雲圍磧暮山黄。太平不廢三驅盛，神武能調七萃良。應有非熊占吉夢，遊畋自古陋長楊。

滄洲兄席上詠冰

客醉宜供醒酒冰，水晶盤内露寒稜。直疑夏月常堆雪，不待秋風始掃蠅。裁作花紋看頃刻，削成山勢笑憑陵。多君心地清如許，好爲人間散鬱蒸。兩聯俱耦句，勝予前《奉勑和御製詠冰》。原韻中云『蠶種應知幻，山容未許憑』，遥遥印合。

西出居庸關

西出雄關路屈盤，風雲重接舊征鞍。山如屏合窺天小，水作虹流入耳寒。萬里女墻連雁塞，百年兵甲洗桑乾。太平氣象無中外，鎮朔臺高立馬看。

閩灘竹枝詞

船如紙薄不經風，三扇低遮箬葉篷。萬丈龍潭千尺浪，也堪愁煞鐵梢公。閩諺有『紙船鐵梢公』之語。

虎踞龍蟠似此無，風雷怒挾一舟孤。千堆亂石排刀劍，直作南陽八陣圖。

張逸少 字天門，江南丹徒人。康熙甲戌進士，官至侍講學士。

北征凱旋詩

獨斷行天討，親征下詔書。六師誰敢敵，萬里揔長驅。列缺轟雷礮，横參耀隼旗。鈎陳環紫極，肅肅護儲胥。

變化鳥虵陣，横縱虎豹韜。風生群馬嘯，日落大旗高。御仗森金甲，軍鋒淬寶刀。勝兵嚴壁壘，誰敢卸征袍。

聖澤如時雨，軍中盡感恩。犀衣頒七校，駿騎給千屯。令自秋霜肅，綸同春日温。衆心連指臂，飲馬黑河源。

神兵天上落，迅疾下蘭皋。螳臂當車轍，洪爐燎羽毛。妻孥俱自盡，醜類敢潛逃。已奏犁庭績，應將弓矢櫜。地中鳴鼓角，天上落將軍，已爲勝兵，况天子自將，從天而下乎？一氣相生，無一懈筆，六章中尤推神勇。

俘諜邀寬典，恩先赦脅從。軍門齊欵縛，聖度自包容。日逐誠難赦，昆邪亦可封。因知沙漠外，頫首望顒顒。

掃穴傳方略，豐碑勒武功。亦曾資衆策，只自斷宸衷。戰伐夷頭曼，威名儷有熊。歸來頒賞賚，燕饗賦彤弓。親征至凱旋，六章已備。章法、句法、字法，無弗老成，應推能手。

國朝詩別裁集卷十八

長洲沈德潛歸愚纂評　男　種松校字
江陰翁　照霽堂　長洲周　準欽萊同輯

高其倬

字章之，奉天鐵嶺人。康熙甲戌進士，官至户部尚書，謚文良。著有《味和堂集》。○文良館選後，乞假讀書數年，然後就職。生平學術、政治，俱有根本。所爲詩，其言有物，匪求工於隊仗聲律之末也。古體尤卓然，而外間所稱，轉在近體。

行役曉發

飛鳥翔遥林，銜哺戀故枝。人生重離别，況我親衰時。升堂告行役，暗淚腸中垂。未言向何處，先説還家期。慈親起送我，語好顔色悽。愛我不便哭，願我平安歸。家貧萬事乏，供饋倚病妻。嫁衣典已盡，不復餘襜幃。男兒羞低顔，舍子將語誰。在家同一愁，出門成兩悲。傷心最何物，雙輪八馬蹄。今日行門前，明日行天涯。塞水嗚咽流，木葉高下飛，天晴尚愁人，風雨秋淒淒。舍至情無以成詩！先寫慈親之慈，次寫閨中之賢。萬事倚托，字字從心坎流出，與東野《遊子吟》可以並讀。

古北口

九邊雄寰中，古北乃其一。北顧闞居庸，南境抵遼碣。屹然介其間，長垣兀積鐵。高冒峰巒巔，低竟蛟龍窟。晴空展虹霓，海勢現成闕。千里不可窮，隨山遠曲折。城頭一抔土，黎庶九州血。作俑趙與秦，流弊及明末。貂璫秉國成，書生總戎律。志擬封狼胥，兵不踰房闥。颯沓西風來，萬騎射南月。騰凌在俄頃，若蹴蚍蜉堞。深源竟喪師，無忌空抱節。可憐邊沙中，青燐照白骨。城同夏鼎傾，事與秋煙滅。齷齪何足論，階厲病前哲。不見張韓公，築城門不設。從來守邊術，能戰守可說。更有必勝方，千古同一轍。赤子付龔韓，白麻命蕭葛。奄人秉戎，豎儒總戎。未見能戰方許能守，而要歸於循吏之愛民、賢臣之執政，誠拔本塞源之見也。此種正論，可以勒諸金石。

曉行

蚤行無定時，愁客苦夜永。出門望明河，月在西峰頂。木葉落衣上，馬蹄踏人影。荒雞樹上啼，秋星露中冷。情愜耳目幽，身倦道途迥。犖确聞車聲，更上東南嶺。『四更山吐月，殘夜水明樓。』讀者如親見其景。『出門望明河』二語亦然。

薊州新城

于役季冬月，東入漁陽城。城圮五十載，奉詔新經營。墉堞一云具，築作工遂停。胡不事宏麗，役物勞皇情。此州實險要，世界方昇平。長馭控八極，内地固所輕。昔當明之季，置鎮藩神京。高起兩重郭，遍徵九州丁。城中貯芻粟，城上羅旗旌。薊門大帥任，鄭重屬老成。高議百僚會，推轂千人英。且復命丙魏，不啻求韓彭。陛辭涕汍瀾，密詔言丁寧。志鳴伊吾劍，意洗魚海兵。長計一蹉失，塞馬仍縱橫。連營一日潰，列嶂同時崩。塵來白日匿，燒猛蒼天赬。九門戒樓櫓，六府嚴關扃。平安一星火，重比千金瓊。傳呼達禁闥，夜寐始不驚。外召勤王師，内辨遷都行。下詔責專閫，幕府空搶攘。擁兵不敢救，閉壁如聾盲。偵敵已出境，追騎甫及坰。殺人取其元，受賞都堂廳。纍纍鞍上級，一一田間氓。更奏塞外勛，肯恥城下盟。懦帥肆欺謾，剏敵生門庭。既以殺其軀，患亦貽朝廷。嗚呼厲有階，夫誰滋亂萌。或云右文士，誤國由書生。或云吝邊餉，饑卒難力争。南史與董狐，百喙同一聲。敢獨曰不然，奄寺實彗熒。監軍專將柄，司禮爲阿衡。衆賄水輸海，百度禾生螟。搒笞殺壯士，羅織戕名卿。剛鯁靡孑遺，媕婀忌忠誠。肯效鷙鳥擊，轉畏走狗烹。潢池弄兵者，竟射承天閎。緬維開創初，明祖垂家型。内官止四品，灑掃供使令。外事付卿貳，著戒在扆屏。孰畀鐵牌毁，坐見九鼎傾。惜哉興戎首，未正司寇刑。我皇法殷鑒，典制原六經。寺人無官階，置員有定程。衣冠帶履外，越者誅竄并。皇皇一王法，萬世其勿更。願獻五百字，勒作城隅銘。軍政之壞，至殺百姓以獻級，大帥猛於盜賊矣！而其實原於司禮監監軍尅兵餉，戕名卿，冒戰功，至於蟻賊蜂起，而宗社隨以隕焉。明祖初制，誰實毁之至於此極也？末歸美本朝典制，禁戢寺人，真可垂法萬世。◯攘，音獰，《前漢·賈誼傳》「國制搶攘」，師古讀爲傖獰，亂貌也。

碧雲寺

崔巍碧雲寺，壽安山南陬。前貌衆龍象，後植千松楸。于經首作俑，魏豎復效尤。規制駭心目，宏麗無匹儔。近屏羅翠嶂，遠勢交迴洲。石室窈中空，繚垣屹外週。鏤階鳳襹褷，琢壁龍蚴螯。僭侈陋陵闕，豈止逾王侯。當其繕搆際，乾坤困徵搜。攻石千仞岡，輓材萬里舟。蒼生莽奔竄，四海輸琛賕。卿相稱義兒，穢名豐碑留。刑餘胡敢然，童昏寄垂旒。紾臂奪之柄，蠱腹心舌喉。鉗鑕殺喬固，軒墀延共兜。上擅天賞罰，下快私恩讎。敵張寇盜熾，木蠹禾生蟊。罪雖淪一族，禍乃延九州。高廟血祀斬，泗鳳戕松楸。思陵葬無所，麥飯匊可求。昌平寒食日，春慘風颼飀。民家敗紙錢，吹挂陵樹頭。窮奇舊衣冠，乃得歸巖幽。百年有餘恨，烈士涕横流。偉哉張侍御，一洗異代羞。仆碑剗名字，伐冢爲平疇。茲事良義舉，我更借箸籌。聖賢律既往，褒罰語不浮。善固揭百世，惡亦昭千秋。誅姦賴直筆，不繫塚去留。上世戮鯨鯢，封骨高崷崷。請肆彼遺骼，存此招魂丘。用之作京觀，事異理亦侔。覆轍留眼前，後車庶迴輈。殷墟歌《離黍》，鑒之者有周。作詩述胸臆，以俟采風輶。張祁門請削魏閹墓事，諸名家詩多有之，詳盡無如此篇，竟可作魏閹傳讀。◎徐善《冷然志》，謂忠賢戮尸，後未聞墓葬。或甲申國破後，其黨爲之。王敬哉又謂，天啓三年，忠賢拓于經墓，立塚於後。二説不同，豈營墓於天啓中，而葬於甲申後耶？

望雪山

蜀山崪屼皆參天，雪山高壓群山巔。劍嶺巫峽總培塿，青城峨岫差隨肩。禹迹不到失搜紀，遂使岳鎮居崇班。五丁有力不敢鑿，胚渾元氣無雕鐫。到今尚存太始雪，盛夏早似初冬寒。我來成都苦卑濕，每遇高爽心安便。入秋十日九陰雨，側身西望空長歎。忽然金風掃霾翳，半空橫轉兜羅綿。素雲一段落天外，白頭卓立羅煙鬟。天門玉龍露寒鬣，海風吹水排銀瀾。數百里外一舉首，爽氣已到鬚眉間。豎指數峰插霄漢，如坐井底窺星躔。壓覆常憂坤軸折，迴旋怕觸曦車翻。高鳥之翔不敢度，往來或似飛空仙。此外茫茫復何有，蜂屯蟻聚叢生番。乃知造物有深意，區界夷夏分中邊。刀州刺史真好事，欲通天險招呼韓。橐馳載布馬載粟，羅致火罽收冰蠶。去年行臺留陸賈，今年絶塞歸張騫。似聞西方諸部落，稽首請事天可汗。蜀人弱脆蠻頑姦，畏之不啻雀見鸇。况復此曹不耕織，毳衣肉食勞縣官。安得天生巨靈手，擘山爲塞卭峽關。雪山以外，人近於獸。好事者招之使通。騖服遠之名，滋擾民之累，不啻以雀予鸇也。老成深識，預能燭照數計，惡得第以詩人目之。

與熊敏思登蟠龍山頂望都城，值大風，有感，呈敏思

城中拄頰看西山，千峰歷歷橫眉端。山頭倚杖望城市，萬雉鱗鱗在足底。左有潞水右太行，桑乾流合東南方。王氣中開千萬禩，上應北斗興明堂。瓊樓十二門九閶，王侯甲第麗青春。大風忽起白晝昏，俯視一氣不可分。唯見參天蒼蒼之緑樹，蔽空翳翳之浮雲。浮雲緑樹朝復暮，英雄豎子俱成塵。君不見，石甕山中耶律墓，碧雲寺後于經墳。連雲樓觀已傾圮，滿山松柏摧爲

薪。天邊紅日不肯回，頭上白髮仍相催。攀龍附鳳有時輩，餐腥啄腐非吾儕。與君無何日飲酒，買山著書歸去來。登高望遠，每暢高情，况於帝王之都耶？憑弔古人，抒寫懷抱，以凌空飛動之氣行之，此章又近太白。

秋宵

離抱何時釋，秋宵特地長。夢迴仍遠塞，月好是殊方。蠟淚紅垂地，蛩聲寒近牀。遥憐多病後，吟罷正迴腸。

寄内

濕雲低似幕，永日坐如年。風雨方如此，歸期愈渺然。深愁通日夕，遠夢共山川。無計憐貧病，親衰賴汝賢。

和許子遜《中秋風雨後看月》原韻

風雨初更歇，涼蟾已在天。涔涔終不濕，炯炯只孤懸。髮映千莖白，秋逢兩度圓。三吴烽堠静，絃管自年年。點題後就題寄託，見寸心炯炯，物不能累也。深得少陵家法。

過長平驛感坑卒事有作

丹水橋邊落日明，頭顱山畔晚煙生。十年碧血無遺燐，幾簇黄沙有廢城。陰密復冤酬上黨，新安坑卒祖長平。紛紛豎子真兒戲，齒冷西來阮步兵。

劒門

兩崖對起削雲根，邸閣全傾佛寺存。千古衰興幾蠻觸，一龕鐘鼓自朝昏。無人戰鬼啼清晝，不夜於菟到驛門。蜀道荒涼身萬里，不聞鈴雨亦消魂。

佟法海

字淵若，遼陽人。康熙甲戌進士，官至兵部侍郎。著有《悔翁集》。○司馬秉心剛直，立朝侃侃。督學江左，外嚴内和。衡文一宗，先正僞體，不能眩惑也。詩未得全藁，然所録四章，皆卓然可傳者。

詠鶴

丹頂由來異，玄裳自少文。生成雲水性，偶與鳳鸞群。翹足憐孤影，乘軒恥俗氛。長鳴因警露，豈爲九天聞。通體自寫懷抱，風骨獨高。

送查悔餘還鄉兼寄賈蕒坤

生平文字友，引疾得休官。老去身須惜，歸來夢亦安。江風吹浪急，山雨逐人寒。惟有憐同調，長嗟離別難。

憶昨青雲侶，偏承恩渥殊。出同陪羽獵，入共侍蓬壺。老境憐分散，大涯各一隅。秦郵如過棹，爲我問珠湖。

潯陽樓

琵琶一曲斷腸聲，觸撥當筵謫宦情。爲語江州白司馬，留將眼淚哭蒼生。大臣心事，借題發撝，令人肅然起敬。

周起渭

字漁璜，貴州貴陽人。康熙甲戌進士，官詹事府詹事。〇貴州向日未聞詩人，又因天遠，無從蒐羅，故秪采漁璜前輩。又未得全稿，所收從略，俟異日更徵求之。

武陵爲人寫北窓高卧圖

陶公卧北牕，夢寐無今人。豈惟無今人，頹然非此身。何處無北窓，卧者少真淳。胸中失佳趣，几榻俱埃塵。吾子雖今人，宛然葛天民。携枕入華胥，遂卜柴桑鄰。蕭條掩三逕，松菊相與春。可知夢醒間，莊蝶孰爲真。偶然南風來，吹墮漉酒巾。

避風赤壁登蘇公亭放歌

今日江頭風勢苦，黑雲從風散爲雨。波聲撼塌邾子城，濤頭逕射白黿渚。猶似周郎萬騎横江來，千艘撇擗聞驚雷。咫尺南北不可辨，際天煙焰紛成堆。舟人繫纜垂楊陌，忽見峭壁鑱天地崩拆。髯蘇一去青山閑，老子今朝散輕策。崔嵬亭子江之濱，壁上二賦猶鮮新。人間風月不可駐，天上來此閑仙人。秀骨踈髯脱囹圄，詩不能茹酒不吐。吹唇沸地群狐狂，遣作江山文字主。東坡黄桑手自種，廢壘蓬蒿耜親舉。平生食飽愛閒行，涴壁汙墻到氓户。武昌樊口丹楓稠，載酒還作凌雲遊。清波白月在人世，素心孤鶴横天浮。忽憶美人思魏闕，自驚流落天南州。我拜遺像空山陬，巖桂慘澹枝相樛。悲風入座髯颼飀，大江茫茫東注愁。二惇二蔡俱蜉蝣，唯公大節今古留。當年欬吐驚龍虬，洞簫嗚咽聞中流，長嘯一聲煙潦收。如此江山如此客，縱無詞賦堪千秋。思公不見余空返，楚塞風和白石晚。柳外人家竹籬短，明月正照黄泥坂。二惇二蔡，群狐跳踉，適使坡公爲江山風月主人。小人之謀，無往不福君子也。中段渾括《赤壁》二賦，筆筆凌空。

南隄踏青因留觀音寺小飲

選勝雖無獨樂園，出城半里即山樊。雨餘朝麓嵐光別，人比春禽笑語温。花霧陰時迷遠浦，柳煙開處見漁村。憑君莫話金山約，玉帶因緣恐斷魂。

山陰舟中

越山巖壑鎖煙霞，此日輕舟泛若耶。紅雨棹邊迷遠近，緑蘿陰裏見桑麻。啼鶯過水仍栖樹，乳燕銜泥半帶花。試訪剡中幽絶地，不知何處戴逵家。『柳煙開處見漁村』『乳燕銜泥半帶花』，宋子虚集中時有此種佳句。

焦袁熹

字廣期，江南華亭人。康熙丙子舉人。著有《此木軒詩》。〇廣期先輩鄉舉後，不入春闈，意自知非用世人，故願以不材終其天年也。穿穴經學，工制義詩，亦孑孑獨造，不儕流俗。

雜詩

四氣自潛運，陰陽互來往。春風何必多，碧草日夜長。一樹生空庭，婆娑不堪賞。舊業靡遺餘，生意久夭枉。天心非不仁，物性固難强，睇彼桃李顔，徒倚增悵惘。嘉樹之蕉萃，不如碧草之榮滋，豈天心有厚薄於其間耶？安命俟時可矣。此章比體。

經生歌

蹄涔之水不生淪漣，覆簣之山那有雲煙。章句微細，必無豪賢。可哀哉，説經鏗鏗，乃畢吾之餘生。見死守章句之不能有爲也，此章興體。

蒺藜

爰有蒺藜，樹之中庭。日月幾何，維葉青青。青青之葉，不可採擷。凌彼嘉卉，自以爲傑。念汝非種，亦天所生。憐而勿鋤，乃傷我於行。嗚呼，疇昔之日有一溉之德，不以爲德，肆爲殘賊。蒺藜蒺藜，誰其樹之？於汝勿尤，怛焉自思。加惠小人，而小人反欲傷之，乃絶無怨尤，而咎已無知人之明。究之，過於仁，不失爲君子之過也。此章比體。

秋蟲

切切訴何事，無人知汝心。正繁燈欲死，乍斷月應沉。申旦誰能那，悲秋自不禁。癡人偷向壁，側耳一相尋。他人用在中間者，此用作起手，使覺突兀，此法得之少陵。

謝方琦

字應雲，江南宜興人。康熙丙子舉人。著有《東墅集》。

雨中送客

北風驅寒雲，蕭蕭亂松雨。前山忽杳冥，不辨溪頭樹。漁父村外歸，牧人煙中語。翩翩東來鳥，悲鳴尋故侶。惆悵別情人，挂帆何處所。

雪後送殷介持歸嵺城

朔風蕭蕭林竹折，曉來門外千山雪。有客淹留陽羡城，愁聽旅館雞聲咽。仲文儒雅舊知名，漂泊江湖百感生。故園東歸歲云暮，斷冰寒月他鄉路。村橋早發行人稀，凍浦舟横不敢渡。朱門重裘被僮僕，文章不救窮途哭。短衣衝雪君母悲，寒士何當謝荒谷。君不見，少陵廣厦空高歌，江上秋風捲茅屋。雪後所送客，自是不得志人。於其歸也，以杜老之秋風茅屋比之。『村橋早發』一聯，寫雪後如畫。

送友人之楚

殘雪梅花月滿庭，送君移棹訪湘靈。幾行歸雁雲邊斷，無數寒山江上青。罨畫一尊虛載酒，武昌孤劍又侵星。平生漫説無同調，好向三閭弔獨醒。

春閨詞

林外子規啼，數聲窓欲曙。憐妾最傷春，語語催春去。子規似解人意，其實春去之感，過于傷春，仍是敗人意也，最近崔顥、崔輔國小詩。

何梅

字雪芳，福建建寧人。康熙丙子舉人，官建陽教諭。

望接筍峰不得上

入洞疑無路，虛無接筍梢。鈎梯仙鬼半，鐵索死生交。人影猱升木，僧寮鶴架巢。那能乘羽化，絶頂共誅茅。險語破鬼膽。

三山歸舟 雜詠之一

閩溪不可上，上若上青天。纜向峰頭繫，舟從石罅穿。晴空排虎刺，急瀨吐蛟涎。賦命真窮薄，頻年往復旋。

沈育

字配蒼，浙江嘉善人。康熙丙子舉人，官永寧知縣。

皋陶祠

虞廷推執法，才子産高陽。主德寬三宥，臣心慎五章。訏謨同禹益，姦宄服蠻荒。遺廟楊侯國，青松近北邙。『慎五章』，較東坡『殺之三』爲得體。

郭有道墓

東漢多賢達，人倫君最優。士林争折角，仙侣羡同舟。品在君宗上，名超清濁流。中郎碑不見，論定足千秋。郭有道人品在南北部諸君之上，五六語品評愜當。

雞頭關

雞頭山勢迴，人馬半空旋。風御千盤磴，雲遮一握天。猿聲深樹外，鳥道夕陽邊。漸喜關南去，悠悠入漢川。

謁董江都祠墓

興慶池南下馬陵，廣川魂魄古祠憑。旁搜典籍秦灰後，首應賢良漢詔興。一代師儒崇道義，諸王子弟斂驕矜。可憐年少長沙傅，太息徒勞淚滿膺。崇道義，即所云『正誼不謀利，明道不計功』也。下以能服驕王言二語，已該廣川生平。

王 焜

字大生，江南嘉定人，長洲籍。康熙丙子舉人，官丹徒教諭。著有《考槃集》。

短歌行

親交莫絶，秉燭莫滅。來日孔懷，如何易别。營營百年，萬慮難捐。在樂滋憂，當歌慨然。人生如蠶，食桑于野。桑少防飢，桑多防瀉。繭成自殉，竟何爲者。我欲終此曲，揮淚不能長。白頭莫照鏡，照鏡悲流光。『在樂滋憂』，憂中有樂，樂中有憂，《孟子》『充虞路問』章可證也。『繭成自殉』，蠶猶有功於世。人之飽利而死者，并遠不如蠶矣。警勸世人不少！

贈蜀使

尊酒此時别，猿聲他夜同。江連白帝郭，月照漢王宫。蜀棧孤軺外，彭門積霧中。使旌隨雁盡，留夢繞蠶叢。

客有談海上己亥之變，詩以紀之

往事茫茫話劫灰，屢經兵燹使人哀。但誇南北憑天險，不信孫盧截海來。白骨青燐愁向暮，藺絲保障究誰才。自從廟筭添戎旅，鐵甕吹笳萬馬回。此言鄭成功入寇之事。

虎丘二姜先生祠

掖垣抗疏觸天威，拜杖淋灕血染衣。遠戍孤臣終守節，罷官難弟竟無歸。宣州藁葬依靈爽，茂苑荒祠隱翠微。下馬行人奠樹醑，千秋孤竹並光輝。他人弔二姜祠者，但表給諫，而行人闕焉。此兼及行人之去官避難，乃見周密。

許 遂

字揚雲，廣東番禺人。康熙丙子舉人，官清河知縣。

山月

不知誰抱鏡，挂在白雲岑。萬壑照成雪，梅花寒一林。美人此遥夜，千里結愁心。解帶松風下，霜華流素琴。格高氣清，如出屈翁山手。向閱揚雲稿，獨賞此篇。近見廣南選本，亦然。詩取可傳，不在多也。

李永祺

字鶴君，浙江嘉善人。康熙丙子解元。

病起

崚嶒未怕骨如柴，排悶時時强散懷。叔夜養生終是癖，伯倫醉死便須埋。枕邊喚夢勞黄鳥，陌上行遊讓玉騧。莫負陽春好煙景，且教辦取踏青鞋。

周士彬

字介文，江南婁縣人。康熙丙子副榜。著有《山舟詩》。

蟲災艱食賦以遣意

力稼冀有秋，螟蝨害糜芑。非無負郭田，突煙寒不起。携鑱劚土芋，矻矻雲山裹。盈筐遂忘疲，持歸餉妻子。杜陵勞拾橡，柴桑欣採苡。身悴神常怡，先民安素履。喈喈林杪禽，飽甚聲歡喜。何人抱窮愁，戚戚成愚鄙。撫琴寫素懷，松月明牕几。天憐樂飢人，豐年行轉矣。於艱食時傳出樂境，胸中本有樂也。

營巢燕

雙燕銜泥葺巢壘，飛去飛來掠煙水。巢成抱卵意苦辛，忍飢終日伏巢裏。哺養新雛四五子，銜風冒雨尋魚蟻。燕雛羽弱飛難起，母燕呢喃翔復止。一朝相引向天飛，子去母歸誰顧視。獨有前林慈乳烏，銜恩反哺情無已。此等詩可以教孝。

揚州

青樓歌舞勝杭蘇，花月神仙總一途。騎鶴腰纏爭艷羨，無人解道董江都。詠揚州詩者，多及陳隋遺事，獨拈出董江都，令人耳目一醒。

嚴虞惇

字寶成，江南常熟人。康熙丁丑賜進士第二人，官至太僕少卿。著有《嚴太僕集》。○太僕六經皆有述作，而《讀詩質疑》二十卷，尤有功《詩》學。古今體詩。略爲寄興，然亦不茍同於人。

咸陽懷古

六王畢後霸圖空，三百離宫一炬中。八水淒清秋色早，九嵏巀嶭夕陽紅。車迴博浪沙中客，舟引蓬萊海上風。自料驪山萬年計，豈知遺恨在樵童。博浪一擊，雄威盡奪。神山難到，妄想空存。祖龍自思，亦有黯然色沮、啞然失笑者也。遺恨樵童，用牧羊兒失火之事。

奉和東山對月有懷之作

十年一夢鬢垂絲，禪榻茶煙事最宜。正是空江明月夜，相逢尊酒落花時。傷心暮雨還朝雨，瞥眼桃枝更柳枝。身似荷珠原不著，從今學道未嫌遲。三、四忘乎對偶之跡，神到時有之。

秋宵讌集酒闌漫興得孃字

客裏經秋秪自傷，況逢明月倍淒涼。悲歌燕市尋屠狗，寥落江潭解佩纕。天上已歸秦弄玉，人間重見杜韋娘。酒闌曲罷渾無寐，疑是維摩證道場。

姜宸英

字西溟，浙江慈谿人。康熙丁丑賜進士第三人，官翰林院編修。著有《葦間詩集》。○葦間根柢經史，以古文名。年將老，因大臣薦，食七品俸，與修《明史》，然仍艱於遇合也。至入詞館，時已七十餘矣。己卯典北闈試，因正主考李殿撰累及下獄，旋殞其生，天下共悲歎之。

徐健庵編脩筵上觀洗象

長安六月三伏始，主人門對御河水。御河流水聲潺潺，玉泉奔赴城西灣。是日都人看洗象，立馬萬騎車千輛。曼延蹴踘羅岸旁，吹角鳴鉦沸川上。滿堂賓客何從容，棋局未了酒不空。日中報道象奴出，至尊朝罷明光宫。魋形詭貌三十六，一一騎就深潭浴。雲起乍疑龍蜿蜒，湍迴更與人翻覆。須臾小吏前推排，將軍拔營群象回。就中一象行躑躅，齒毛脱落顔摧頹。長者謂余豈解事，此物經今不知歲。聞説先朝萬曆初，貢車遠自扶南至。中更四帝時太平，一朝闖賊殘神京。忍死不食三品料，俯首淚下聲哀鳴。滄桑變换忽塵夢，勉强逐隊留殘生。茫茫舊事君莫説，勸君且飲杯中物。流寇破京師，過象房，群象哀鳴淚下，比於唐之舞馬，此日所存者，其一也。滄桑之變遷，物類之忠愛，全於後中傳出。予在京時，見象有齒毛脱落、蹣跚緩行者，象奴謂是萬曆時貢物，閱健庵爲編修時，又將八十年矣。讀《葦間集》，并記之。

哭魏叔子二首

鸞江哀輓一時聞，惜别他年悵離群。天末無因能致酹，夜臺誰與共論文。江山寂寂歸魂斷，葭菼淒淒去路分。尚有蔡邕書籍在，獨隨秋草伴孤墳。

苦節誰云不可貞，翠微山共首山清。更無安道能求死，只有韓康解避名。遠媿文章當紵縞，不教官爵累銘旌。臨風一慟江天豁，未覺前賢畏後生。已未鴻博，叔子徵召不至，故有『韓康避名』句。

惜花

一春强半是春愁，淺白長紅付亂流。剩有垂楊吹不斷，絲絲縮恨上高樓。

汪士鋐

字文升，江南吴縣人。康熙丁丑會元，官右春坊中允。著有《秋泉居士集》。

陳滄洲太守出《瘞鶴銘》於江中，以搨本見示，作歌記之

焦山山崖《瘞鶴銘》，雷擊墜江江冥冥。一旦水底出至寶，神物焜耀舍精靈。此碑書家最珍惜，欲搨恐犯蛟龍腥。致令贗本遍天下，刻畫嫫母誇娉婷。或傳此是右軍跡，逸少二字疑足徵。或云弘景或顧况，未覩真跡憑圖經。滄洲使君好古士，搜奇抉怪心無寧。搨來江邊問遺碣，太息墨寶存空亭。時當窮冬江水涸，巉巗洗刮平沙汀。或側或仆露奇字，磊落散布如天星。命工舁石置江岸，殘筆剩畫稀留形。重依舊石定方位，安排字跡還儀型。屹如陰崖立華屋，恍然峭壁開新硎。字體寬綽近古隸，鋒稜雖刓光晶熒。睇視山中宰相筆，齊梁風格我所憑。何年埋没忽露

洩，水府倏忽仍丘陵。吾吴太守素神異，驅使直可到六丁。狼貪虎噬且弗避，麾斥水怪如蝘蜓。世間寶物久必顯，雲日肯被煙塵暝。扶傾固待巨人手，此舉便已喧驚霆。遠道寄我喜創見，從今摹畫希精能。此石此銘不再得，毋使日夜椎搨無留停。狼貪虎噬，謂噶制軍也，借題發揮及之。○起《瘞鶴銘》於江濱，固恪勤之盛舉也。但砌入祠壁時，遭工人搜抉，苔蘚雖除，風神不存矣。摹古者當以江濱水落時搨本爲長。

插秧圖

車軋軋，水活活，誰家田翁勤種田，插秧田中量疏密。呼童課僕運秧馬，俯首泥行股無骸。今日車水滿，明日祝秧活。不知何日秀且頴，築場刈禾賦秷秸。大兒讀書如養苗，勿忘勿助不敢揠。小兒讀書心孔開，惟恐鹵莽與滅裂。主人有田復有兒，書味酒香滿一室。呼童留客和田歌，田家之樂樂如何。寫田家樂事，令人神往。但恐兒子讀書，不免漸失真朴，奈何！

徐發 字袞侯，江南長洲人。康熙丁丑進士，官户部主事。

早春

新月如鈎挂碧空，六街遊眺興無窮。隔牆歌管娱殘夜，出窨名花媚好風。珎惜飛鳴憐病鶴，消除矜躁仗枯桐。盍簪招取同心友，把酒應多酌次公。出窨花，所謂唐花也。三春花一時並開，夏季花則不能矣。

春分日和韻

一半春光付柳條，可憐天氣是今朝。尋芳每踏蒼苔路，夢别重經紅板橋。零落梅花人共老，淒其燈火酒全消。遥知鄉國清明近，水漲横塘隱畫橈。

陳萇

字玉文，江南吴江人。康熙丁丑進士，官桐盧知縣。著有《雪川詩稾》。○清如鏡，淨如拭，意味稍薄，而真氣獨存，賢於餖飣爲博、纖佻爲工者。

臨終詩二首留别諸同志辛卯中秋後二日

兩曜無停機，委運固其理。修短良不齊，誰復能逃此。俗士戀其生，涕泣對妻子。達士輕其生，鳶蟻均一視。二者皆棄天，有識所深鄙。君子則不然，奉之以終始。生有所以生，死有所以死。吾聞諸曾子，至而而後已。俗士貪生，人知其非，老莊達生，共推爲高矣。此見兩者均非，一歸於存順没寧，纔是吾儒正學。

我有同心人，道義相友師。頻年喪逝多，存者復别離。即今將去客，欲别無由辭。丈夫會有志，豈爲兒女私。所恨在世日，孤負箴與規。臨風一長歎，願爲諸君期。百里半九十，一簣功莫虧。鑒戒不在遠，請君視此詩。前章自矢，此章規友，見一息尚存，不可忘臨深履薄之功也。説理不腐，況得於臨終時，足徵平日敬身之功。

發南陵

一路寒泉送客程，離亭回首隔山城。秋從黄葉聲中老，人向青山缺處行。幾片閒雲供畫本，一林落日待詩成。來時記得留題處，尚有殘尊慰客情。

挽姜西溟

晚入承明數未奇，那知鑄錯不堪追。文章舊價欣方慰，辛苦初心悔已遲。遺恨一時頭腹尾，空傳三絶畫書詩。生芻一束無從唁，獨向西風淚暗垂。頭腹尾，暗用管寧、華歆事。西溟被罪，由於同年中一二人也。挽詩特爲表之，猶見公道在人。

夢中

東流無復水重回，欲斷危腸暗自摧。見燕引雛還墮淚，聽鳩呼婦不勝哀。春風隴上新寒食，夜雨堂前舊鏡臺。子母重泉相見否？夢中還望寄聲來。先賦悼亡，後痛喪明。觸緒興悲，今讀者彌增伉儷嗣續之重。

讀《相如傳》

移病文園卧歲餘，同時真恨失相如。所忠枉遣求遺稾，不記當年《諫獵書》。相如可重，特在《諫獵》一書，詞賦其末也。作者不肯埋没古人。

山行

山行風暖落花輕，雨過田間野水鳴。自笑微官如布穀，年年三月勸春耕。

宋聚業

字嘉升，江南長洲人。康熙丁丑進士，官吏部文選司郎中。著有《南園詩稾》。〇南園以剛直觸忤年制軍，致身亡家破，其人足重可知矣。詩雖不多，亦自矯矯。

宿沅江驛樓時秋分夕

沅水三更月，燕山萬里雲。夢隨天共遠，人與序俱分。風景殊蠻落，音書斷雁群。可堪秋節半，蘭畹正清芬。

題南陽旅壁

真人白水生文叔，名士青山卧武侯。水自奔騰趨漢口，山猶層疊枕城頭。時來一夕收銅馬，事去經年運木牛。歎息興亡千載上，荒村野廟總悠悠。三、四承山水言之，五、六又承文叔、武侯言之，格律一新。

同吕侍御元素過新鄭，侍御有妹，隨壻在官，予兄弟五人，天各一方，感而賦此

憐余兄弟各西東，一處離情五處同。音問久疏雲樹外，笑言蹔接夢魂中。根浮春水漂萍葉，

影亂秋風叫雁鴻。今日停驂新鄭道，羨君兄妹樂融融。通首皆感弟兄分散，而侍御兄妹相聚，只於結處一點，作法甚變。

鄂爾泰

字毅庵，奉天人。康熙己卯舉人，官至大學士，謚文端。〇文端開藩吴中，以古學造士。今《南邦黎獻集》，彬彬如也。掌翰院時，亦以立品董率後進，生平不欲以詩自鳴，而意格自高。鎔冶《騷》《選》者，轉未能或先。

聽姜客彈琴

初春多佳日，旭影照高林。曉煙斂木末，暖意浮衣襟。檐前有嘉樹，枝上有鳴禽。道人太古士，幽旨寄瑶琴。元聲隨指下，和氣散輕陰。無須泛瀛海，已見成連心。聽者各有得，豈必求知音。

贈方望溪

六經治世非土苴，相期津逮闕垠涯。抉經之心不易得，詞林文苑徒紛拏。《博物》但解辨巖鼠，《搜神》或詫名騶牙。心井偪塞航斷港，銀海掉眩生狂花。此曹正坐讀書誤，遺棄根本搜枒芽。桐城望溪我老友，學崇中正防奇衺。説經鏗鏗究終始，尤於《三禮》咀其華。曲臺增删繁就簡，正義參訂蓬扶麻。群書穿穴尋聖奥，下簾每聽鼓三撾。方今重輪陛下聖，五緯順序曜帝車。致君堯舜誠有術，許身稷契非矜誇。天地人祀各適職，往諧秩宗帝女嘉。惟寅惟清恭朝夕，詔兼書局窮羅爬。吾衰舊聞苦荒落，妄冀邃密商量加。間送一難輒許可，瓊琚乃報投木瓜。姚姒上溯下閩洛，青鏡恐蝕妖蝦蟆。豈邀名譽嗣聖德，寧望荒遠登羲媧。所貴經學適時用，瞑坐曜若翻金鴉。委虵退食時過我，劇談恒淪頭綱茶。倐閒依然兩學士，相視一笑無喧譁。張蒼伏勝暨轅固，經儒往往臻耆遐。朝廷會行乞言禮，洗爵君且斟流霞。望溪説經，簡而能當。詩中稱揚，無溢分語。軒昂磊落，音節極高。

昭陵石馬歌恭和御製元韻

行天維龍御飛霞，行地維馬周天涯。開張卓立須駕馭，豈獨巡遊西海騰渥洼。千金市駿世希有，美名徒挂涓人口。自來房駟無虚生，六轡乘時應乾九。聖朝啓運戰與農，秉耒調馬彎雕弓。文皇雙馬特超絶，騊駼騄駬堪齊蹤。艱難馬上得天下，累洽重熙集純嘏。叶。至今斲石傍昭陵，始信人間有神馬。雲臺煙閣銘功宗，策勛此馬將毋同。

在天之靈憑陟降，嘶隨列缺追豐隆。吾皇鼓車方記里，萬仞塞垣銷壁壘。金鼇長見聳如山，石馬何由汗如水。留都展禮朝翰屏，鸞旗照影遼河清。待翻《樂府》歌天馬，佇看馬負圖出龍祥徵。太宗文皇有神馬二，皆乘之破敵建功者。後斲石像於昭陵，御製作歌，文端敬和。

恭和御製永定河元韻

無定河名古，南流自北京。恍疑天上落，不肯地中行。無事智方大，窮源委可并。禹謨原可繼，永永慶功成。不肯地中行，故名無定。師神禹行所無事之知以治之，則無定者定矣。末句點題，通體俱醒。

謁楊忠愍公祠

司馬分曹日，批鱗再見時。求仁原自主，得死更何辭。十罪彈文在，千秋正氣垂。秖今瞻廟貌，頑懦有餘悲。

九日海天閣

秋氣鬱佳哉，秋鴻歸去來。百年元是客，萬里獨登臺。黄葉寺前雨，茱萸江上杯。海天寥闊際，何處是蓬萊。

贈學使中丞法淵若

已教干莫息鋒銛，轍遍江南衆所瞻。除却詩篇何有癖，獨於山水不能廉。瘴煙蠻樹棠陰在，絳帳春風畫戟兼。今日相逢共尊酒，形骸脱略兩無嫌。

滇中回宿易隆詩示送行者

踏雪飛鴻任此身，戟轅回首已前因。從知三萬六千日，半是東西南北人。悵别群僚紛涕泣，遄歸一老念尊親。平蠻坊底休煩思，記取天涯若比鄰。三萬六千，對東西南北，本老杜『尋常』『七十』而變化之，彼板對者不能解此。

闈中述懷柬同事諸君子

寂静春闈春意深，糢糊老眼怯春陰。四千四百有奇卷，二十二人同此心。屏絶丕休求正士，別裁茁軋得元音。三條燭燼前塵夢，坐對奎堂思不禁。『丕休哉』，宋楊億事。『茁軋』，宋楊劉體。

將出都赴滇，却寄吴中王子重、吴漪堂、夏曉堂、徐學人諸老友

尺書裁罷又重拈，細字旁添手自緘。此去滇陽真萬里，夢魂不易到江南。

經略北軍弔戰殁諸將佐

蟲沙猿鶴總堪哀，持節籌邊嘉峪關樓名。塞上來。聞道將軍期馬革，幾人真箇裹尸回。『可憐無定河邊骨，猶是春閨夢裏人』，爲從軍者言之。此爲將帥言之，彌可悲也。議開邊者，尚敬而聽之。

張遠

字超然，福建人。康熙己卯解元。著有《無悶堂集》。○超然旅寓常熟，久困舉場。發解時，其年已老。以老名士終，賢於方干身後成名矣。詩格大段疎朗，異於局束如轅下駒者。

下建溪諸灘

無諸拓閩疆，山川賈餘霸。亂石鬬雷霆，終古不可罷。輕航一鳥疾，砰湃千轉下。前舟欻然没，初見各驚詫。須臾出白浪，迴旋去如射。生命寄柁師，與石争一罅。在險魂屢飛，過後舌頻咋。造物産湖海，至此窮變化。若匪衆盤渦，閩溪高可瀉。仙霞插霄漢，天險此其亞。所有縱横徒，一丸每頻借。吾聞天下雄，以德不以詐。閩中如井底，未足供叱咤。安得常治平，絃歌出桑柘。極形諸灘之險，若可憑藉，而歸於以德不以詐，煌煌正論，足以不刊。○予前觀羅刹江潮，迎潮者逆流而上，遠望如舟没浪中，忽然復出，三入三出，倏達海門矣。篇中「前舟欻然没」數語，真工於形容。

開籠行

秦景天自連江籠鷓鴣，寄曹秋岳先生。先生作《開籠行》，予嗣響焉。

鼇江之山削蒼玉，鼇江之水浮深緑。石榴花發春茫茫，鷓鴣無數啼山麓。一聲兩聲紛如泣，落日銜山聲漸急。其中有客思江南，怪爾曾云行不得。羅入籠中寄遠人，不傷其羽傷其神。深林叢草那可問，却看燕雀心酸辛。聰明文采古所戒，生人生物同至仁。開籠放入青霄去，還爾悠悠自在身。『聰明文采古所戒』句，一篇主意。季漢之禰生、唐初之四傑，皆以文采累也。鴻飛冥冥，安得不令人羡慕？

題黄山山人墨竹

結體欲密勢欲舒，節圓葉老如草書。吴興已往不可作，此君顧影空扶疎。黄山山人澹於菊，胸有千竿萬竿竹。倐然落筆雹與雷，縱横幻誕何奇哉。墨汁三升酒一斗，颯颯晴空風雨來。蟄虵出蠖劒出匣，夭矯老龍卸龍甲。共道一日不可無，頗恨古人無我法。䥴材揮盡世莫知，撑腸拄肚徒爾爲。伯時畫馬入馬腹，但恐山人變竹枝。筆下有兔起鶻落之勢，神肖東坡。

鵲巢爲童子所破

十載風塵客，棲棲旅食難。以予摇落意，羡爾一枝安。力盡嘵嘵語，巢成呴呴歡。豈期輕薄子，偷眼已相看。

病起憐雙鵲，依依向我悲。巢傾寧問卵，身在竟安之。天地饒鷹隼，江湖足鼓鼙。羈棲隨飲啄，且莫怨群兒。第二首放筆推開，見舉世危機，自是杜陵家數。

歲暮寄懷故園親友

一年一萬一千里，馬足車輪舴艋舟。自笑此身渾似葉，不知於世復何求。磨牛處處循陳迹，籠鳥依依憶故丘。正是羊城梅放日，瘴雲霾雨獨登樓。何等起法，開寶以後罕見此筆墨！

閩中雜感

弈葉承恩異姓王，寵縱宮殿擬汾陽。三年鼙鼓驚天地，當日清簫引鳳皇。藍水一丸争鼠穴，仙霞千騎失羊腸。蓮花峰下荒墳月，慚愧他家白馬郎。『清簫引鳳』，指聯婚天室言。

還至延平遥望先墓有作

登樓遥望墓門秋，辛苦經年尚劒州。豈有弟兄依隴畝，秖憑風雨護松楸。來從豺虎行邊路，去逐鯨鯢腹裏舟。四十無成還浪迹，雲山何處可回頭。

送沙子羽之日本

壽安山迴敞雲煙，邪馬臺高四面天。縹緲似遊星漢外，依稀直到日輪邊。乘桴昔日傷尼父，蹈海今誰是仲連。見説遺經在兹土，却將吾道問東偏。相傳徐福求仙不返，挾未焚書時諸經去，故日本國至今猶存古本《尚書》。歐陽公『令嚴不許傳中國，舉世何曾識古文』，即指此也。

魏　坤

字禹平，浙江嘉善人。康熙己卯舉人。著有《倚晴閣集》。〇禹平係忠節公後人，少負才名，交滿宇内，而遇合獨艱。詩體研摩宋人，各從所好也。所録五章，皆才情發越之作。

寄居蟲

人生如瓜牛，長負軀殻累。何况外緣假，妄思得久寄。兹物生海壖，乃具周身智。常共水族遊，愛此一螺翠。延緣遂遷入，宛轉據其内。腥涎吐清波，微風納涼吹。楊鬐遇釣師，觸急輒驚避。兩兩收霜鉗，虚中得静閟。晏然稱寓公，久亦漸忘僞。如以物附物，是一即非二。而我辭鄉國，歲歲困旅次。結屋少定蹤，對之發深喟。暇或箋蟲魚，爲汝别種類。狀難狀瑣事，居然爾雅。末歎息己之無家，隨所感觸，詩人往往有之。

登黄鶴樓

江聲已吞大别口，東之不住復東走。怒濤萬頃天風號，沙岸日斜鼉欲吼。一葉剪過煙波灣，登樓憑徧十二欄。忽飛涼雨濺衣濕，白浪高於黄鵠山。山川滿眼來蕭索，吟髩互垂且孤酌。青蓮畢竟非仙才，崔顥題詩不敢作。醉擬横將鐵篴吹，歸向仙人借黄鶴。何等自負！

送少司馬楊以齋先生，予告終養歸里，次悔餘韻

行詣誰從末俗論，陳情今見衮衣人。喜當海宇銷兵日，許乞林泉將母身。得失不須分出處，去留總是戀君親。馬蹄篤速行何亟，肯待河流泮早春。

慈仁寺有粥孤雁者，四明萬季野購畜於庭，作《羈雁》詩，邀予賦之

不趂涼雲結陣飛，羈孤似爾欲何依。彌天矰繳雖知避，滿地江湖却暫違。空守殊鄉驚歲晚，難招舊侣待春歸。臨風無限回翔意，獨立閒庭對落暉。

田横島

蹈海誰能帝漢高，同時一死等鴻毛。只憐五百忠魂散，不及鴟夷有怒濤。五百人同死，而精

靈泯没，殊恨事也。熟題須尋出新意，庶免雷同。

沈天寶

字竹西，江南吴江人。康熙己卯舉人。

公無渡河歌

公無渡河，公竟渡河，渡河而死悲洪波。渡河尚不可，何況溟海惡浪山嵯峨。黑雲壓天日無色，陰風慘澹百怪多。君何爲而來此地，粤東行省老從事。王事有程不敢稽，疾驅海濱意難遲。珠崖孤懸絶島中，遥指百里舟航通。怪雲一縷起天末，舟人爲語噓長風。君詫狂言決長往，揚帆鼓柁馳空濛。中流颶母果爲祟，狂飈拉雜翻艨艟。一時官吏相抱死，百二十口無遺踪。嗚呼，君非同姓屈原願滅頂，又非求仙徐福來自滄瀛東，何爲竟學披髮狂癡之老叟，捐軀沉魄蛟龍宫？君有田園吴越間，華堂窈窕臨晴川。美酒清歌娱旦暮，曲房盡貯如花顔。何爲求榮自束縛，一家飄散如飛煙！庾嶺嶺頭婦哭死，兩子連殞潯陽船。妾生兩雛在襁褓，呱呱扶櫬歸荒阡。君不見，長安大道平如砥，朝入金門暮朱邸。一朝失足蹈危機，卵覆巢傾亦如此。吁嗟乎！宦海風波隨處多，豈獨人間公渡河。借樂府題以書近事，元微之《將進酒》篇已開此體。

汪繹

字東山，江南常熟人。康熙庚辰賜進士第一人，官翰林院修撰。著有《秋影樓詩》。○殿撰於臚唱日，馬上得句云：『歸計未謀千畝竹，浮生只辦十年官。』癸未假歸，未十年卒，知詩讖之早成矣。詩切磋於邵陵，然邵陵真而近俚，殿撰則骨秀天成，稟諸性生，友朋莫易。

新草

原上離離草，春來一雨生。寸心燒不死，萬里碧無情。油壁輕輕度，花驄欵欵行。六朝佳麗地，愁煞夕陽明。

秋砧

萬户清飈動，踈砧特地哀。杵隨涼葉下，響帶早鴻來。長信秋偏早，漁陽獵未回。無衣應不少，刀尺漫相催。用意全在一結。

梅花樓訪月溪上人

撼屋西風起白蘋，紙窓木榻静無塵。斜陽影裏看歸鳥，落葉聲中著病身。丈室只容清浄侣，禪門今見讀書人。慚予又作長安客，夢斷山塘二月春。予方外友樾亭，能讀儒書盈篋。樾亭没，而所接皆俗僧矣。讀第六語，不禁有觸。第月溪未知果能讀書否也？

望岱

矯首原從萬仞論，千年漢畤上公尊。峥嶸直上疑無路，呼吸通天尚有門。獨立巖巖真氣象，滿前叠叠盡兒孫。閒雲莫戀山頭住，四海蒼生正望恩。此殿撰計偕時望岱而作，隱然以第一人自命。結意欲霖雨蒼生，原非忘世也。後假歸不出，旋至奄忽，豈登第時或有徵兆耶？

秋柳次韻

短長亭畔暗銷魂，無復絲絲映緑門。千縷冷風餘倦態，滿梢清露尚啼痕。蕭蕭去馬斜陽路，點點歸鴉落葉村。獨立寒潭倍惆悵，婆娑生意不堪論。頸聯取題之神，詠物詩須得此事外遠致。

寄庭仙

五年心事共誰論，惜別胥江日色昏。水底須眉終有相，雪中指爪已無痕。秋風鱸膾江南味，春雨梅花處士魂。畢竟家山貧亦好，知君亦厭孟嘗門。初看似諷庭仙歸老，實則全寫自己襟抱也。玩末句爽然，東山之不出，已决於此。

首夏同青門雪航、以寧、允恭、叔度讌集秋水閣，即事限韻

憑高風物欲淩秋，門外平湖碧似油。暝色已歸鴉背外，斜陽猶戀柳梢頭。踈踈遠岫屏間畫，點點輕帆鏡裏鷗。不盡蕭條東澗水，至今嗚咽爲誰流。

秦始皇

方丈瀛洲杳莫攀，金銀宮闕湧煙鬟。桃源自是人間世，却遣童男問海山。總説求仙之妄，却

道來自別。

項羽

一炬咸陽火未殘，楚人真是沐猴冠。英雄豈學書生筭，也作還鄉晝錦看。書生見解，一筆掃盡。

老聃 天寶中尊爲玄元皇帝。

仙李蟠根天上栽，玄元皇帝廟崔嵬。神仙不作兒孫計，一任張巡慟哭來。巡慟哭玄元皇帝廟，起兵，而竟不一救，笑唐代附會神仙之妄也。

柳枝詞

一種風流得自持，水村天與好腰支。月殘風曉無窮意，説與桃花總不知。

田家樂

短籬矮屋板橋西，十畝桑陰接稻畦。滿眼兒孫滿簷日，飯香時節午雞啼。田家至樂，早朝時節候雞啼者焉能識此！

張廷玉

字衡臣，江南桐城人。康熙庚辰進士，官至大學士，謚文和。

雜興

月虧方就盈，陽盡斯來復。静觀天地機，迴旋似輪軸。盛滿易爲災，謙冲恒受福。所以賢哲流，秉心若虚谷。名高氣益卑，位顯心彌肅。大智詢芻蕘，殊勛謝輿服。常思重載車，不爲再實木。以兹保初終，何憂易傾覆。吾願讀書人，休同晏子僕。高而不危，親切言之，此公生平持守處。

我聞昔人言，苛政猛如虎。又誦《魏風》篇，碩鼠况貪取。嗟哉牧民人，煌煌綰珪組。乃以父母稱，而爲衆所苦。騶虞有仁心，麟趾中規矩。藹然太和氣，千載如可覩。君子慎所擇，休與毒獸伍。此爲墨吏酷吏勗也。有父母稱而不媿父母實者，吾願真見其人。

飄風不終朝，驟雨不終日。三復老子言，可知立身術。譬彼草木微，春華秋始實。氣候苟不完，纍纍安可必。寄語功名人，進取休太疾。早榮亦早枯，易得還易失。默識乘除機，處滿須防溢。此戒進取之速，早發還先萎，古人所以賤春花而貴蒼松也。

題漁樂圖

秋江渺渺無津涯，江邊漁父船爲家。往返何知路遠近，一帆明月依蘆花。清晨舉網西風裏，網得長魚滿船喜。兒能炊火婦烹鮮，鄰叟還貽新醖美。陸魯望，張志和，朝朝詩思在煙波。吾曹不解工吟詠，醉唱《羲皇網罟歌》。《羲皇網罟歌》不傳，元次山補之，漁人能唱，猶謂不解工吟詠耶？

山中暮歸

林端鴉陣橫，煙外樵歌起。疲驢緩緩行，斜陽在溪水。妙在添不得一語。

國朝詩別裁集卷十九

長洲沈德潛歸愚纂評　男　種松校字
江陰翁　照霽堂　長洲周　準欽萊同輯

楊汝穀

字石湖，江南懷寧人。康熙庚辰進士，官至左都御史。○石湖公不動聲色，爲時名臣，朝野以德人推之。詩亦和平樂易，不愧雅音。

雜詩

神龍蟄深淵，杳冥人莫測。玄豹隱南山，澤膚甘不食。造化本無端，歸藏始生息。氣盛物所尤，名高德之賊。卓哉先民言，士必先器識。

北行偶述

皚皚村樹白，曖曖朝陽昇。瘦馬立猶僵，西風警如箭。飛塵染素衣，嚴霜改顔面。村酒濁如泔，沙土和羹飯。向北物價增，去鄉身命賤。回首故山遥，但見南飛雁。

舟中懷長孫超恒時新任藁城令

汝始分符去，吾纔買棹歸。縱然違祖膝，猶喜近親闈。法立奸胥畏，心清案牘稀。此方經巨浸，軫恤念民依。近來作吏者，以奸胥爲耳目，法不立也。案牘累積日紛，心不清也。頸聯二語，可作官箴。

聞錢彭源卒於蒼溪，詩以哭之

燭暗窓昏夜黯然，驚聞巴蜀訃音傳。一官薄俸蠶叢外，萬里全家鳥道邊。但有清名堪壽世，更無靈藥可延年。傷心堂北孀親老，哭向秋風暮雨天。

陸師

字麟度，浙江歸安人。康熙庚辰進士，官至兗寧道。著有《玉屏山樵吟》。

○玉屏觀察，人第知其長於制義，不知其歷任政績，不啻古循吏也。而兗礦使一節，以真苗難得，未裕國課，徒累官民，奏請停止，東土人至今感而祀之。詩，其餘事也，然觀其自序云『情取其真，不務綺麗；義歸于正，專絶浮蠹』，可以見品格之尊矣。

雜感

朝聽衙鼓撾，暮聽櫪馬嘶。夜長不成寐，憂來無端倪。老親遲暮景，荒庭守蒿藜。雪鬢添幾莖，麥飯進幾匙。白雲天東南，可望不可躋。

入夏苦霪雨，兩河歲少登。吾邦罔阜多，頗以豐稔稱。皇天憐瘠土，長官曾何能。哀彼中澤鴻，嘹嚦號寒冰。子母各翻飛，何鄉可依憑。此任河南新安縣時作。

之官真州述懷

昨歸自東垣，結廬屏山住。書史尋夙好，長日儘可度。親亡焉用禄，涕泗誓諸墓。此意愧未堅，又被微名誤。綺羅紛五色，鳴機自織素。縱然違時趨，努力守故步。物生號有萬，心性冰炭異。蟬蜩吸露華，蛣蜣甘穢膩。若使易地謀，却走兩不嗜。擾擾岐路間，東西各行意。儒者重敬官，市估乃競利。邗溝自隋唐，昔稱繁庶地。宴享窮珍羞，吉凶踰典制。巷有衣錦人，家無終歲備。權衡奢儉間，張弛有治義。採風美唐魏，古人豈無意。庶幾去其甚，聊灑俗吏愧。至今人第誇揚州富饒，不知業鹽筴幾家外，貧困猶他處也。權衡奢儉，而欲去其太甚，即此見良吏用心。爲士不學道，所得皆支流。爲民不服耕，逐末非良謀。彼都中聲利，迷罔何當瘳。一髮挽千鈞，力薄知未周。我舌敢辭敝，我行敢告休。力田與孝弟，勗哉景前修。

雜詠

獨坐空堂中，時隱南郭几。悠然萬慮消，止水清見底。無端一物交，倏爾兩念起，因兩遂生萬，棼紜不可紀。静定動亦定，烏用著此子。鑑空而衡平，君當會斯理。周子云，主静立極，不獨静時當静，即萬感雜投時，心中有主，不亂紛也。詩中所云，豈拘守聲律者所能。

禱雨自劾

祝融乘權號令酷，赤日黄埃助炎熇。穲禾枯焦似束薪，澗溪涸竭行成陸。哀哉斯民瓶罍空，婦嘆兒號盈白屋。已走群望薦牲璧，未見天公鞭蟄伏。天降灾祲非偶然，毋乃感召由司牧。一官衣食寄閭閻，何忍鞭箠等犬犢。本心未喪戒摧戕，於民無恩僅無毒。黄昏縱謝四知金，白日虚糜五斗粟。我今自分無寸長，官方久矣宜褫逐。安得暘雨時若民無飢，挂冠高隱弁山麓。此誠不負本心之言。乾隆乙亥歲大荒，丙子歲大疫。官吏有戒摧戕、不流毒者乎？讀此詩，爲之浩嘆而已。

騎牛曲

牛背兒童自放歌，頭頭注澗復踰坡。問渠何法牛馴擾，鞭撻無驚芻牧多。牧民之道，盡末一語。

許迎年

字毅士，江南江都人。康熙庚辰進士，官中書舍人。著有《槐野詩鈔》。〇詩品如靈和楊柳，初日芙蓉，晚唐中最近温岐，情韵勝也。配徐淑，則互相酬唱，風格略同，藝林比之秦嘉夫婦，因並及之。

新竹

乍與僧参玉版禪，旋看解籜裊新煙。斑龍鷩蟄多争地，翠鳳修翎欲上天。烏坐叢枝歌睍睆，月摇虚幌影連娟。此君相對殊瀟灑，不猒秋聲攪夜眠。

萊陽二姜先生祠

黄門高節著萊陽，伯仲風裁在抗章。請劍上方思斬佞，荷戈南國竟投荒。危言足破狐狸膽，浩氣堪增史册光。海湧峰頭祠廟在，貉毛特爲薦馨香。風裁『裁』字，平仄二音，唐賢並用。

和淑則園居病起作

一病經春瘦可憐，幾時不到曲闌前。花殘幽砌堆紅雪，鶯坐垂楊破緑煙。輕暝未成連日雨，薄寒猶怯晚春天。方池新漲遊魚樂，興寄濠梁《秋水篇》。

楊守知

字次也，浙江海鹽人。康熙庚辰進士，官榆林知府。

呬嘛酒歌

楊花吹雪滿地鋪，杏花一片紅模糊。榆錢簸風風力軟，芳林處處聞啼鴣。青旗斜漾茅屋底，天然好景誰臨摹。我留此地一事無，太平之世爲羈孤，東鄰西舍相招呼。殷兄張丈興俱動，醵錢買醉黄公壚。麥缸鵞黄新釀熟，味醇氣郁過醍醐。彭亨翠甀如鶉觚，細管尺五裁霜蘆。低頭吸同渴羌飲，一口欲盡鴛鴦湖。榆林水名。白波倒捲東海沸，渴虹下注西江枯。碧筩不用彎象鼻，龍頭屢瀉蛟盤珠。須臾缾罄罍亦恥，春意盎盎浮肌膚。劉伶大笑阮籍哭，直欲躍入壺公壺。吾皇聖德蠲逋租，吏胥不擾民歡娛。今年更覺酒味好，百錢一斗應須酤。盲娼醜似東家嫫，琵琶箏阮聲調粗。有時呼來彈一曲，和汝拊缶歌烏烏。青天作幕地爲席，醉倒不用旁人扶。樂哉邊氓生計足，白羊孽乳驢將駒。賣刀買犢勸耕鋤，女無遠嫁男不奴。含哺鼓腹忘帝力，歲歲里社如賜酺。安得龍眠白描手，畫作擊壤堯民圖。風土詩傳出太平無事景象，乃不徒作。

徐昂發

字大臨，江南崑山人，長洲籍。康熙庚辰進士，官翰林院編修。著有《畏壘山人詩集》。○畏壘文酒自豪，常傾四座。所著駢體，追倣六朝筆記，亦見博洽。倘能本此出政，便爲藝林完人。○五言古從杜陵出，近體得力樊南，而能自出面目。同時談藝名士，無與儷者。

下田雨歎

古者制田畝，其要維溝防。崇方與廣深，秩秩懸憲章。厥田雖沮洳，隄岸峻且强。水淫不能災，歉歲成豐穰。漢時賢守令，此義尚肅將。奈何千載下，朘剥爲循良。養人乃食人，田事豈所詳。遂使三尺雨，下隰波滄浪。嗚呼匠人職，古法未渺茫。溝防廢不修，萬姓罹凶荒。一言俟采風，吏責非天殃。圜田之制，既以治水，亦以治田，今廢久矣。養人者，但知食人，誰能爲下田計耶？惜采風之使不行，作詩者存其議而已。

夏寒

天地張陰機，日夕風雨横。雷霆瘖不吐，蕭條萬象静。枕席霾霧宿，牕牖波濤泳。緼絮復啓篋，紵衣盡除屏。涼入肌骨酸，氣中藏府病。乘時妖厲作，錢鏄無人競。借問此何時，指牛看斗柄。温風不應候，其國少緩政。况復陰沴結，懔懔如冬孟。方今國用寬，陛下甚明聖。比歲膏澤降，凶札憫萬姓。奈何厥罰寒，憑陵當火正。毋乃群有司，下意慢上令。大祲大痾餘，征求恣考搒。刑峻傷天和，斂急剿民命。國家制廪禄，豈曰飼諛佞。愁雲塞八荒，終夜心怲怲。『毋乃群有司，下意慢上令』，自昔已然。慷慨陳辭，聲色俱厲。少陵《和春陵行》、次山《示官吏作》後，此篇幾欲希《風》。

雁門關

昨升繫舟山，試望雁門塞。巀嶪陣雲黑，勢與玄岳配。及兹赴谷口，踾步入煙靄。曲曲山根盤，層層蒼壁對。嵐光自摩蕩，巖壑遞明晦。古雪滋陰崖，新泉下奔瀨。猨猱一線路，迴出飛鳥背。側磴上空曲，攀危凌地籟。始知經陟高，足底群峰會。玄冥操斗柄，制此天北戒。插漢立雄關，蕃畿隔内外。東掠鳳皇城，西極菖蒲海。呼吸萬里通，形勝兵家最。信乃天下蔽，詎惟三晉隘。時清關門開，畊田鑄矛鐓。不見沙土中，箭鏃餘腥在。

鐵嶺關

鐵嶺負青天，峇崿聳嶺背。峰連削壁險，路入傾崖晦。兵家矜却笠，地勢雄守隘。東馬貫層巒，賈勇陟危塞。山盤鳥道紆，磴轉硤角對。沓石墮仍倚，飛泉散復匯。鳴蟬響清越，樹密晝陰曖。力前忽斗下，猛進眩反退。折趾諒不辭，我僕嗟已殆。三關信雄傑，乘鄣此亦最。山形接北荒，邊璅通恒代。緬昔豺虎鬭，百戰争要害。設險殃萬民，茫茫咎真宰。狀奇險處，字字矜鍊而得，結意見在德不在險也。

過彭蠡湖

水落晴沙高，鸛鳴霜野冷。我來越彭蠡，及此秋光迥。林岫遠參錯，洲溆互陵亘。魚龍氣不驕，鴇鵁散游泳。川塗瓻迴轉，欻疾孤帆影。洪流既歸壑，巨藪失溟涬。乃知造化根，終焉返虚静。沿滹過連圻，蒼然見西嶺。曖曖斜陽中，悠悠動漁艇。異人不可求，松門企清景。天下萬動，歸根於静，不過借湖指出。

漱玉亭

合沓巖厓窄，風雨松顛聲。雙瀑從西來，飛出九叠屏。群峰忽摇蕩，右界銀河傾。孤亭攬要妙，恍惚光怪呈。天清霹靂鬭，日抱虹蜺生。飛瀑濺積素，上散爲雲英。奔漱澗壑間，萬玉相鏗鎗。違山已十里，餘響騰空青。惜哉古球石，獨向山中鳴。坡公作以自得勝，此作以矜鍊勝。惟不相襲，故相逼。

鳳尾岡望海

側磴緣秋毫，連巖眩明晦。蹝踻逾積阻，曠望霄宇大。鳳翥振華尾，下視九州隘。我來躡其顛，若陟靈羽背。一身與雲輕，迥出天地外。巒嶺何隱軫，草樹紛映曖。彷彿魚龍沸，萬里滄溟匯。神山恍可接，灝氣吞南戒。颯沓風雨來，蕭蕭鳴衆籟。鞺鞳重潮奔，鏗鎗群壑會。長嘯顧向途，邈然閲人代。『一身與雲輕』二句，極狀憑高眺遠。下寫望海，不必盡力形容，别於觀海也。若出時下才人手，浪費筆墨矣。

經廣武城

驅馬出廣武，杳渺長坂横。衝風擊山鼓，白日收光晶。羝羊銜髑髏，散亂落溝坑。陰氣萬里結，青草不肯生。四極失所制，關塞起龍争。聖皇内外一，介士彯長纓。夜眠朝射獵，邊柝寢不驚。不見白登臺，西連蘇武城。此非中州之廣武也。『羝羊』四語，寫盡古戰場氣色，後歸本聖朝，見武備修飭，得立言之體。

觀打魚戲爲《鸕鷀歌》

鸕鷀鸕鷀巢高木，張口吐雛連五六。瞯瞯碧眼玻瓈明，棱棱長喙鉤鋋曲。野人椓網横覆車，鯺沙兩翮不得舒。鹿角腥涎養馴熟，朱繩繫頸來捕魚。潮波吞天一葉舞，野人指撝若部伍。鸕鷀穿浪疾如風，水面迴篙掉飛艫。戲鯉游魴驚失次，弩鬐磔尾萬魚逝。翻身入水追亡逋，擂鼓船頭助聲勢。大魚鱗脱紅肌摧，小魚半死盈艙堆。鸕鷀鼓翼鳴得意，貪殘嗜殺神所猜。野人捩柁斜陽墜，論斗賣魚謀一醉。鮮鱠遥看藿葉香，輕刀細剁春葱脆。鸕鷀鸕鷀，垂頭斂翅上横木，一寸鱗鬐不入腹。入水出水，追逋磔鬣，盡貪殘之力，衹爲漁翁利而已，毫未入腹，鸕鷀亦何取耶？此詩妙在全不説破正意。

相見灣詞 自注：在贛州南二十里章江中。

人厭溪灣遲，我愛溪灣漩。三暮三朝見百回，相思那及長相見。

揚州

木鵟沉處錦颿斜，隋氏離宫接暮霞。辱井有魂悲玉樹，仙都無夢餉金虵。裙繅禹穴千年繭，鏡擁迷樓萬朵花。莫向吴公臺上望，江南江北總無家。從義山『地下若逢陳後主』二語而申言之，一加點染，遂若别開面目。

淮陰侯釣臺

木落荒原水氣昏，英雄漁釣跡猶存。蒯通不售三分策，漂母長留一飯恩。人歎老臣知國士，天哀女子殺王孫。藏弓烹狗由來事，只合終身誰上村。蒯通之策不售，而漂母之飯常懷，淮陰無反志明矣。咏釣臺者甚多，此作獨爲完善。

城南二首次宋五嘉升韻

漢室曹瞞是獍梟，猘兒年少欲横挑。刀圍玉帳觴公瑾，花簇珠屏舞大喬。水上神書纔息焰，牀頭明鏡旋生妖。蟠龍門外牛羊墓，穬麥粘天似雪飄。此咏吴桓王也，英氣勃勃，千載如生。

東風倚棹木蘭舠，舊事淮張剩野蒿。人弔夕陽花作雨，鳥啼初月水平篙。江陵故老憐蕭銑，隴首荒宫記隗囂。亡國有魂歸不得，驅狼銜海漫呼號。此咏張士誠也，比以蕭銑、隗囂，恰如分量。

集秀野草堂醉後作

飛揚意氣未磨礲，五岳崚嶒方寸中。草木尚生無患子，男兒那作可憐蟲。逢花茗艼爲愁飲，結柳逡巡歎學窮。至竟文章成底事，莫臨遼海哭秋風。無患子見《本草古今注》，謂此樹可以殺鬼闢疫，即菩提子也。《企喻歌辭》曰『男兒可憐蟲，出門懷死憂』，此種對法全學秋風客、春夢婆之類。

查嗣瑮

字德尹，浙江海寧人。康熙庚辰進士，官翰林院侍講。著有《查浦詩鈔》。

賈太傅祠

陳書痛比秦庭哭，作賦情同楚奏哀。已遣長沙憂不返，如何宣室召空回。身逢明主猶嗟命，天奪中年亦忌才。此日題詩還下拜，也如君弔屈原來。逢明主而不用，前人屢言之矣。『天奪中年亦忌才』，人人意中事，而未及言也。一經屬對，便成名作。

過白沙嶺寄同年張硯齋

積翠浮空不見峰，群峰俱擁萬株松。怪來小驛重關路，忽與千巖萬壑逢。丹壁斜飛千尺練，白雲遥送一聲鐘。龍眠居士如相識，畫我山莊第幾重。

徐永宣

字學人，江南武進人。康熙庚辰進士，著有《茶坪詩稿》。◯茶坪天爵自貴，不就選人。詩全得力於東坡，王牆東耘劬極稱道之，謂其晚唐風韻，各有會心也。

繅絲行

柳花村巷晴窓南，蠶神祀罷事春蠶。一箔三眠日卓午，食葉聲中作風雨。婦姑餉蠶不得閒，雙眉不暇描春山。戴勝飛鳴繭成早，繅車索索絲皓皓。賣絲抵稅輸縣官，入冬子婦仍號寒。

潤州

江山誰第一？最是潤州城。山上南朝寺，江頭北府兵。三春添黛色，萬古一濤聲。閱盡東西客，勞勞役利名。萬古濤聲中間添入『一』字，見人事日變遷，而濤聲自終古也。下接結二語，天然無縫。

舟行即事用香山韻

秋深酷愛水雲空，興到五湖東復東。船泊荻花全白處，酒沽楓葉半紅中。貴人翁仲薶荒草，浮世賓鴻逐斷蓬。何似素心晨夕共，詩籤茗椀得相同。三四語令穰畫卷中每有之，予泊船時，往往遇此而不能言，彌用自媿。

竹垞先生留宿楓橋慧慶寺，夜話追悼陸文孫自注：陸與先生同里，善音律，流寓常州，卒於粵東。

朔風號怒紙窗前，憶舊僧房感逝川。鄉曲公憐楊狗監，天涯吾悼李龜年。雪深院落妻無絮，葉擁階除突少煙。此夜楓青燈影黑，鼓寒霜重不成眠。通體意在文孫，故於竹垞從略。第三語傷竹垞之濩落，下俱言文孫之貧而没也。結意黯然傷神。

宋建中靖國辛巳七月二十八日，爲東坡先生騎箕之辰。先生乞居常州，卒於孫氏寓館，其地去余家不數十武，舊蹟猶存。歲值辛巳，去先生六百年矣！感今追昔，邀同學諸子，於是日肇祀先生，用『眉山』二字成詩二章，致敬恭思慕之意云

鎩羽難遷月下枝，文殊問疾倍支離。夢索竹屋風前樹，心繞觚稜雨後葵。已分孤臣傷骨鯁，可禁衆女嫉蛾眉。憐才只有宣仁語，千載追尋五夜悲。東坡先生生平轗軻，惟宣仁太后能知其才，并諒其忠愛。宣仁殂落，東坡連竄，以至於死矣。此詩特爲表出。

白雲深處碧波環，詩讖無端落此間。回首古橋衰柳斷，傷心小院野花殷。魂歸月黑疑儋耳，鶻没天低憶故山。直接岷江溪水是，瓣香臭臭淚潺潺。六百年後辛巳，此意亦宜一見。

秋日訪朱錫鬯先生

沈尤村僻絶塵寰，千個篔簹水一灣。學道著書無箇事，滿庭黄葉對秋山。先生清節，一語寫

景中傳出，令讀者如或遇之，此種微妙難爲外人道也。

蔡　堃

字甘泉，江南江寧人。康熙庚辰進士，官甌寧知縣。

蜴磯孫夫人廟

魂傷巴蜀雪消時，歲歲東風哭子規。近水芳春花易落，沉沙終古石難移。悲銜白帝生睽隔，恨切蒼梧死别離。環珮不歸清夜杳，月明無主照荒祠。如此英女，而所遭不辰，家國兩有遺恨，視乃兄之降曹，真可媿也！漁洋斷句後應推是篇。

送卓子任之大梁

中原天接大河長，駐馬夷門又夕陽。客路半生心似雪，風人未老鬢先霜。屠沽事業傳公子，詞賦聲名重孝王。此去梁園千里外，不因懷古自悲涼。

陳沂震 字起雷，江南吴江人。康熙庚辰進士，官給事中。

雲安

水折山紆路欲窮，何曾破浪駕長風。高峰猿嘯重雲裏，絶壑舟行亂石中。宦迹羈愁川上下，詩翁遺事瀼西東。雲安麴米今何有？寂寞誰憐酒盞空。此川中作令時詩，下一首同。

巴東

征人日夜逐征鴻，乍過川中入楚中。版籍已知邦國異，人民仍覺語音同。五年三峽風波路，萬里孤舟老病翁。誰信書生遇天幸，平安八口出巴東。

白雪樓

自古衣冠笑楚優，文章聲價付悠悠。人間豈解《陽春曲》，此地猶存白雪樓。山色千尋常聳翠，泉源萬斛自飛流。乾坤清氣依然在，更向何人筆底收。弔李滄溟，見後世有攻伐之無繼續之者。連下首，皆學使時詩。

試院即事

畫戟森嚴晝漏遲，凝香燕寢日斜時。柝聲繞院人聲寂，滿箔春蠶正吐絲。

途中

白雲如絮擁蒼山，膚寸能彌六合間。却怪紛紛頻出岫，不曾行雨竟空還。行雨澤物者有幾人耶？出岫後安然而還足矣。

許　湄

字淩洲，浙江嘉善人。康熙庚辰進士，官湖南石門知縣。○此予座主竹君師考也。勤卹荒政，民受其賜，石門至今俎豆之。

擬古

斑竹生楚岸，檀欒映滄波。天寒倚翠袖，日暮愁湘娥。春雨抽新叢，森森鬱中阿。而何階前篠，攢出如蒿莪。托根一失所，過者尋斧柯。貞堅不自保，咫尺嬰厩羅。嗟彼當門蘭，芳馥將如何。哀君子之罹禍也，通首比體。

雙溪坪勘災

策蹇來投止，荒廬繞棘叢。看人惟野彘，撼壁有狂風。痁鬼村村聚，牂羊户户同。救災長吏職，無術起哀鴻。寫災荒景象如繪，結意自道無術，藹然仁者之言。

費洪學

字巽來，江南吴江人。康熙庚辰進士，官博野知縣。

登滕王閣

岧嶤傑構勢凌空，憑眺山川氣象雄。彭蠡潮聲轉天外，豫章山色落杯中。才人逸唱秋煙渺，帝子遺墟夕照紅。一閣堪憐幾興廢，江頭爲問釣魚翁。

劉師恕

字秘書，江南寶應人。康熙庚辰進士，官至直隸總督。

護花

花開笑春風，却被風吹落。自無堅貞性，但怨風輕薄。賴有護花幡，衆芳得所託。恐此亦偶然，莫便矜灼灼。見秉性貴貞，不藉擁護也。

卧龍岡武侯祠

祠堂舊是栖遲地，門外曾停三顧車。自信君臣並魚水，不教莘渭擅耕漁。大星隨地終炎祚，古柏參天傍草廬。魏殿吴宫俱泯滅，荒岡猶峙劫灰餘。從杜詩化出而泯其痕。

秦文超 字偉士，湖南長沙人。康熙壬午舉人。著有《涵村詩集》。

過漂母祠

清淮水漲岸添痕，望裏長隄古廟存。一飯偶然憐餓者，千金何必重王孫。母能忘報真高誼，漢不酬功實寡恩。我亦江湖垂釣客，經過聊爲薦芳蓀。

黄任 字莘田，福建永福人。康熙壬午舉人，官四會知縣。

暑雨後坐月

雨洗月逾潔，氣寒光轉幽。露螢不自夜，風樹已先秋。烹茗籟遥起，拂琴泉暗流。清宵形對影，身世兩虚舟。學温、李詩者，偏得此清絶之作。從温、李入，不從温、李出也。

讀楚辭作

無端哀怨入秋多，讀罷《離騷》喚奈何。明月竹枝湘浦夕，西風木落洞庭波。美人環珮惟蘭杜，公子衣裳在芰荷。千古靈均有高弟，江潭能唱《大招》歌。

題畫

桃花灼灼水潺潺，隔斷千山與萬山。生怕漁郎漏消息，不流一片到人間。

西湖雜書

珍重遊人入畫圖，亭臺繡錯似茵鋪。宋家萬里中原土，換得錢塘十頃湖。即胡澹菴所云小朝廷意，高宗不復父讐，隱然言下。

珠襦玉匣出昭陵，杜宇斜陽不可聽。千樹桃花萬條柳，六橋無地種冬青。感楊璉真伽發六陵事，西湖詩流連光景者多，此較有關係。

彭城道中

天子依然歸故鄉，《大風歌》罷轉蒼茫。當時何不憐功狗，留取韓彭守四方？泗上亭長何詞以答？

陳睿思

字匡九，江南長洲人。康熙壬午舉人。〇予前結葑南詩課，招匡九入，每詩成，衆人屈服，謂文莊公有後。兹選中《三朝要典》《丁將軍故劍》二篇，皆課題也。才命相妨，中道徂謝，士林咸爲惋惜。

贈張永夫

盧仝家貧無長物，一婢一奴屋數間。先生之貧異於是，破竈頹墮寒無煙。途窮厭見俗眼白，餓死不食嗟來食。驕兒不襪脚凍皴，老妻無食面黧黑。一間茅屋四壁空，雨淋日炙號長風。蠨蛸入户蒼鼠立，夜寒僵卧牛衣中。屯蹶否塞貧且病，憂思感憤明其衷。險語突兀泣神鬼，奇氣磊落撐蒼穹。豪家婢僕何昌丰，睢盱俳笑老秃翁。白日晦昧吾道窮，此輩何足填心胸。喘月之牛負塗豕，紛紛輕薄應如此。君不見，季次原憲留清名，斯人今日常不死。極形其窮，而以險語奇氣表其必傳，永夫可慰於地下！

閱《三朝要典》

明熹宗時朋黨盛，君子小人互争競。小人道長君子消，宦官乘時盗國柄。委鬼茄花互連結，暘睒跳踉意氣横。朝拜假父夕拜官，山鬼晝出白日暝。顧命元臣憤不平，群賢交章以死諍。宫中府中羽翼成，涕泣青蒲血空迸。深居九關啄天下，收縛清流納諸阱。狂瀾已將砥柱摧，疾風那怕秋草勁。紅丸梃擊連移宫，三案手翻亂廷平。去。公然撰刻示天下，正者曰邪邪曰正。吁嗟朝士蒙惡聲，楊左諸臣一網盡。轉瞬烈帝登明堂，黑白分明是非定。小人束手空怨嗟，君子彈冠更相慶。所憐姦慝暫退藏，天下紛紛終不靖。譬如癰疽生腹心，毒氣爍體亡身命。藥石雖能潰腐肉，瞑眩不救膏肓病。我思其殃誰所致？終之者魏始者鄭。謀危太子心計深，挾狡矜凶口語佞。光宗即位不永年，太平天子生難更。後來邦國日殄瘁，蛾賊縱横徧梟獍。《要典》雖焚事已遲，廟堂空見憂心怲。九州龍戰血玄黄，其先履霜陰始凝。後世人君其戒之，莫使女子奄人與國政。從三案始終備言之，詩筆即史筆也。此種七言，古直欲追步孟縣。

觀丁將軍故劍

丁公小永孫子棻，崎嶔歷落非庸人。興酣對客拔劍舞，飛電睒睒風軒軒。坐客觀者喜且愕，丁生材武超人群。生云小子何足算，公等未見先將軍。將軍自少性敢決，翹關負米空千鈞。生平武事略可數，鈎戟劍矟刀槍殳。就中劍舞尤第一，上馬下馬皆如神。白猿遁逃不敢進，青龍髣髴纏其身。余聞自恨生已晚，不得身與將軍親。將軍更有遺事否？余爲傾耳君具陳。生云昔時有草竊，嘯聚海島如雲屯。醢人之骨食人肉，元戎束手徒逡巡。吾祖仗劍往殺賊，髑髏帶血梟轅門。賊中豈少强健者，直前捕斬猶孤豘。後來賊平受上賞，皆由一劍成功勳。只今吾祖已没世，英風猛氣猶生存。此劍時時吐光怪，匣裹龍嘯清宵聞。同人拔鞘決眼覷，殷紅戰血痕疑新。昔聞隴西世受射，將軍之後應生君。君今好文不好武，性嗜奇古師皇墳。自言今者特偶耳，兒戲恐使他人嗔。勸君只合繩祖武，毋徒健筆扛龍文。古來武人畫麟閣，文士老死荒江濱。君不見，賤子學書不學劍，途窮慟哭空酸辛。只寫入先將軍一語，便已出衆。以下磬控縱送，無不如志。末一語轉合文士之困窮，不勝哽咽。○前人論七言古，必時露奇警句，乃不薄弱。篇中『髑髏帶血梟轅門』『殷紅戰血痕疑新』，皆奇警句也，得此通篇振起。

王式丹

字方若，江南寶應人。康熙癸未賜進士第一人，官翰林院修撰。著有《樓村集》。◯樓村壬午鄉舉，年已六旬。明年會試、殿試皆第一。鄉舉時已定元矣，後得吴楚琦卷，改置第六，其實吴卷遠不逮王，知本朝三元應有待也。歸里後，以同年友累，至於對簿辨雪。未幾，遂成古人。藝林重其才，因悲其遇云。

題徐昭法先生澗上草堂畫，兼貽西照頭陀

頭陀姓戴，名易，字南枝，越之遺民也。寄跡于僧，賣字葬昭法先生於珍珠塢。著《虎丘表忠補》一篇，載文靖公及澗上遺跡甚悉，又有《釣臺》詩五百首。

鼎湖晝曀龍無所，席藁孤臣淚如雨。香草庵前魂夜飛，臣報其君子肖父。一樹冬青半欲枯，枝上靈禽自儔伍。鐵函荒井抱遺編，時有風流照毫楮。倏然落墨倣倪迂，寂寂空巖帶平楚。當年思肖畫蘭花，只畫根莖不畫土。澗上襟情亦似之，自寫草堂心獨苦。我今讀畫緬遺風，江南鬼哭珎珠塢。埋骨憑將賣字人，更與流傳表忠補。好把嚴陵五百篇，留伴此圖共千古。文靖父子，

吴之王蠋、夷齊也。詩詳叙其死難守節，末并及戴南枝之爲人，得史家附傳體。

蕭尺木凌歊臺圖

高堂素壁雲氣生，莽蒼一幓秋山明。轟空巖嶪勢千丈，飛流樹頂如聞聲。借問此景從何得，凌歊臺畔青峥嶸。大江東去抱姑孰，天門辣立牛渚横。崇臺拔地接星絡，湘雲巴雪相逢迎。寄奴賣屨作天子，目營八極憑江城。燕秦電掃自豪喜，三千歌舞隨霓旌。至今英雄久灰滅，漠然山高而水清。鍾山有客癖橅彷，坐揮墨瀋升斗傾。不爲永初繪巡幸，卧遊自欲酬生平。橋頭策杖者誰子，幅巾瀟灑携秋英。毋乃義熙老處士，獨依松菊歌閒情。謝宅已荒桓井廢，斷碑苔蝕留空名。何當埜立下幽聽，慈姥夜戛琅玕鳴。我來讀畫三歎息，萬年之計從屏營。涼宵對此且痛飲，西風颯颯燈熒熒。

睢陽廟二首

曾披唐史傳遺烈，百戰孤城蹟不磨。犄角力堪殲寇盜，殞身功已障山河。名先李郭懸青簡，血並南雷染碧莎。此日楹間修一拜，陣雲邊月想悲歌。睢陽一城，若非張、許死守，則睢陽早破，而江淮力不支矣。使李、郭得成恢復功者，張、許力也。『殞身功已障山河』一語，具有論史之識。

繡幔煙沉鐵面寒，衝冠餘怒尚桓桓。戴天定不偕阿犖，斫地還應滅賀蘭。自注：鐵鑄賀蘭進明跪階下，爲觀者捶擊，止存半軀。萬古歲時尊俎豆，九幽靈爽託筳篿。即今燈火傾城市，彩繪旌旗徹夜看。

于忠肅公墓

自拚熱血灑高穹，隻手扶天日月中。帝位安危操上策，外藩影響戮孤忠。苔封石馬三春雨，煙螟巢烏萬木風。相望鄂王精爽在，靈旗蕭颯暮山空。詠古貴於簡要，土木、奪門，二語中俱已寫盡，見作者鍛錬之功。

南中書事

禹甸埴墳殊廣大，蠻方節鉞漫紛紜。欲披角鯉池邊草，旋攬都鷲洞裏雲。孔僅算緡原始䣥，盧循入海豈能軍。詔書一紙烽煙靜，重見侏儷拜聖君。

錢名世

字亮功，江南武進人。康熙癸未賜進士第三人，官翰林院侍講。〇因未見稿本，故所收獨略。

春霽山行

孟春值陰雨，經旬閉柴荆。晨興理短策，試向前山行。始霽群卉坼，稍暄百鳥鳴。攀躋紆石磴，迢遞延葱菁。谷幽嵐正合，路轉湖偏明。松風有時歇，悠然聞水聲。即此愜吾慮，緜邈生遥情。

題延陵季子廟碑後

避位曾傳泰伯風，那言高義子臧同。史書未改仍公子，人物無憑只上中。地僻似村煙月白，廟閒如社野花紅。傷心窟室鈹交後，斷送亡王泣甬東。班史列季子爲上中人物。

劉巖

字大山，江南江浦人。康熙癸未進士，官翰林院編修。著有《大山詩集》。○大山富學殖，篤友生誼，因草《南山集序文》，隸籍旗下。世宗御極，同被累者胥還本籍，服官有遷至閣學者，而大山已前卒矣。詩品發乎至情，不尚詞華，世罕稱述，予獨珍重之。

雜詩

拋金似泥塗，不如富購書。有書堆數仞，不如讀盈寸。讀書雖可喜，何如躬踐履。積金不積書，守財一何鄙。書多弗能讀，賈肆浪奢侈。能讀弗能行，蠹枯成敝紙。前人已道及，此暢言之。下半首即申前半首意，不添一閒語，是爲創格。

雜感

凶器古有兵，高品古有名。兵凶不可黷，名美不可争。赫赫鬼神心，惡殺兼惡盈。窮兵禍自斃，矜名身自傾。二者同一機，盈乃與殺并。惟寂與惟寞，所以全厥生。矜名之敝與窮兵同禍，而以寂寞爲全生之方，真至言也。後作者文字之骫，幾瀕于危，此意外之變，又非滿盈之謂。○一路兵與名並説，讀末二句，知名乃主、兵乃賓也。

哭家西谷侍御

我本江東産，君乃渭北人。二紀聚京國，情若同胞親。兩家有嬌兒，盈盈掌中珎。齒髪過半百，得嗣皆艱辛。惓言雙穉子，永好爲弟昆。君魂遊泰岱，輀車返西秦。我兒泣呱呱，君兒淚沄沄。嬰孩離且痛，何況我與君。生別且不忍，何況死生分。後西谷有後而大山乏嗣，視西谷之亡倍慘矣。

與履安夜話

空墀雪未消，寒酌人初醒。窮冬歲欲徂，不覺增酸耿。離逖十年心，淒清一燈影。泥途子在屯，羈縶余蒙眚。日月懸高天，波瀾起眢井。良朋翳豈無，古義夙所秉。破膽倚平生，掉臂咤俄頃。袖短展莫長，灰殘噓亦冷。非子誰慰懷，使我日延頸。患來悔近名，老至憶幽并。宿諾焉可孤，相期問清潁。此作者罹患後作，已悔近名之非矣。

贈人

鄒陽休上書，縲絏非所恥。禍雖如風飈，義命有根柢。次公從長公，講經狴犴底。聞道在崇朝，夕死亦可矣。刑以懲小人，懷之在君子。匕鬯苟不驚，何妨驚百里。委運與思愆，並行正相倚。古人大業成，皆自憂患始。

病中雜詩

兔魄晦乃光，尺蠖屈乃伸。衆順死之轄，諸逆生之門。聾者目善視，瞽者耳善聞。缺一得專一，用志斯不分。困爾以疢痗，加之以艱辛。誰悟天地意，無恩乃殊恩。能如所言，則無入不自得矣。末俗但望天地之恩，而不知無恩之恩，終身皆戚戚時也。

輓徐泰初

病中決歸計，預以書報家。妻兒懷征人，夜夜占燈花。不望印懸肘，不希金滿車。妻願見阿夫，兒願見阿耶。骨肉苟得完，長飢又何嗟。寧知忽棄捐，旅魂栖天涯。

憶與汝偕遊，爰自白門始。駈驢來幽燕，卧我空齋裏。階前木葉聲，秋雨打窗紙。坐上無車公，飲酒不歡喜。當時意氣豪，爾我俱壯齒。彈指廿餘年，蹉跎嗟我子。余見子盛衰，余亦將老矣。惆悵平生心，悲風颯然起。

造物使子窮，窮且至於死。死且在道途，何爲命如此？孱孱浮薄軀，船木薄如紙。潞水深復深，蛟鼉弄牙齒。一櫬波上輕，歸去三千里。篷窓夜哭聲，如在楓林裏。三章俱直白語，而情至文生，至今讀之，猶覺悲風四起。

天台萬年藤杖歌

金庭洞天高冥冥，懸崖峭壁垂蒼藤。風饕雪嚙雨淋漉，孕藏夔魍遭雷霆。九峰一萬八千丈，兜絡石骨撐天青。天台仙人揮玉斧，斫斷一枝手中拄。出洞入洞撥癡雲，上山下山鞭餒虎。我昨五嶽恣遊遨，扶持兩脚欺猿猱。東坡鐵君已繡澀，少陵桃竹難堅牢。可憐形質癯然瘦，經歷千年始成就。五百爲春五百秋，應與大椿稟同厚。只今九節八尺長，模狀依稀老耆舊。一生恥傍博山侯，傴僂省中笑靈壽。此種七古，可追退之《山石》。一結換境，見張禹雖有賜杖之榮，不足多也。萬年、靈壽，兩兩相映。

采桑秦氏女

倭髻明珠緗綺裘，鈎將沃若葉紛紛。千人坐上誇夫壻，五馬車邊笑使君。洛水但聞歌閉月，巫山惟見賦行雲。羅敷本是邯鄲女，能遣桑中似《汝墳》？邯鄲有此女，可以化淫爲貞。如此立言，纔別於風雲月露。

蔣廷錫

字揚孫，江南常熟人。康熙癸未進士，官至大學士，謚文肅。著有《青桐軒》《秋風》《片雲》諸集。◯文肅工繪花卉，品與惲南田敵。成進士後，宫中極貴重之。流傳世間者，真本絶少。馬扶曦父子代作者，即可亂真也。少歲豪於詩，感時傷事，放情縱酒，一一寄諸永言。《青桐軒》詩，皆未遇時作也，後此黼黻文明、敷揚大業諸篇，未見鐫本，故所録只在《青桐軒稿》中。

續古詩

松蘿良有托，葛蔓亦有依。丘中一貧士，四海無所歸。日飲澗中水，朝採山上薇。天寒水結冰，年深薇漸稀。浩吟《悲哉行》，君子其庶幾。遊魚躍池樂，苑馬騰櫪肥。豈知鴻鵠志，不逐燕雀飛。

荳荒

西北多高田，種花亦種荳。夏至二十日，播植唯其候。刈草復治穢，深耕還淺耨。疎根欲其乾，糞土欲其厚。望莢成二七，不先亦不後。《吕覽》：『得時之荳，其英二七爲族。』誰知入五月，雨下大且驟。荳苗未盈寸，披靡倒若蹂。水浸及濕蒸，空敗不可救。鯀連勢更甚，長草如長寇。戽水倏復盈，築岸旋已仆。浩歌《南山詩》，酌酒聊自酹。出白傅手，不過如此。意取其真，辭取其達。

柴荒

庭中多草萊，階下多松竹。朝取炊晨餐，夜拾煮夜粥。松竹易以盡，草萊生不足。朝持百錢去，暮還易一束。濕重不可燒，漉米不能熟。八口望曲突，嗷嗷歎枵腹。前月山中行，山木猶簇簇。今從山下過，遥望山尖禿。農民無以爨，焚却水車軸。田事更無望，拆屋入城鬻。鬻之富貴家，可以爛魚肉。尤神似《秦中吟》。爲諸生時，留心艱苦如此，他日相業，宜出諸大臣上。

題小顛墨竹

畫竹不如真竹真，枝葉易似難得神。風晴雨露皆有意，子瞻與可無其人。去歲闢地栽新竹，枝葉離披覆茅屋。竹梢枯勁竿清瘦，久久可以醫吾俗。昨夜雨過月上時，壁上掩映青青枝。張子對之無一語，淋漓潑墨發異思。淡煙輕霧筆底生，枝枝盡帶風雨聲。移向乾明寺中挂，壁石好撰張顛名。

表忠觀

流離五季徧干戈，草竊英雄幸遇多。一角國分唐土地，百年廟共宋山河。淩煙閣上功臣像，衣錦營中駟馬歌。爲問販鹽爲盜日，仲謀曾許較如何。頷聯已舉其大。

送陶子師任昌化

厓門圖畫便悽然，況復窮荒在日邊。道險不知山水趣，法寬猶用宋元錢。自注：高、廉、瓊三處皆用古錢，丁卯歲制，督吴公請行錢法，而古錢盡廢。然瓊州海外至今未格也。月明黄木灣頭驛，人語紅蕉花畔船，只有一端廉吏計，木棉花發省裝綿。

看梅

橫列春山翠帳開，幾株相映白皚皚。輕煙未散月未上，放鶴亭邊雪欲來。高格。

張自超

字彝歎，江南高淳人。康熙癸未進士。◯彝歎知己非用世人，不就選謁，生平邃於經學，詩亦從經學中出。

詠懷

阮生何鄙固，往往泣途窮。途豈有窮時，毋乃太熱中。學道無獨識，舉足迷西東。太虚亦寥闊，顧弗容其躬。能貴不能賤，遂爲物所攻。時論于儒者，謂貧爲素風。搖落感剩蒂，飄漾如飛蓬。願爲達觀者，與世開鴻濛。『途豈有窮時』，唤醒急躁人。多少貧賤能移之人，即富貴能淫之人也，達觀者尚未足以知之。

秋懷

大道自坦夷，于中生荆棘。擴清有古人，所貴無遺力。堯舜至今存，孔孟教不熄。世運或遷移，日月亦食昃。遯非聖賢心，剥猶天地德。霜風洗長林，群木涵新色。廓清異端，正以章明聖教。『堯舜至今存』，由孔孟之教不熄也。誰謂詩不足以載道耶？

桑

老桑古怪大成圍，秋風落葉著地飛。腹空皮裂榦拳曲，霜雪歷盡生意微。左邊柔條猶自好，解向東方弄晴暉。我生骨瘦常苦寒，繭絲賴汝成冬衣，願汝百年不戕賊。春日三眠蠶可食，半榮半枯生亦得。即作者自狀其生平。

掃塵行

掃塵練日臘三七，細竹長竿風捲疾。歲歲荒村守敝廬，家家浄掃迎新吉。掃遍瓦椽及四圍，甑中之塵凝不飛。朝來坐曝茅簷下，垢面相逢仍若飢。『甑中生塵』，舊語也。加『凝不飛』三字，便覺貧況可掬，即此想見彝歎清風。

何　焯

字屺瞻，江南長洲人。康熙癸未特賜進士，官翰林院庶吉士，卒後賜侍講學士。◯義門先生負正氣，湯文正爲某所劾，義門時爲選貢生，詣劾者門罵詈，人共高之。屢試不中，聖祖賜舉人，連賜進士，身後進爵賜金，君恩厚矣。生平勤於獵古，自《十三經注疏》、《二十一史》、諸子、《離騷》、《文選》俱一一訂譌鈎貫，天下共想望之。時文選本，其餘事也，今散亡零落盡矣。藝林得其一二，奉若珙璧然。

金陵懷古

寥落寒雲蔽舊京，歌殘《玉樹》聽淒清。并無鐵鎖沉天塹，遽見金輿出石城。一馬尚能龍變化，千門誰使草縱橫。烏衣巷陌尋常在，可是夷吾浪得名。頷聯見不能如孫皓之防敵也，頸聯見并不能如晉元之偏安也，結意見王導猶下新亭之淚，此則并無其人矣。

吴廷楨

字山掄，江南長洲人。康熙癸未特賜進士，官翰林院學士。著有《南村詩》。○南村以北籍被斥，聖祖南巡，獻詩，召試御舟，成「江」字韻絶句詩，中上意，復還舉人。明年成進士，自是恩遇日隆。方欲大用之，而南村卒矣。詩稿未及見，此從《江左十五子選》中録出。

試兒行爲天標令子賦

璇源照夜凝冰壺，老蚌就掌生明珠。翠眉玉頰瞳點漆，人間又見徐卿雛。去年湯餅會衆客，鬱葱佳氣方充閭。走邀温嶠辨英物，耳畔髣髴聞啼呼。今來周晬露頭角，矯矯自與群兒殊。豪鷹崱屴毛骨異，敢以凡鳥題門樞。雲屏翠幙好遮護，抱持保姆顔敷腴。圖史百物羅左右，滿堂坐展紅氍毹。排窓穴壁競覘轡，親戚笑問兒何須。徑前握管隨手抹，似尋字畫摹之無。諸餘玩好不挂眼，豈羨取印提戈殳。迺翁雅素躭詞翰，吮毫磨墨勤咿唔。兒生墮地有同嗜，端能讀父盈車書。草牘方當等曼倩，臨書且爲留官奴。幾人有兒得寧馨，萬金之産良非誣。我歸責子坐歎息，提孩便已趨殊塗。朋來雖有四男子，森如立竹僵墻隅。嬾惰總不好紙筆，召令吐記常含糊。正應坐我老伏櫪，顧後駒齒皆頑駑。韓子不免簡教示，陶公終是分賢愚。詩成聊復使之寫，得不媿汗沾肌膚。生兒當如李亞子，爾曹碌碌何爲乎。遂層引出，正如春蠶吐絲。七古所忌平直，得此，層次曲折，自無平衍直致之患。○提戈取印，試兒詩中所必用也。此以撇爲用，使不覺其陳陳。

石田畫廬山高

石田老人筆有神，匡廬面目爲寫真。犖確高峰駝駝卧，蜿蜒懸瀑蛟龍蹲。更叱巨靈運神斧，削出坡陀似懸乳。哀猿下飲攀難條，寒鳥歸飛愁墮羽。萬古盤渦轉輪轂，三疊水簾珠萬斛。遊人總向畫圖看，依稀認得康王谷。何年來遊支短笻，筍輿芒屩相過從。會當洗耳萬山頂，高揖五老看罏峰。

觀潮

閶闔長風吹海立，馮夷怒挾天吳入。層層駕浪薄秋旻，涼波如沸魚龍泣。海門匹練遥飛來，龕山赭山青崔嵬。罔象横衝兩崖束，巨靈直擘中流開。劃然分奔吼餘怒，霆擊雷轟碎天鼓。日車傾昃羲和愁，疾掩陽烏避吞吐。是日陰晦。倏忽奔騰萬馬獰，鴟夷蹴踏來窈冥。雪山摧翻鼇脊瘦，冰柱迸裂蛟涎腥。俄聞春岸喧雲碓，旋見跳波散珠珮。驚濤蕩潏天低昂，亂石訇訇山破碎。潮頭一落百丈强，迎潮之子淩蒼茫。千桅乍隱鷗起没，一葉忽浮鳧拍張。目精眩轉毛灑淅，我生江鄉懵未識。吁嗟向若衄然驚，倒瀉長江盪胸臆。水犀强弩千雕翎，欲尋斷鏃揚遺靈。釣臺西峙灘漲急，海天澒洞孤煙青。此詠廣陵潮也，一路排山倒海而來。末幅煙波無際，蓋潮至富陽而怒平矣。

天妃牐

斷堰鎖崔嵬，奔流下石隈。勢吞淮甸盡，聲撼海門開。水氣晴吹雨，天風夕送雷。扣舷驚險絶，誰是濟川才。

淮浦夏日雜感

濁浪南奔萬馬雄，清淮如線失春容。天連碧海盤霜鶻，水拍金隄轉雪龍。四載禹功今未遠，一丸蟻穴古難封。杞憂却怕天饒笑，且與平治磊塊胸。

曉望華嶽

曙爽西來嶽勢尊，削成天外射初暾。寒松翠滴仙人掌，晴雪光浮玉女盆。氣肅金晶横地軸，路尋箭筈倚雲根。懸知絶頂通呼吸，直欲排空謁帝閽。

函谷關

丸泥塞險恃崇墉，表裏山河百二重。城晚角聲通晉塞，關寒樹色鎖秦封。驚心逋客聽雞度，矯首真人跨犢逢。西去嶽蓮迎面起，雲開立馬許從容。連前一篇，雄整稱題，猶見王、李遺格。

吴瞻淇

字漪堂，江南歙縣人。康熙癸未進士，官翰林院庶吉士。○漪堂先生不以詩鳴，而天然温厚，如其爲人，所養醇也。

發富陽夜次嚴瀨

忽見桐江樹，回頭失富春。中天一片月，千古兩高人。自注：嚴子陵祠對謝皋羽墓。世亂宜晞髮，時平亦潔身。清風迎客棹，欲爲滌征塵。五、六語分承皋羽、子陵，潔身每在危亂之邦。時平潔身，前惟巢、許，後惟子陵也，語不刻削而自切。

三答家兄

留滯周南客，相思春草餘。夢來乘夜月，詩好代家書。父有千秋業，兒慙兩地居。何時耦耕罷，商略注蟲魚。

章藻功 字豈績，浙江錢塘人。康熙癸未進士。

晚遊西湖

雲漏晴光一縷斜，紛紛歸逐七香車。山中影散樵薪客，隄外帘收賣酒家。乍捲村煙横遠岫，暗移篝火點平沙。可容爛醉湖頭宿，夢轉三更玩物華。通體不脱一『晚』字。

國朝詩別裁集卷二十

長洲沈德潛歸愚纂評　男　種松校字
江陰翁　照霽堂　長洲周　準欽萊同輯

查慎行

字夏重，浙江海寧人。康熙癸未進士，官翰林院編修。著有《敬業堂集》。

○敬業會試出汪東山殿撰之門，東山，向日執後輩禮相見者也。至是，敬業居弟子列甚恭，而東山仍事以前輩，時論兩賢之生平，敬慎篤實，見重内廷，同時班揚之列，無一人疑忌之者。○《施注蘇詩》行世久矣，敬業補所未及，兼多駁正，緣無力，未及鐫行。所爲詩得力於蘇，意無弗申，辭無弗達。或以少蘊藉議之，然視外强中乾，襲面目而失神理者，固孰得而孰失也？惟學之者勿更揚其波，斯爲善學者耳。

秋感

渡淮橘成枳，一變性終失。不聞返故土，枳又化爲橘。人生百年中，孰是保初質。就衰水赴壑，駐景戈挽日。幾見白頭翁，髩霜復如漆。見變善爲惡，不能復返爲善，即未有小人而仁者意，所以防失足也。下又推廣言之。○若果於迴車，仍可返蹠爲舜，此又當活看。

閘口觀罾魚者

牐河一綫才如溝，戢戢魚聚針千頭。其中巨者長二寸，領隊已足稱豪酋。爾生亦覺太局促，漂漚散沫沉復浮。不知世有海江闊，長養何異蒙拘囚。居民活計乃在此，勞不撒網逸不鈎。竹竿綳罾密作眼，駕以一葉無篷舟。朝來暮去尋丈内，細細粘取銀花稠。庖厨却緣瑣碎棄，曝向風日乾初收。微鮏但供飼貍用，性命肯爲纖毫留。吾聞王政雖無澤梁禁，鯤鮞尚有洿池遊。人窮微物必盡取，此事隱繫蒼生憂。一錢亦徵入市税，末世往往多窮搜。主意在貪殘盡取，末路一點，知通體全注於此。

洪武御碑歌

昇仙臺前白玉碑，柱石拏攫龍之而。鴻文載在御製集，初不假手詞臣爲。我來摩挲一再讀，顛者蹤跡大可疑。憶昔元人失其鹿，群雄角逐爭驅馳。濠州布衣人未識，芒碭雲氣常隨之。金陵一朝定九鼎，六合不足煩鞭笞。是時楚兵最剽悍，不自量力來交綏。國家將興有先兆，天遣來告貞元期。明明天眼識王氣，故以險怪驚愚蚩。英君往往謀略秘，計大不許尋常窺。亦如田單破燕騎，神道設教尊軍師。不然茲事乃近誕，小數何足誇權奇。白旄一麾江漢靖，軍前長揖從此辭。留侯自伴赤松去，穀城空立黃石祠。天池之山高巍巍，竹林仙馭杳莫追。鶴歸倘記石華表，世代已逐滄桑移。百年雨露在山澤，惟有松柏參天枝。張三丰事本近詭譎，明祖製碑文以表之，即斷白虵赤伏符等意也。篇中點破神道，設教正論不磨。

王文成紀功碑

明朝制科號得士，吾鄉前輩尤絶倫。于公王公後先出，往往艱大投其身。朝廷坐收養士報，倉卒定變皆儒臣。正德己卯夏六月，逆濠犯順江湖濱。公然舉兵思向闕，三郡一鬨生袄塵。皖口騕騕勢將下，留都岌岌恐震鄰。是時海宇正清晏，武備缺略久不振。公方持節撫南贛，似可觀變徐邅迍。同讐大義憤所切，守土敢限越與秦。出師必待九重詔，是謂以賊遺君親。飛書插羽聲罪討，攻所不備真如神。自從擣巢及執醜，通計時日纔兼旬。軍門戎首已面縛，天子韎韐方南巡。石頭城南獻馘罷，待命行及明年春。周公東征尚跋疐，形跡詎可拘忠純。盈廷宵小古亦有，忌者愈衆節愈伸。初心祇期濟國事，豈必畫像圖麒麟。兹山勒銘蓋有故，深刻歲月題庚辰。紀功非夸乃紀實，書法遒勁辭温醇。首從伐叛叙始末，繼舉神武歸丹宸。天方嘉靖我邦國，誰其紀者臣守仁。隨征官屬例得列，惜哉名姓今俱湮。讀書臺傍一片石，百四十字磨崖新。逸事吾聞長老説，弘治一榜凡三人。後來立朝適共事，數本前定非無因。胡發其姦孫殉難，公乃一手回千鈞。自注：弘治五年，吾浙鄉榜，公與胡公世寧、孫公燧同舉。其年，場中見三巨人，傳爲異事。及宸濠之變，胡首發其姦，孫以巡撫死難，三人共此事，亦一奇也。煌煌勛業本德性，出遇世會開經綸。質語百世可無惑，似此理學寧非真。後來輕薄好詆毁，撼樹不過欺愚民。如公表見猶未免，此外何以加冠巾。手摩碑碣發長嘯，白日皎皎懸秋旻。就禽宸濠始末詳言之，表出一榜三異人事，見事屬前定，非偶然也。末以紛紜詆毁比之蚍蜉撼樹，用以間執小儒之口。

中秋夜洞庭湖對月

長風驅雲幾千里，雲氣蓬蓬天冒水。風收雲散波忽平，倒轉青天作湖底。初看落日沈波紅，素月欲升天歛容。舟人回首盡東望，呑吐故在馮夷宫。須臾忽自波心上，鏡面横開十餘丈。月光射水水射天，一派空明互迴盪。此時驪龍潛已深，目眩不敢銜珠吟。巨魚無知作騰踔，鱗甲閃爍翻黄金。人間此境知難必，快意翻從偶然得。遥聞漁父唱歌來，始覺中秋是今夕。

高斯億爲余畫竹，以詩報之

畫竹原從草書出，眼中孰是張芝筆。高生善書久絶倫，餘技兼爲竹寫真。自言亦用狂草法，頗覺游戲能通神。無諸城中少修竹，客舍連旬苦炎毒。賴君妙手補化工，爲我一揮終十幅。幅終擲筆風雨來，野人踈爽心顔開。須臾雨止墨光濕，潤入紙背生蒼苔。老龍蜕骨瘦崛强，翠鳳掉尾紛毰毸。魄雄氣大腕力壯，盡掃篠簜皆凡材。忽然幻作鐵鉤鎖，自注：江南李主作竹，自根至梢，極小者一一鉤勒成，謂之鐵鉤鎖，自云惟柳公擁有此筆法。世有誠懸應識我。渭川千畝胸鬱蟠，放縱精微無不可。文湖州脉繼者難，後來獨推王孟端。人間多畫風中柳，自注：東坡《題文與可墨竹詩》：『那將春蚓筆，畫作風中柳。』瓎重蕭郎十五竿。前後以草書作關鎖，章法不懈。

謁南海神廟

姚侯送我游黄灣，澄江一道晴無瀾。黄昏到岸天色變，徹夜震撼號驚湍。平明謁海神，雲氣解駮光斑斕。殿中擊銅鼓，聲落海外迎潮還。巡簷繞廊看古碣，手剔碧蘚青苔斑。或欹或仆或屹立，節角剷殺形模殘。煌煌御書碑，迥出唐宋元明間。浴日孤亭表其右，七十二級直上窮躋攀。不知榑桑出地幾千丈，頓覺萬象晃朗窮豪端。驪龍吐珠蛟歕涎，陽烏擊水鼇移山，祝融分位當炎躔。紫霞紅浪上下兩摩盪，中有萬點風檣竿。星流電掣到廟下，一一椎髻垂花鬘。吾皇膏澤被百蠻，遠人畢至邇者安。自從計臣握筭變新法，鹽筴纖悉多歸官。廣川大澤禁漁獵，網漏魚鼈群生慳。問神受封今幾代，蒿目豈不知時艱。國家大事必祭告，謂是正直無欺謾。幽明肸蠁一氣旋，憂樂當與民相關。曷不草緑章，爲民請命恩宜頒。但使方隅獲沾山海利，神亦坐享血食無慙顔。計臣析利，至於川澤無漁獵、魚鼈無漏網，而望神之爲民請命，此無可奈何之辭。

與顧梁汾舍人次閣學韓公韻

不是微之定牧之，紫薇亭擅舍人辭。十年未就《歸田賦》，衆口猶傳《赴洛》詩。往事相關碁已散，秋風纔到髩先知。怪來東閣留賓地，難遣深情是酒巵。

拂水山莊

松圓爲友河東婦，集裏多編倡和詩。生不並時憐我晚，死無他恨惜公遲。峥嶸怪石苔封洞，曲折虚廊水瀉池。惆悵柳圍今合抱，攀條人去幾何時。重其積學，惜其失身，諷刺以和婉出之，得風人之旨矣。

汴梁雜詩

梁朱宋趙遺墟指汴京，紛紛代禪事何輕。也知光義難爲弟，不及朱三尚有兄。將帥權傾皆易姓，英雄時至適成名。千秋疑案陳橋驛，一著黄袍遂罷兵。陳橋之變，太宗實與其謀，而主之者，宋祖也，貶光義而難兄之失自見矣。文人之筆嚴於鈇鉞，信然。

秦郵道中即目

不知淫潦齧城根，但看泥沙記水痕。去郭幾家猶傍柳，邊淮一帶已無村。長堤凍裂功難就，濁浪横侵勢易奔。賤買河魚還廢箸，此中多少未招魂。借河魚以形漂没之多，筆下疑有冤魂屯聚。

景州董子祠

西風殘照廣川城，董相祠邊感慨生。官秩稍增秦博士，文章獨闢漢西京。醇儒豈以科名重，英主無如經術輕。却笑武皇親制策，牧羊牧豕盡公卿。牧豕牧羊，即『爛羊頭』『竈下養』之先聲也，轉自崇經術者開之，故奇。〇牧豕猶僞經術，此因牧羊而連及之。

度仙霞關題天雨菴壁

虎嘯猿啼萬壑哀，北風吹雨過山來。人從井底盤旋上，天向關門豁達開。地險昔曾資劇賊，時平誰敢説雄才。煎茶好領閒僧意，知是芒鞵到幾回。

黔陽雜詩

玉斧銅標界有無，苴蘭城外亟儲胥。田横客已辭窮島，樂毅功難敵謗書。官濫羊頭争獻鏡，謀新鼠穴可乘車。英雄稺子論誰是，廣武登臨歎有餘。

送陸蓬叟之井陘

不道西遊爾許難，萬峰高下渡桑乾。亂鴉雪緊荒城暮，叢雁天低斷角寒。燕市莫尋當日伴，并州且作故鄉看。到時尺素煩馳寄，及與梅花報歲闌。

擬玉泉山大閱二十韻

地闢丹稜沜，天開裂帛湖。連岡環北極，列曜拱中樞。鞮驛銷氛氣，風雲蓄睿謨。不忘神武略，獨握帝王符。吉日將差馬，先期已祭貙。桓桓齊步伐，肅肅選車徒。野曠金鉦轉，沙平玉帳鋪。一人船韎韐，九校勇馳驅。鵞鸛知兵法，龍虵入陣圖。雪光明組練，寒律勁雕弧。憶昨三犂候，親征萬里逾。行間走英衛，麾下拔孫吴。撻伐聲靈在，韜鈐將相俱。詩人賡虎拜，士氣動山呼。振旅時方暇，回鑾日未晡。殊威宣遬土，同軌坦經涂。典禮因時舉，欃槍埽跡無。武功雖再纘，文德久覃敷。用遏昭無外，周防戒不虞。煌煌太平業，磐石鞏皇都。叙明大閱，下將萬里三犂振起，頓覺神骨俱遒。作長律解得此法，自無平直之患。

登蕪湖浮圖

落帽家山記幾巡，弟兄南北各傷神。茱萸明日重陽酒，五處登高各一人。自注：時家次谷在粵，荊州在燕，德尹在黔，惟韜荒家居，故云。

曹操疑塚

分香賣履獨傷神，歌吹聲中繐帳陳。到底不知埋骨地，却教臺上望何人。或云發盡七十二塚，或云埋骨更在七十二塚之外，奸雄心事，未易窺測也。此即以望西陵語調笑之，曹瞞應亦齒冷。

題蔡方麓修撰《早朝圖》

水晶簾捲月如鈎，侍史妝成盡下樓。比似早朝還較早，不教君起看梳頭。

陳至言

字青厓，浙江蕭山人。康熙癸未進士，官翰林院。著有《青菀堂集》。

感懷

白石何齒齒，清泉何浥浥。中有窮巷人，風塵寡顔色。驅馬發大河，碎琴金臺側。風塵肉眼多，慷慨竟何益。羽以翠得稱，玉以韞鮮識。誰曰託微波，終使形骸隔。姱修求匪虧，吾道在夷白。任運可逍遥，何須計通塞。以術干人，何如守素？夷白，守素之實也，碎琴長安者，當廢然自返。

美人城南隅，婉孌發清揚。翳彼金玉姿，翠裾垂明璫。容與耀殊質，薌澤助晨妝。蛾眉衆謡諑，罹憂處空房。棄捐無是非，庭户鮮輝光。衆口如浮雲，君心如曦陽。凋枝抽榮條，春來自芬芳。守素以竢時，毋爲自摧傷。不疾浮雲之掩，而望曦陽之照。春至抽榮，憂傷自息，此爲詩之正聲。

春遊同吴六應辰、張四星陳、金大以賓、韓十三渙文暨家魏公兄，登摩烏山蘭若，醉中，慈上人索賦

湖光如練山如拳，青天倒削波心蓮。何年飛下小蓬島，駈山不用秦王鞭。山前山後桃花路，不上湖船那能渡。滿船載得踏春人，荇帶荷錢春欲暮。茅庵誰結山之阿，青竹江籬古薜蘿。徑穿曲磴飛紅雨，門對平湖捲白波。白波捲不開，紅雨飛不定。湖風忽起亂鴉啼，白雲流水瀉成鏡。座中韓生忽大叫，對花無酒花亦笑。阿菱十二能操舟，隔湖買得射洪到。射洪春酒醉百壺，壁上新詩值一掃。慈山山人知不知，人生行樂須及時。自注：白香山歌童名阿菱。

北平送友人南歸

哀角嚴城起，悲秋淚滿衣。如何遊子恨，偏自送人歸。霜落孤鞍急，天高獨雁飛。賞心零落盡，朋舊日應稀。

江上阻兵

聞道胥江口，黄巾未解兵。春沙晴洗馬，烽火夜連營。羽信驚帆影，鄉心亂角聲。請纓繫南越，無路痛書生。

白杜鵑花

蜀魄何因冷不飛，空山一片影霏微。那須帶血依芳樹，自可梳翎弄雪衣。細雨春波愁素女，輕風明月泣湘妃。江南寒食催花候，腸斷無聲莫唤歸。

詠白丁香花

幾樹瑶花小院東，分明素女傍簾櫳。冷垂串串玲瓏雪，香送絲絲罷罽風。穩稱輕奩匀粉後，細添薄髩洗妝中。最憐千結朝來坼，十二闌干玉一叢。詠花二詩，不徵典實，不著色相，而杜鵑、丁香，自然分别，於遺形取神處求之。

岳端

字兼山，安和親王子。著有《玉池生稿》。○紅蘭主人禮賢下士，鄒枚之列時來座下。嘗選郊島詩，以示不棄寒瘦之意，其志趣可知矣。

春郊晚眺次韻

長堤一望夕暉斜，芳樹枝枝待暮鴉。西嶺生雲將作雨，東風無力不飛花。嬌鶯細囀留清晝，孤鶩徐飛帶晚霞。野客獨扶藜杖遠，柳陰深處覓漁家。清揚圓轉，元人中在薩照磨、宋子虛之間。

題閨秀朱柔則寄外沈用濟畫卷

柳下柴門傍水隈，夭桃樹樹又花開。應憐夫壻無歸信，翻畫家山遠寄來。遠人不歸，而圖家山景以動之，用意曲折，即此可見幽閒貞静之風。

博爾都 字問亭，宗室，鎮國將軍。著有《問亭詩稿》。

送友之粵東

相送粵東去，深憐客舍寒。秋風摧木葉，憶爾下南安。馬首五千里，猿聲十八灘。扶胥海口過，眼界倍教寬。

雁

零露冷汀洲，歸鴻度小樓。秋心齊喚起，不止動邊愁。意不必深，而韻遠，自爲唐音。

喻成龍 字武功，奉天人。官至刑部侍郎。著有《塞上集》。〇嘗有句云：『丈夫既捐軀，豈能依骨肉。』又云：『立馬望黄河，天青塞雲紫。』頗學少陵。

聞笛

夢裏悠揚横笛聲，高天露下共淒清。愁來江漢人何處，望裏關山月倍明。萬里孤雲隨絶漠，十年羸馬更長征。誰知一曲終宵怨，霜雪無端兩鬢生。

曹寅

字子清，奉天人。官江寧織造。著有《楝亭詩稿》。

歲暮遠爲客

曉鐙寒無光，驅馬别親故。殘月墮楓林，荒煙白山路。十年遊子懷，惜此歲華暮。載詠《無衣》詩，何以蒙霜露。起手十字，寫盡辭家之苦，可與《别賦》並讀。

讀洪昉思《稗畦行》卷感贈一首，兼寄趙秋谷宫贊

惆悵江關白髮生，斷雲零雁各淒清。稱心歲月荒唐過，垂老文章憂患成。禮法世難拘阮籍，

窮愁天欲厚虞卿。縱横捭闔人間世，只此能消萬古情。

揆叙

字愷功，奉天人。官至都御史。

鷹坊歌

西郊天闊沙茫茫，高槐古柳溪風涼。地偏寂寞少人住，但作甌脱供鷹坊。中有海青最神俊，竦立毛骨森昂藏。金眸玉爪異凡品，下視狡兔如跛牂。側眼似覺天地窄，常思一舉摩穹蒼。憶昔遼代最珍貴，女直貢獻交相望。搜求無厭旋致禍，兩國轉眼悲興亡。至今黑水留異種，雕籠競致來遐方。五陵年少頗好事，愛玩豈惜千金償。嗟汝生性特趫捷，隼鶚未許隨肩行。長絛羈紲豈初意，歲月浸久成馴良。關山秋暮盛羽獵，商飈倒捲塵沙狂。翻身向空入霄漢，快若駿馬初脱韁。駕鵞潛飛雊雉避，雲羅萬里無遮防。老拳勁翮奮搏擊，風毛雨血齊飛揚。天生羽族亦有命，飢雀叫噪悲空倉。林邊野鶴骨立瘦，度腹僅得分餘糧。爾形襹褷亦安用，終朝肉食恒充腸。人間生計揔媿汝，翻笑溪獺銜魚忙。侏儒方朔異飢飽，萬物榮悴真何常。況今飛啄本同類，强弱吞啖堪嗟傷。食鰕原不乏魚鮪，捕蟬亦復驚螳螂。何當忘機效海客，驅逐猛摯延奇祥。群飛衆動各適所，丹山鸞鳳常遊翔。桐花摇落期不至，老鴉攫肉紛路旁。且隨韓嫣逐金彈，排風毛質看騰驤。議論正大，不及唐東江作，而筆力亦自矯健。

鈕琇

字玉樵，江南吴江人。官邑宰。著有《臨野堂集》。○玉樵博雅多聞，著《觚賸》一書，能舉見聞異詞者折衷之，可以補正史之闕，詩亦變風之遺。

修塘謡

朝聞官兵至，暮下修塘檄，官塘不修誤軍機。官塘脩時民罹厄，泥一斗，甎一箕。負之擔之向水涯，盡是塘夫膏與脂。皇天不識塘夫苦，淫雨增波齧塘土，官吏督修猛於虎。杵聲薨薨築且堅，急索私例時加鞭。泣言官人勿加鞭，囊中尚餘賣兒錢。末語冀官人之動心也。只恐官人聞之，轉增其怒，尚嫌其少耳。

秋雨歎和杜少陵韻

羲和投鞭白日死，滿堂水衣蒼色鮮。灘聲潺湲入秋耳，更驚斛麥須千錢。東風蕭蕭吹雨急，茅茨數點波間立。菽沉禾爛不可收，舟居嫠婦中宵泣。市人喧語何紛紛，防河府帖來如雲。三日河夫點行急，慘澹骨肉須臾分。陰霾迷天白晝黑，荷插河千不暫息。寄言家人已無食，賣兒街頭莫論值。積陰六旬指可數，城中十室九無堵。去年年豐時亦和，何事今秋獨淫雨。雨狂聲撼草堂寒，行厨薪濕晨炊難。聞道長安久赤地，弘羊拜爵河流乾。視少陵作尤爲變聲。

春草

不信繁華事已空，傷心南浦復濛濛。何年陵寢斜陽外，幾處亭臺暮靄中。歷亂影連流水碧，萋迷香襯落花紅。多情陌上雙蝴蝶，猶是飛飛失故藂。

題方石居贈忍公用吴媿庵先生韻

方庭修竹緑如圍，琴榻書牀識静機。紫朮夜舂供客飯，白雲秋製入山衣。落花逕曲呼童埽，斜日林空放鶴歸。最喜遠公寬酒戒，虎溪乘月叩禪扉。

感事

赭服南冠兩髻華，却携妻子繫天涯。春風客淚河橋柳，夜月鄉心驛路笳。慟哭范滂猶有母，飄零張儉已無家。只今知己多豪俠，空憶當時廣柳車。擬以范滂、張儉，必負才而被累者。末責以豪俠之不能脱人於難，談何容易耶？取其辭句之工可也。

于養志

字涵一，奉天人。官四川巡撫。著有《讀〈易〉草》《西征集》。

不寐

秋風吹白帝，枕上落江聲。小苑煙光薄，疎簾月影清。三更羈客夢，萬里故鄉情。漸聽荒雞動，驅車按部行。起手杜陵家數。

管掄

字青村，江南武進人。官師宗州知州。著有《吹萬集》。

匡廬歌

平明迎日上廬嶽，春山滌翠清如濯。攀蘿直上三萬級，側身蟠走如飛鶴。雲鱗鱗，花冥冥。劃然巨靈劈千丈，瀉出萬派洪濤聲。耳目蕩漾不能主，恍如坐我於滄瀛。滄瀛風雨不可測，中有一人不相識，回頭笑指遊空濛。導余絳節雙玉童，呼吸帝座隨清風。俯視一一金芙蓉，白雲如綿滿空谷，乘此欲與天庭通。拍肩笑問洪厓生，口吹玉笛銀河傾。山中木葉蕭蕭響，下界疑爲鸞鳳鳴。襞牋授蕭史，供飲白玉醴。長觥傾倒慎莫辭，醉眠石上呼不起。白猿蒼鳥莫相猜，前五百年曾住此。空靈縹緲之氣凝結而成，自是君身有仙骨。

蠻中作

破驛悲風雨暗春，草堂無恙得吾真。從來聖世要荒外，儋耳龍場自有人。自負不淺。

陶孚尹

字誕仙，江南江陰人。貢生，官教諭。

早春閒興

東郊雨後景逾新，蠟屐尋芳踏軟塵。橋畔杏花村店酒，水邊紅袖畫樓人。鷀鶘覓壘頻穿幙，鸚鵡偷言巧弄春。陌上王孫何處去，青青草色送征輪。韋莊、韋穀，風流斯在。

懷友

又見靈光劫後存，金陀遺事共誰論。年時記得同遊處，衰柳西風白下門。自注：莆田余曼翁。

舟中

烏衣剪剪柳毿毿，陌上誰家賦采藍。我在木蘭船裏住，夢魂依約到江南。

水仙花

澧蘭沅芷若爲鄰，澹蕩疑生羅襪塵。昨夜月明川上立，不知解珮贈何人。同是凌波微步之義，而風神閒遠，在欲離欲即之間。

張養重

字虞山，江南山陽人。○張嘗有句云：『南樓楚雨三更遠，春水吴江一夜生。』王漁洋尚書賞之。初謁漁洋時，即問此等好句，生平有幾？張退謂：『人曰生平快意句，不意王公一見道出。』

自困溪歷延平抵建寧雜詠

風吹博望槎，白浪滚江沙。纜走懸厓險，舟穿亂石斜。龍鍾垂澗竹，躑躅映山花。野泊無人境，前林起暮鴉。『纜走懸厓險』，即所云『百丈牽江上瀨船』也。『舟穿亂石斜』，即所云『船落危灘無正行』也。經過險境，吐語自然暗合。

不寐數嚴更，危厓戍火明。聞鵑春淚滴，防虎夜心驚。枕落高灘響，篷懸密雨聲。山川淒絶處，魂斷劍州城。

汀州道中

左顧朝陽右贛州，新羅高據萬山頭。番猺接地蟠關隘，烽火連天起戍樓。日夜鄉心皆北向，古今汀水獨南流。可憐滿眼崎嶇路，惟有清猿伴客愁。

陳學泗

字右原，江南長洲人。諸生。

望岳

聞道仙都白玉壇，東來靈氣鬱巑岏。天迴青眼三千里，路上雲霄五十盤。終古兒孫朝岱帝，當年碑版肅祠官。浮踪誤我登臨約，蒼翠何時得飽看。

天孫列岳翠爲屏，共説天門走百靈。滄海一杯高頂白，齊州九點暮煙青。芝童不信來塵壒，羽蓋虛疑出杳冥。安得身輕似黄鵠，洗頭池畔摘寒星。三、四語似乎登岱矣，然以『共説』二字領起，則實處皆虛，末更醒出『望』字意。

紀事

臣浸東南力未蘇，萬家飢鵠不勝呼。中丞欲請敖倉粟，司諫先陳鄭俠圖。漫議補苴停轉運，最憐剜肉賜全租。春來縣吏敲門早，試問三農一飽無。自注：去歲吴地水災，柯黄門力請蠲賑，得免丁徭之二，漕米亦從折色。○此康熙乙亥年事也。減丁徭、折漕米，君恩高矣。又嘗分省輪捐，百姓有終年不入縣門者。升遐之日，深山窮谷如喪考妣，視宋仁宗有同符云。

衮龍新幸柏梁臺，供奉傳呼走馬來。共薦長卿能作賦，可知漢武最憐才。銀魚學士緋袍奪，紫袖昭容繡幰裁。多少兔園詞客老，空依北斗望蓬萊。自注：上喜詩賦，高少司寇、沈太史，並以應制詩邀賞。

鸚鵡洲弔古

側身天地竟何之，記室才高數獨奇。憤到漁陽聊罵坐，狂來北海任呼兒。一抔已没蛟龍窟，千古誰憐《鸚鵡詞》。欲采江蘺迷處所，暮煙洲渚水瀰瀰。至今鸚鵡洲已沒於江，余經其地，釃酒憑空弔之，無復芳草萋萋矣。五語蓋紀其實。

沈受宏

字台臣，江南太倉人。歲貢生。著有《白漊集》。〇白漊先生孝友誠慤，在名場五十年，終老不遇，而中心坦如，所養可知也。詩學親承梅村祭酒指授，故吐辭淵雅，無志微噍殺之音。

贈吴事衍

先生延陵老子孫，婁江科第推高門。名流冠蓋世雖换，豪士風流今尚存。憶昔從兄宦錦水，芒鞋藺足荆棘裏。百口長悲殉亂離，一身何幸還鄉里。草堂絲管秋風寒，譜出新聲《行路難》。自注：有《蜀鵑啼》新劇。共傳顧曲周公瑾，誰識哀時庾子山。三十年來頭已白，蕭然放散江湖客。博場酒社共追歡，畫筆棋枰兼負癖。西南近日羽書傳，重見公孫躍馬年。人間多少滄桑事，付與先生一醉眠。

九龍灘

我從建溪走千里，膽落魂銷百灘水。舟人更説九龍灘，絶險諸灘安足齒。嗟予漂泊何爲哉，今日親到龍灘來。恰聞昨日七舟下，兩舟却破尋尸骸。上灘猶比下灘好，人登崖岸且自保。長索條分衆挽舟，獨把操篙付三老。一灘水懸一丈高，奔雷捲雪春怒濤。舟尾向天舟倒立，還防巨石訇相遭。欲上不上力再著，號呼互應愁一錯。我傍山根彳亍行，峻贈石罅難移脚。九龍九龍路折盤，盡日勞勞上幾灘。最有墓龍勢尤險，過此相慶方平安。嗚呼上灘人自苦，下灘水急誰能主。輕舟逐浪轉如飛，縱有賁獲勇何補。清流之人水中生，自注：閩中舟子俱清流人。弄舟慣與洪流争。商旅乘舟漫僥倖，性命直比鴻毛輕。我意欲將山路闢，下屬安沙上鐵石。自注：安沙鎮、鐵石磯，爲九龍上下地名。閉却九龍不復行，往來免誤天涯客。《史》《漢》叙事，全在生動，使千載下如親其事、如見其人，六代下俱平坦矣。中寫上灘數語，猶存《史》《漢》遺法。

舟暮

不知所宿處，暮色正氤氲。路遠隨行賈，村稀傍戍軍。江清波浸月，山赤火燒雲。同客如鴻雁，天邊自作群。

憶母

貧是儒家事，難安爲老親。遥憐負米客，長作倚閭人。夜績孤燈暗，朝梳白髮新。生男亦何益，只是累艱辛。從憶母中傳出母之憶子，其言藹如。

渡海

一觀滄海失江河，捩柁揚帆發浩歌。地到盡時天不斷，人能來處鳥難過。風如黑霧奔騰急，浪比銀山簸蕩多。却歎田横心力苦，此中曾復弄兵戈。頷聯十四字，能盡力賦海矣。及讀周賀『島間知有國，波外更無天』，更覺多少自在。

許九日閩歸

萬里歸家白髮新，秋風重得飽鱸蓴。脱身戎馬憐今日，回首關山哭故人。跌宕七言才更健，蕭條八口業長貧。一杯同把松窓酒，坐看天邊戰伐塵。

衢州書事

尚書昔日駐旌旄，烽火危疆保障勞。已見降王歸斧鉞，徒聞戰鬼逐弓刀。山圍四野寒雲没，水拍孤城夜雨高。回首可憐離亂處，至今閭井半蓬蒿。此咏李文襄事，神氣完足，絶似梅村。

客曉

千里作遠客，五更思故鄉。寒鴉數聲起，窓外月如霜。如出李青蓮手。此種神妙，何必界限古今？

武林雜感

寶石峰頭語塔鈴，夜深鬼火映沙汀。春山徧作祁連塚，芳草年年不肯青。

觱篥高城夜月明，軍中少婦憶南征。可憐七里灘頭水，流到錢塘是哭聲。

示内

莫歎貧家卒歲難，北風曾過幾番寒。明年桃柳堂前樹，還汝春光滿眼看。如此處貧，終身可泯怨尤，視牛衣對泣者，身分遠過。

送毛亦史入都

三月鶯花紫陌春，曳裾何處逐風塵。毛生初作平原客，莫便輕他十九人。

蘇隄口號

六橋遥帶兩峰孤，煙水茫茫舊宋都。一向鄂王墳上拜，回頭不忍見西湖。責高宗之溺於偏安，不欲復讐也。余舊有句云『却憐一片臨安月，同照龍沙五國城』，亦是此意。

同錢太史泛舟東湖，座有女郎湘煙戲題

酒綠燈青夜語中，家鄉同隔海雲東。傷心一種天涯客，卿是飛花我斷蓬。『我未成名君未嫁』，感舊也。此則蹔時相遇，而飛花斷蓬，同傷漂泣，於無關合處生出關合，一往情深。

送春

客舍長安十丈塵，閉門終日苦吟身。一花一草何曾見，却道今朝是送春。極陳因題偏得此新色。

陸韜

字亦岸，浙江山陰人。

白雲

白雲縷縷青山出，雲自忙時山自閒。唯有野人忙不了，朝朝洗硯寫雲山。以忙寫閒，如許措

辭，純乎天籟。

方登嶧

字凫宗，江南桐城人。官工部主事。著《述古堂詩》。○水曹以朋友負罪，牽連謫戍。處極危苦之境，而能種花賦詩，以尋樂意，所養定也。迨奉詔赦歸，已殂謝塞外矣。以孫問亭宫保貴贈如其官。

秦女休行

自注：女報讐也。女，秦人，名休。

一尺髻，三尺刀。讐人頭，在女腰。渭水深，華山高。血風腥，天冥冥，手提髑髏氣峥嶸。法吏執之付以理，女欲報讐，先辨一死。後來又有龐娥親，千古英雄在女子。兩女子能復父讐，惟志堅而氣定也。宋高宗輩能毋媿死？

盤中詩

木刻鳩，紙剪馬。飛山頭，走山下。露貫珠，紉爲襦。雲裁衣，爛光輝。是耶非，孰辨之。六月桑，吐蠶絲。冬之蕙，茁新枝。爾所思，非其時。素者髮，丹者淚。心惻惻，老已至。骨肉殘，風雨駛。寸有長，尺有短。雙輪馳，不可挽。我所急，天所緩。擊瓦鼓，聲烏烏。白雲滿天歌且呼，歌周四角旋中區。初言似者之不能爲真，次言過時者之歸於無用，末言年命之速，時不可挽，而一付之悲歌也。中間隱分五解。

老槍來

俄羅斯國，即古大食。善用火槍，故又以其技名之。相傳元世祖得其地，立弟爲可汗鎮之。至今國主，猶元裔也。邊界泥撲處城，與艾渾接，水陸道皆通，歲一至卜魁互市。人性好鬥，至則弁兵監之。作新樂府紀事。

老槍來，江邊滚滚飛塵埃。七月維秋，觱彼馬牛。馬牛澤澤，易我布帛。大車是將，爰集於疆。來莫入城，俟天子命以行。天子曰都，遠人適館餼以糈。高顴眢目卷髭鬚，狐冠草履遊中衢，觀者鼓掌相軒渠。歲以爲期兮日月徂，歸去歸去，豢爾牛馬駒。言外有防其擾亂意。

古詩

勿傚步兵哭，應比士龍笑。有時笑亦哭，不在音與貌。鐘鼓可以哀，長歌可以弔。寸心無營求，流泉浄泥滓。味淡聲亦希，淵然涵衆妙。笑哭兩不關，天半發清嘯。孫登之品自高於步兵、士龍，哭與笑俱胸中不能平也，笑亦是哭，無人見到。

村北

野曠朝靄清，峰高日半規。遠風吹水氣，澹林結幽姿。策蹇訪故人，村北路逶迤。碧陰漾千畝，涼露沁心脾。刈麥走田父，婦子相追隨。老翁欣得食，回頭顧其兒。大兒束麥把，小兒抱豆枝。歌笑偕鄰叟，飲濯清湍湄。留連緩去路，寓目心情怡。田間有真樂，朝市知者誰。

出西郊道，過摩訶菴，經前明宦寺葬地

易代一抔土，纍纍葬宦官。餘威剩碑碣，流毒在衣冠。樹接宮雲密，鐘敲佛火殘。東京喬固塚，鬼哭北邙寒。誅姦宦、悲忠直，侃侃稜稜，詩不徒作。

望南信不到

不見兒書至，應知下筆難。有心慰衰老，無計説平安。關塞寒雲早，門庭落葉殘。倘逢南雁

過，便當室家完。

霜遲樂

七月不落霜，卜魁城邊穈子黃。八月霜不落，千夫下田揔歡樂。官田刈穀載滿車，官兵急公先完租。毳帳牛車十日路，驅向城中易茶布。和茶煑穀布裁衣，卒歲不憂寒與飢。人人盡樂霜遲好，蕎麥沙田收更早。但願年年不出兵，官兵皆作農夫老。

七兄以詩慰病和答

形骸百鍊後，心事五更中。苦海終無岸，愁城豈易攻。道危迷老馬，邊遠失歸鴻。誰謂青天闊，浮雲亦礙空。

紀事

争看金甲健兒裝，玉輦雲移下鳳皇。城名。都尉魚麗開細柳，將軍猿臂射長楊。鳌弧露冷搖秋月，韎韐風高帶曉霜。大閲至尊非好武，良弓不爲太平藏。

與毛會侯

耆英雒社舊登壇，四十歸來早罷官。赴召有誰譏賈誼，輸租今已累兒寬。休嫌華髮功名薄，畢竟青山歲月難。詩酒柴桑堪閉户，文章千古不凋殘。會侯以邑宰罷官，應鴻博之召而又不遇，故惋惜之。而復歎其隱居之高、立言之不朽，見人之所重在此不在彼。

蔣楛

字荆名，江南長洲人。

河堤曲

走河堤，風淒淒，黄雲黯黯落日低。沙邊蘐樹半枯死，荒村無人鴉亂啼。走河堤，風淒淒。走河曲，風簌簌，填柴作岸蘆作屋。西風一夜鉅野流，魚頭赤子千家哭。走河曲，風簌簌。似謡似諺，胚胎變風。

濮　淙 字澹軒，浙江桐鄉人。

聞梁蘧玉已寓京口

容易相逢尚未逢，老年親故喜相從。已辭野店中山酒，望斷煙江北固峰。一夜夢遊千里月，五更霜落萬家鐘。莫言人遠天涯近，書到樓頭第幾封。中有名句。

贈方望子入黄山修煉

詩成當代説方干，何事辭家久不還。夢裏湯泉非故國，眼前雲海是名山。花深古竈憑燒藥，月冷啼猿爲守關。只是白頭慈母在，不教容易別人間。入山修煉，非儒者事，况有慈親在耶？送之即以招之，得贈人以言之體。

楊賓

字可師，浙江山陰人。○考安城爲友人累，戍寧古塔。可師赴闕訟冤，得旨，之柳條邊迎親歸，作《柳邊紀略》，塞外人稱楊夫子。書法不染宋元習氣，詩體專主沉著，身後散如雲煙矣。惟於其門人處得《塞外詩》一册，故所録皆辛苦愁慘之音。

納木窩稽

跋涉過混同，所歷已奇峭。結束入窩稽，一望更深奥。陰霾不可開，白石安能照。古雪塞危途，哀湍喧壞道。更無人跡過，惟聞山鬼嘯。車驅苦艱澀，換馬欲前導。霜蹄偶一蹶，流血沾烏帽。魂魄已莫收，童僕徒慰勞。死亦分所當，生豈人所料。但苦歷窮荒，庭闈終未到。

至寧古塔二首

望望吉林峰，白雲繞其下。登頓及今朝，亦得依親舍父母驟相逢，注視還相訝。别時髮覆眉，胡乃成老大。鄰舍争慰勞，應接苦不暇。姓氏未及知，空言聊慰藉。日暮細挑鐙，恍若夢中夜。喜極乃更悲，不覺淚如瀉。『父母驟相逢』二句，與『妻孥怪我在，驚定還拭淚』同一真至，而父子至情，則又過之。『姓氏未及知，空言聊慰藉』，非身親其地者不能道也。此種詩豈在語言聲律之工？

上書不得達，生男亦胡爲。四十始省親，問心良可悲。戲綵媿老子，挽須同小兒。西山日已薄，鄉國歸何時。歎息謂季弟，爾獨無分離。承歡廿八載，此樂人誰知。季弟隨侍戍所，故美其承歡之樂。然不有行者，誰奉晨昏？不有居者，誰陳冤抑？楊氏可云有子。

換車行

冰凍馬蹄行不止，歷盡千山復千水。邊門未出已難堪，況出邊門二千里。瀋陽城外換柴車，柴車換得無人使。坡陀木石相枝撑，谷口泥淖多呀坑。日日轅摧與轂折，翻雲覆雨如人情。人情翻覆烏可識，出門步步行荆棘。涕淚沾巾向北風，但見庭闈死亦得。直白語，從少陵出，不從白傅出。

出威遠邊門

黄沙漠漠暗乾坤，威遠城頭欲斷魂。蘆管一聲催過客，柳條三尺認邊門。亂山雪積人煙絶，老樹風回虎豹蹲。從此征鞍隨獵馬，東行夜夜宿雲根。

王戩

字孟穀，湖廣漢陽人。著有《突星閣詩集》。○王漁洋謂孟穀《池陽山行》長句過歐公《廬山高》遠甚，而其詩却平直，故不及録。

秋日遊白茅寺次少陵韻

天空靈籟發，入耳心逾静。何許微風過，月林摇客影。人生五濁世，爲歡苦不永。争如瓶觸藩，有如瓶墮井。及兹清夜遊，無辭燭共秉。佛香一院深，僧梵四山迥。身尚依迦葉，足真踐箕潁。禪燈照宵夢，妄念未能屏。金篦開倦眼，慧目陟東嶺。他時禮白雲，應上最高頂。

讀放翁集

南渡四傑俱驚才，醉心尤在渭南伯。江翻海立富篇章，躍馬彎弓老梁益。一寸丹心常炯然，歸來垂釣鏡湖邊。却憐老死空家祭，不見王師北定年。略其詩集，表其忠義，立言識輕重處。

顧希喆

字有典，江南長洲人。太學生。○先生與惠研溪太史爲汪鈍翁入室弟子，五經紛綸，有井大春之目。詩，其偶然作也，然吉光片羽，彌用寶貴。

姑蘇楊柳枝詞

行春橋下午風和，畫舫樓船次第過。一面青山三面水，不知何處柳陰多。

越國佳人舊有名，吴中嬌舞不勝情。柳腰合是芳魂化，長向胥臺一路生。原唱係鈍翁先生，時和者甚多，幾同濟南《秋柳》，然風神摇曳，無踰二作。

許潤

字儉農，福建閩縣人。以子松佶官江蘇布政使司，贈如其官。

己巳六月拜别家慈之楚

荒雞斷續天將曙，遊子辭親寸心悸。霜髩携燈立檻前，頻語加餐暗垂涕。舟子招招促行李，殘書數卷裹破被。解維咫尺是天涯，回首空閶人獨倚。發乎至情，可使嫗解。東野《遊子吟》後乃有嗣音。

閩溪舟行即事

天設南閩多險阻，古今勞役幾時休。下灘疑泛銀河水，上瀨如牽陸地舟。響應風湍歌欸乃，身藏雲木叫輈輈。筆床茶竈延緣好，準擬浮生託白鷗。

戊子春自嶺南奉老母挈家旋閩

行囊帶得嶺頭春，荔浦珠江過眼頻。半世揔爲天外客，一家今是故鄉人。迴看東粵名山遠，好補《南陔》樂事真。莫問田廬在何處，洛陽季子本清貧。遠客旋歸，人生樂事。況一家全歸，尤天倫至樂也。此種真詩，讀者亦爲色喜。

舟泊劒津懷亡友劉復庵

分手齊安隔數春，何緣龍劒合延津。可堪風雨孤舟夜，白髮盈頭哭故人。『哭故人』一層，

『白髮盈頭』一層，『孤舟』一層，『夜』一層，『風雨』一層，合并寫來，如聽猿鳴三峽。

毛世楷

字古愚，江南吴縣人。官光禄寺典簿。

武昌

百戰江山一水萍，武昌宫闕舊亭亭。枝梧蜀漢争持角，控制東南欲建瓴。未定中原安枕席，底思建業厭魚鯖。只今鐵鎖銷沉後，浪打寒潮入穴青。自注：鎖穴尚在。○此合吴大帝後三嗣主言之。盛衰之感，渾括無遺。

秋日感懷

秋夜焚香醮玉真，秋河靨靨動星辰。人間何處投金瀨，天上徒聞析木津。同學少年悲杜甫，美人遲暮感靈均。青天碧海吾無悔，且泛南溪採白蘋。此《感士不遇賦》意也。三、四虚含，五、六正寫，最得淺深次叙。

楊　模

字子式，浙江仁和人。以孝聞，生平不惑二氏，布衣中有卓識者。

漢陽旅中送蔡子彙征遊湘潭

相送斜陽外，相逢更幾時。共來荆楚地，還賦别離詩。祖席杯堪把，河橋柳挂絲。洞庭他夜月，千里繫遐思。

閏六月初七夜月

南訛莫認火西流，顧兔高懸略似鈎。四日魄生方入夜，七回絃上未成秋。先期乞巧穿鍼線，後月舒光照女牛。半露姮娥能却暑，廣寒深處玉爲樓。字字雅切，第四語疑有鬼工。

沈　晙　字田子，江南吴縣人。廩生。

荒亭

荒亭古墓南，遠見車塵滅。墓前雙石人，送盡人離别。

九日

有酒賞重陽，無煩白衣至。恐驚鄰舍翁，謂是催租吏。催租吏，攪潘邠老不成詩者也。此云『驚鄰舍翁』，用意又别。

吴啓元

字青霞，江南歙縣人。○青霞不妄交人，與傅雪堂友善。雪堂顯達，位至大中丞。青霞落落，目中如無其人也。後雪堂以事戍遼左，青霞不遠五千里，走塞外慰問，羈客胸襟磊落，視世之翻雲覆雨者，爲何如哉？

山海關

地臨遼薊中分界，天限華夷第一關。直繞長城東到海，凌空高障北依山。當年士馬何曾戰，此日梯航尚未閒。聞道乘槎通絶域，可能身入斗牛間。沈雄悲壯。此即慰問傅雪堂時作。

廣寧望醫巫閭山雪弔漢管處士

巫閭山上雪漫漫，何處峰頭著幼安。木榻跪穿心久定，黄金鋤去眼誰看。滄江水涸蛟龍徙，大漠風高鸑鷟寒。我亦子陵臺畔客，緑蓑青笠一漁竿。三、四弔幼安，五、六寫望雪，神理渾厚之中，格律仍復深細。

沈鍾彦

字美初，江南長洲人。誥贈内閣學士，兼禮部侍郎。○後學周準填諱。○先君子喜成斷句詩，館於畫師湯式九家，湯寫一花卉，先君子輒題一詩。年五十餘，專工分隸書，詩，偶然作矣。身後稿爲人竊去，初刻《國朝詩》時未能得也。兹於汪氏學徒册子中得此三詩，皆湯氏館中作，潛兒時所及見云。

題畫

春林如畫罨朝曦，燕立穠陰濕不飛。柳外有樓簾半卷，掠花雙剪莫忘歸。

罌粟花

炊煙時或斷貧家，曉起俄看五色霞。任爾侏儒誇獨飽，籬頭已放米囊花。

金錢花

鄧氏銅山虚設想，沈郎榆莢許爲鄰。清宵風露頻頻擲，似向空庭卜遠人。花曉開夜落，故有三、四語。

國朝詩別裁集卷二十一

長洲沈德潛歸愚纂評　男　種松校字
江陰翁　照霽堂　長洲周　準欽萊同輯

沈紹姬

字香巖，浙江錢塘人。◯香巖羈蹟淮右，垂老不歸，浙中詩壇，亦罕數其人者。偶于清江于氏得手鈔一册，亟采入之。其生平出處，未遑詳悉。

錢塘懷古

城上黃雲鎖戍樓，城頭古木叫鉤輈。地從江底分吴越，天向欄前挂女牛。尚有荒祠題伍員，曾無杯酒祀錢鏐。可憐人事今蕭索，花草依然發故丘。吴、越之分，以江爲界，用『江底』字，句便不平。此可識捶字之法。

寄懷查伊璜先輩

亭亭絶巘結蕭齋，高峙龍門百尺階。薛晉堂前宜繡佛，馬融帳後有金釵。淒涼歌板憐君僻，磊落文章與世乖。愛我巴歌長擊節，汝南月旦媿齊諧。

杜鵑

年年啼徧欲殘春，午夜枝頭血滿脣。不盡羈魂悲蜀道，何來處士感天津。聲中似怨無家别，地下應憐再拜人。縱使欲歸歸便得，故宫何處更容身。中二聯俱以對句見靈活。

寄家人

歸來偕隱計猶虚，垂老他鄉歎索居。别久乍疑前劫事，路岐才得去年書。夢如柳絮飛無定，愁似芭蕉卷未舒。記得小園親手植，一欄紅藥近何如。『有敦瓜苦，烝在栗薪』，到家喜極，無可措辭，故指瓜苦栗薪以志歲月也。此寄家書，千頭萬緒，難於著語，故憶一欄紅藥，訊其榮悴也。

此種詩，風人之遺。

司馬懿故居

王業偏安蜀道難，奸雄寧獨數曹瞞。中原回首移神鼎，豎子成名建禪壇。城上風旛新塔宇，墓中巾幗舊衣冠。掀髯西指蠶叢路，丞相祠堂尚錦官。

題前監軍聞啓祥傳後

嚼齒穿齦死不辭，千秋名教得操持。門生誰續《招魂》賦，獄吏親聞《絶命詩》。總爲人門留正氣，不求馬革裹全屍。盛朝若舉褒忠典，應勑盱江好建祠。

淮陰侯

鼎足才堪角兩雄，當年應悔滅重瞳。分羹父子恩猶薄，推食君臣誼豈終。獨有千金酬漂母，曾無一語感滕公。名成自古身當退，没齒休論戰伐功。報一飯之漂母，而不報救死之滕公，英雄舉動不可解也。漢祖不封紀信亦然，此意無人道及。

題《韓蘄王湖上策蹇圖》

南渡何人主廟謨，清涼居士老西湖。兩朝和議分棋墅，百戰雄心付酒壚。策蹇山前逢故吏，參禪花底坐浮屠。只今猶恨丹青手，不畫麒麟閣上圖。

蚊

斗室何來豹脚蚊，殷如雷鼓聚如雲。無多一點英雄血，閒到衰年忍付君。一生骯髒，借妖麽題發出，與『自脱貂裘數箭瘢』同一慨當以慷。

詠古

脱頴人成公子名，不然碌碌竟何稱。夷門虚已真知己，莫繡平原繡信陵。

爲報韓仇奮一椎，副車雖誤亦雄哉。淮陰也是韓王後，何用當時躡足來。從無人開此口，欲報韓者，幾於語塞。

張衍懿 字慶餘，江南太倉人。

進峽

峽自夷陵東，江從白帝懸。兩崖如劍立，百丈入雲牽。石出疑無路，雲開別有天。往來頻陟險，千里正茫然。三、四即『入天猶石色』注脚。

瞿唐峽

歷數西南險，瞿唐自古聞。水從天上落，路向石中分。如馬驚秋漲，哀猿叫夕曛。乘流千里疾，回首萬重雲。此下瞿唐也。玩『如馬』字樣，及『回首萬重雲』句，峽之在上可知。

過馬伏波墓

溙水東流遶墓田，伏波埋土幾千年。西風但見吹殘鬣，南海猶聞畏站鳶。豈有明珠來戚里，空留銅柱在炎天。功成未得雲臺畫，回首荒原一惘然。謗來宵小，功在南天，二語爲伏波定論。

度梅嶺

拔起危峰萬仞雄，勢臨百粤控南中。人從丹壁千盤上，路入青天一箭通。古碣尚留唐相迹，荒祠誰祀越王功。只今四海梯航日，早見征車度曉風。

孫中岳 字楓麓，江南桐城人。

大姪書金陵回即走西安悵然念之

纔解征鞍又遠行，相看意氣轉縱横。故宫荒草埋金狄，客路秋風動石鯨。詞筆已從梁苑秃，詩情又向灞橋生。隴頭流水聲幽咽，似我頻年送別情。隨題轉折，中有全力，法本之初盛唐人。

王譽昌

字露湑，江南常熟人。諸生。○露湑有《崇禎宫詞》百首，人共稱之。然十七年中憂勤盡瘁之意，未能傳出，故從舍旃。

舟泊武林城外，因憶新安、會稽之勝，賦呈確庵夫子志别

四月河橋緑酎濃，篷窗歌詠自從容。人間草木餘春夢，劫後湖山又晚鐘。學溯考亭開霧障，書探禹穴破雲封。重期此後追隨處，知在煙蘿第幾峰。五語新安，六語會稽，結呈確庵，亦如題安放之作。

過東郊故園追和家大人韻

昔年亭館築城闉，此日重遊自愴神。十畝僅傳三世業，一身已作兩朝人。門前碧草埋荒徑，樓上青山認舊鄰。記得趨庭分彩筆，也教題詠藥欄春。

鸚鵡詞

翻爲多情損性靈，斷魂還認隴山青。何因得證摩尼塔，一卷籠中《般若經》。

謝志發

字雲逸，江南長洲人。著有《一角山樓稿》。

春日送張梅莊之維揚

春郊烟景濃於酒，萬縷千絲隄畔柳。當杯惜别暫留連，長條能綰離情否。掛帆暮靄指維揚，渡口分飛各一方。一葦不從張仲去，思隨飛絮繞雷塘。

過褚漁黄山居

數峰深曲徑，返樸遂栖遲。虚室雲爲牖，成鄰鶴在枝。漱甘臨澗石，遯迹稱茅茨。客至青精飯，長鑱共采芝。頗見作意。

過舊送别處

憶昔亭前柳，分携曾繫船。至今攀折處，猶是鎖愁烟。言淺韻深。○此詩社題也。同賦是題者，皆極力鋪張，然只是送别處詩。作者二十言中一一注意『舊』字，尤西堂先生定爲壓卷，衆無異辭。

姜實節

字學在，山東萊陽人，流寓吴中。○此貞毅先生仲子也。好古畏榮，布衣終老。詩工七言斷句，每於若不用力處遇之。

繡谷堂中牡丹今歲惟開一枝，楊子鶴、馬扶羲、徐采若暨目存上人，各爲作圖，王石谷補一石，余爲題句

四人分寫一花枝，寫出傳看朵朵奇。恰似蘭亭摹搨本，淺深肥瘦各相宜。比擬恰好，若但著

意牡丹，便是笨伯。

白頭公鳥

霜髩逢春可自由，老人端的爲多愁。不知小鳥緣何事，也向花前白了頭。

鵰

天山白草路横分，日暮悲笳不忍聞。想得玉關方轉戰，皁鵰風起欲盤雲。忽然變調。

題黄鶴山樵《聽雨樓卷》

湖天過雨水冥冥，吹緑東風草一汀。絶似銅阬橋上望，遠山如髮向人青。

題《簪花圖》

六年前見傾城色，猶是雲英未嫁身。今日相逢重問姓，座中愁殺白頭人。此歌者張乙孃照，蔣繡谷屬楊子鶴圖之，同時賦詩者多濃纖肥膩，獨作者盛衰之感，盡傾一座。外此，目存上人亦復超然。『黄四娘家花滿溪』〔一〕，姓名因杜老傳也。

吴祖修

字慎思，江南吴江人。貢生。著有《柳塘詩》。○柳塘爲高才，生友教遠近，張損持、陳起雷、周漢荀諸公，皆門下士也。詩尚才情，議論不主藴含，能成一家言者。

古詩

兀坐一室中，澄觀若止水。群動既已息，萬籟不到耳。方寸函靈臺，光明疇與比。此中無將迎，安用起魂礧。蒙莊曠達人，亦未解斯旨。如何逃虚空，跫然足音喜。此古賢静坐觀心之法，宜達觀者未喻。

〔一〕溪，《全唐詩》《杜工部集》均作『蹊』。

少陵薄文章，謂非道所尊。不讀破萬卷，何由聞斯論。經史足驅使，今古堪胚渾。寂若萬象滅，燦若衆星繁。根柢有至理，刊落皆陳言。以此爲詩史，孰能窮其源。

侍家君渡江時有風濤之恐

日斜問渡漢陽門，雙漿中流浪欲翻。人世那能容李白，風波何必係章惇。驚心瀕灑途窮淚，剪紙難招定後魂。還是故鄉風景好，鱸魚蓴菜足江村。

書牧齋詩後

紅豆山莊拂岫青，客來猶見子雲亭。當年黨論推尊宿，近日騷壇尚典型。不死擬將成漢史，孤生忍獨守《玄經》。延登舊恨君休詑，目斷臺階兩兩星。牧齋不死，一以《明史》自任，一以受温體仁訐，未得相位爲恨。佐命興朝，庶展抱負也。此意爲柳塘指出。

書梅村詩後

夢回龍尾醒猶殘，重入春明興轉闌。宣去可能如老鐵，放歸未便戴黄冠。悲歌自覺高官誤，讀史應知名士難。今日九泉逢故友，西臺涕淚幾時乾。自注：先世父扶九《送司成北上詩》，有『若使啼鵑真帶血，西臺一曲故人情』之句。○梅村爲盛名所累，未能如鐵崖之放歸，由未能如鐵崖之陳詩也。言下無窮惋惜。

讀《司馬相如傳》

綺靡文傳是《子虛》，曲終雅奏竟何如。後人嗤點《凌雲賦》，曾讀當時《諫獵書》。

讀《王褒傳》

金馬祠神事已遥，子淵才擅漢宣朝。非無《聖主賢臣頌》，只教宫人記《洞簫》。連上章，俱用議論。義山詠《賈誼》詩，其初祖也。高青丘詠史，亦多此種。

寄示趙書年陳起雷

千里歌驪竟不聞，尚思尊酒數論文。過門不入能無憾，未敢人前薄待君。千里遠别，不聞於師。故以詩責之。然不即比之鄉愿，言中猶有餘情。

陳炳

字虎文，江南長洲人。○虎文居陽山之陽，性狷介，幾至三旬九食，有餽以粟者，苟非義不受，與黄震生中堅友，論詩文不合，至拍案面赤，過此，仍歡好也。工篆刻，得顧苓正傳，俗士求鐫名氏，雖多金，謝之不顧。詩宗孟山人，或少變化，然塵坱盡滌，亦如其性情之孤子焉。

雜詩

斧柯不到處，惡木易成林。君子抱渴疾，偶然息其陰。端人貴潔己，寧使霜露侵。事往悔何及，喟焉傷我心。

漢上

楚國江山古，維舟望渺然。山盤青入蜀，江合白吞天。樊口上寒月，漢陽生暝煙。欲尋抱甕者，小別夕陽邊。此首如孟山人之詠洞庭湖，獨爲變調。

尋馬山人不遇

一壑冷雲白，山家何處尋。忽逢采樵者，遥指梅花林。曲徑吠寒犬，短籬鳴野禽。柴門閉幽寂，獨立聽泉音。

文　掞

字賓日，江南長洲人。著有《十二研齋集》。○待詔五世孫，能述祖德，敦士行，詩品亦近清真。

病中雜詩

十日髮不梳，五日面不靧。久病卧荒村，秋深積陰晦。體弱殊畏冷，破衲已可愛。晚晴秋更佳，山色遥如黛。我當拭几塵，推窓坐相對。

吾愛陸渭南，一生常善病。謂非酒色來，雖病元氣正。雙眼澀如棘，搘頤猶高詠。省事兼寡言，能使心無競。病亦不迎醫，書卷養性命。

冷士嵋 字又嵋，江南丹徒人。

寄劉令言

關河霜冷雁南遊，雲物淒涼屬暮秋。萬里飄蓬猶作客，三年戎馬更登樓。艱難阮籍窮途哭，憔悴江淹去國愁。爲報他山揺落盡，風塵惟有敝貂裘。

李必恒 字百藥，江南高郵人。邑禀生。○宋漫堂中丞選江左十五子詩，厥後十五人中，殿撰一人，位大宗伯者一人，大學士者一人，餘任宫詹、入翰林者，指不勝屈。而李丈以諸生終，且耳聾多病，年止中壽，何其厄也！然詩格之高、才力之大，可久者應讓此人。事久論定，所得果孰多孰少耶？惜未見全稿，衹從選本中録出，不無遺憾云。

詠史

方朔仕漢廷，事道非玩世。時時一諷諫，彼自敬其事。叩頭誅董偃，凜凜直臣義。豈得以詼諧，目之曰遊戲。

文成甫伏誅，五利復親屬。爵禄尚可捐，何至棄骨肉。天子而神仙，人苦不知足。汲黯言誠戇，陛下内多欲。千古英明之人，即千古大愚之人。一言道破，不覺啞然失笑。

悼亡詩

一室何啾啾，人語雜鬼哭。那得少踟躕，黄泉路迫促。飛來白項烏，啞啞上我屋。心知不吉祥，其時六月六。病婦晨起坐，清水自膏沐。再拜辭舅姑，雙足不能縮。灑泣眼無淚，酸苦只在腹。迴頭語小姑，語咽氣復蹙。可憐我生兒，艱苦賴鞠育。勿以生死異，飢飽時在目。開我嫁時箱，布衣未堪鬻。指日秋風來，改作我兒服。

徽音久如何，日月忽已積。枯坐慘不歡，出門昧所歷。空房起晝陰，冷氣出枕席。窓多蛛結網，案盡鼠行跡。亦有筐中麻，燈火手自績。亦有所對鏡，花鈿恣狼藉。徘徊思言笑，彷佛面如覿。回頭遽欲語，撫心一摽擗。前夜夢見之，色慘體更瘠。恍惚絮語問，問兒何所食。斲時魂魄聚，覺後泉壤隔。忘情媿太上，莊缶詎忍擊。漁洋《悼亡詩》，風雅之中，純乎富貴氣象，此則元相所云『貧賤夫妻百事哀』也。越瑣屑，越見真至，即他人讀之，亦爲感傷。

謁浮山禹廟，次昌黎《石鼓》韻作歌

粵若稽古帝舜世，光華復旦《卿雲歌》。滔天獨恣河伯怒，帝曰四岳咨如何。九載隳績羽山殛，黄熊碧血膏霜戈。惟鯀有子子曰禹，負罪飲泣爭濯磨。行山表木敷五土，大地碁置如星羅。首疏濟漯定冀域，導南條水先岷峨。舟車繹絡紛水陸，橇檋雜沓周陵阿。支祁夜鎖縛奇相，百靈炯炯誰敢訶。九河既道九原滌，支分派析無舛訛。濁水緑字著神怪，穴中金簡書蝌蚪。鼎塗百物禦魑魅，驅使蛟鼉馴黿鼉。蠙珠璆琳貢銀鏤，鉛松篠簜浮青柯。土功荒度錯昏晝，跛烏八載同擲梭。東漸西被朔南暨，手胼足胝難委蛇。呱呱門内弗暇子，塗山洒泣同湘娥。玄圭載錫幹厥蠱，黄龍呈瑞江之沱。烝民乃粒玉帛會，萬國輻輳車書和。厥田惟上中下錯，總銍秸粟開輪科。淮海惟揚古澤國，昏墊實維東南多。舊傳浮山此作鎮，㕑屃贔屭神鼇駝。或云一拳實中繫，其下滚滚洪濤過。或云媧皇煉餘石，巨靈斧劈同切磋。又云蛟龍性險怪，制以鑌鐵沉諸波。頂露一丈其色黑，平砥如掌無偏頗。由來神物歷年久，泝源那復知其他。楚俗紛紛競淫祀，蛇神牛鬼爭嬋娟。數椽冷落傍闤闠，空餘盛蹟誰摩挲。我來再拜瞻黻冕，俯仰四矚生悲哦。壞廊風吹舞鴨脚，麗牲有石誰刑鵝。山根斑駁苔蘚蝕，清泉朝汲唯禪那。吁嗟下士抱微尚，利濟無術心某軻。負薪沉璧戴君相，會見注海行江河。緬思禹功纘明德，分陰用惜毋蹉跎。用韻詩須胸有成竹，以意爲主，而以韻從之，則無趁韻之病矣。看此篇敘事議論，一氣呵成，若自己用韻者，然中有大力量在。

鐃歌

從軍樂

牽馬出里門，扈蹕邊城去。西陲有遺孽，狡脱甚投兔。誓滅此朝食，家室非所顧。附書與六親，不必念苦辛。天子是主帥，拊循如家人。天子是主帥，士氣爲之揚。天子是主帥，甲胄生輝光。早夜五十里，在道無兼程。軍中米粟多，到處泉流清。昔怨從軍苦，今歌從軍樂。功成受上賞，圖形在麟閣。歌成於聖祖親征噶爾丹時，一片鏗鏘，漢魏音節。

役者謳

輂粟陟砠，山石齟齬。豈不憚行，念我聖主。念我聖主，在軍中，親靺跗。旰乃食，蚤夜不得休息，小人戢戢，敢告勞苦。驅駝千匹牛萬頭，峙乃糗粻負乃餱。餘粟纍纍棄道周，野鳥爭啄聲啾啾。起句至『敢告勞苦』，用七虞韻，中夾入十三職中三句，漢樂府嘗有此體。

歸化城

歸化城，徠群生。日入之部，就我日出主。聞風者，施施來。來施施，帝念之。作室家，相地宜。俾爾父母兄弟妻子無寒飢。出作入息，以遨以嬉。駐者歌，行者思。歸化城，樂不可支。

破陣樂

礮車轟天白日燒，闞如虓虎軍聲鏖。天威所到心膽墮，霜刃未交敵壘破。塵漫漫，大風起。鼓不絕，馬逸不能止。窮寇解甲降，巨憝抱鞍死。皇帝曰嘻，武不可究。罪人斯得，矧敢多又。旦日將軍來，幕府上功簿。峨峨甲仗高於山，孳畜谷量不知數。天子受賀軍門開，山呼萬歲聲如雷。

釋纍俘

臨高原，漠北墟，其無人。但見風馳霆擊，沙石的皪争飛奔。殲渠魁，喪厥元，自餘跂行喙息百一存，寡妻弱子俘軍門。皇帝德大，蓋載遠邇。曰予不孥戮爾。多賜繒帛，美酒甘食，與之更始。傳告衆人，赦女脅從貸女死，盍歸來乎聖天子。樂府之妙，全在音節短長，错綜變化，使人不可測，識此篇略備。

大愷

奏愷樂，歌《彤弓》。摐鼉鼓，鏗鯨鐘。酒再行，樂三終。群臣拜手上帝功。帝不自功，謂女庸，爾諸臣來。大者公，小者侯。釐爾圭瓚，秬鬯一卣。維兹山川田土弗敢愛，分土三，列爵五。及苗裔，永終譽。

月上

月上微風起，飄飄吹素林。草蟲浮夕響，木葉識秋心。涼氣湖中水，砧聲空外音。不知孤館客，此際感何深。

乙丑紀災詩序

郵自鼎革後，水患之大，淮爲最。考淮水發源於桐柏，《釋名》曰：淮，韋也。韋繞揚州北界，東至於海。《水經注》曰：淮水徑義陽，東過鍾離縣北、夏丘縣南，又東至徐縣，又東盱眙縣，東至廣陵淮浦縣，會黄河而入海，此其故道也。前明廢海運，復會通河以漕東南之粟，乃修歸仁隄。大葺高堰，障全淮使出清口，與河流會。藉淮刷黄，從雲梯關入海。以故運道不梗，而淮水亦不至爲害。鼎革以來，隄防廢壞不修。順治十六年己亥，歸仁隄决。康熙元年壬寅，又决。洎自周橋開，而淮水盡東注矣。淮水既東，清口之力遂弱，不足汰黄流之淤。久之，雲梯關故道爲積沙壅阻。于是，黄水逆入清口，奔注洪澤，湖淮復挾黄爲害，合二水，悉停蓄匯萃于高寶諸湖。而下流范公隄諸閘久廢，其入海諸港口又皆湮塞，其受無涯，其歸無所，二十年來，七邑乃爲之壑矣。乙丑夏，淮黄交漲，郵城不没者三版。予宅在城外，水深丈餘。坐卧小樓者匝月，溢溢乎抱爲魚之恐。愁苦中輒賦一詩，得八首，非秖紀事，實以告哀。夫治其源，宜修歸仁、固高堰。殺其流，宜開支河、濬海口。今河臣于沿隄一帶，設立減水諸壩，又令每歲增隄土三尺。噫！于保隄則得矣，如水患何？留心民瘼者，宜思所變計焉。一序中，河臣之失與治河方略，如燭照數計而龜卜，乃事外者知之，而任事者帷守增土保隄故轍，杞人之憂，何時可已耶？

何年湮息壤，千里發胎簪。洪澤陂難障，淮南害獨深。尾閭原地勢，降割豈天心。十萬生人命，經旬突不黔。

報道歸仁決，須臾涌浪高。羊頭何滚滚，釜底自滔滔。草木先秋萎，魚龍竟日號。不堪容膝地，霪雨又蕭騷。

即以城爲岸，驚濤直撼城。長湖無鳥過，六月已涼生。野哭何人急，訛言半夜驚。全家風浪裏，秉燭坐深更。

泛宅知無計，危樓且共存。半間連榻竈，八口雜雞豚。嘔洩情懷惡，燔燒淚眼昏。皇天吾不怨，幸免作魚黿。丙寅冬，予所觸目，見高阜所棲如鶩鴨鬼魅者幾人，不止如詩中所云。癸酉乙亥秋，更不堪矣。

藻荇牽高樹，荒村八九墟。人情争網罟，劫運到詩書。大厦何當庇，他鄉好卜居。可憐空際雁，無處覓沮洳。

眼見汙邪盡，高原捲亦空。療飢思聖米，自注：唐宣宗大中六年，高郵大旱，民于官河中漉得異米，號『聖米』。禦溼覓山芎。不没城三版，難租地一弓。奇災經幾見，駭絶白頭翁。

司空奉帝命，曷以拯災黎。上策惟通漕，仄聲。奇勛在護隄。歸墟迷海口，沙路塞雲梯。財賦維揚地，何堪竟作谿。河之爲患，五六語盡之。疏通海口，治河者倘急宜籌及。

五行多錯迕，誰與問京房。轂洛將無鬬，淮黄久失常。禹功真不再，天變故難詳。激蕩悲風起，哀音徹大荒。

方正學先生祠

烽煙一夕逼南畿，痛絶孤臣淚血揮。十族可堪同蔓草，自注：時戮建文諸臣，謂之瓜蔓抄。九重亦自媿麻衣。金川燕子飛還出，玉壘龍孫去不歸。祠宇高皇幸鄰近，一坏鍾阜共斜暉。

吴門徐昭法先生畫芝

壘坷輪囷態最工，披圖謖謖起清風。定知崖畔叢三秀，不在祥符萬本中。

沈曾成

字韶九，江南吴縣人。官□□知縣。

聞吴中旱

南國驚傳《雲漢歌》，空聞闕下頌嘉禾。粒餘鸜鵒三秋少，草盡飛蝗八月多。粟里已無田種秫，春陵難遣吏催租。長河天上誰能挽，一瀉鄉關潤緑莎。

孫元衡

字湘南，江南桐城人。官臺灣郡丞。有《赤嵌集》。

渡海

捩柁揚帆似發機，茫洋自顧此生微。亂山斷處天應盡，一髮窮時鳥不飛。魚眼光邊波閃爍，龍涎影外國依稀。壯遊奇絶平生冠，斯語東坡未必非。

蔣景祁

字京少，江南武進人。官府同知。著有《東舍集》。

伏波廟

雲臺圖功臣，椒房獨未許。示公轉見私，遠嫌亦何取。龍虵方鬬争，幾先擇真主。回翔竟不歸，風雲會軒舉。五溪阻且深，一鼓氣如虎。顧盼惜壯年，矍鑠勇堪賈。薏苡蜚語騰，宮側起讒蠱。公匪一將榮，犀貝何足數。松固乳臭子，無乃累建武。薄遊沅江濱，靈祠立江滸。遺事徵故老，英風尚千古。慨然懷昔賢，功名想銅柱。『松固乳臭子，無乃累建武』，儒者之言，不必意盡語竭。

朱載震

字悔人，湖廣潛江人。選貢，官石泉知縣。著有《東浦詩鈔》。

建蘭

叢蘭生幽谷，莓莓徧林薄。不紉亦何傷，已勝當門託。輦至踰關山，滋培珍几閣。掉頭忘閩海，傾心向京洛。輕颸晝回芳，清泉晚宜瀹。玉軫一再彈，天際如可作。此爲王新城尚書題花木六詠之一也。新城謂王筠爲沈約賦《郊居》十詠，約曰此詩指物呈形，無假題署。今之視昔，殆爲過之。詩意古淡無迹，不同漫許。

雪中呈黄湄先生

鐘動明光接曙暉，雪花片片點朝衣。玉珂積素趨仙仗，金勒凝寒出瑣闈。北極樓臺天上迥，西山雲樹望中微。閉門有客還僵卧，歲暮羈愁未得歸。

陳于王

字健夫，順天宛平人。

遊文殊院，歷天都峰，逢採藥者

夜宿疑積雨，曉知松風鳴，日出霧靄消，紫氣群峰生。十月山葉緑，境僻草木榮。策杖穿蘿徑，宛轉隨昏明。路滑懸溜滴，橋欹崩石横。蒼茫衆岫接，絡繹飛泉迎。矯矯霜髯叟，負鍤巖邊行。息肩趺盤石，細説農皇經。謂我有夙緣，相顧若有情。令我坐其側，翠筐厓上傾。雙术赤白色，二苓龜虵形。柏葉含貞性，葠花至陽精。服食屏嗜欲，堪與元化并。金丹餌軒轅，誤人始容成。言訖超然去，白雲空冥冥。起十字，山中夜宿真境，後寫采藥者驀然而來，超然而去，妙在盡而不盡。

硃砂菴一名慈光寺。

古寺開巖腹，層層雲氣流。溪聲過竹院，山影落僧樓。施食玄猿接，齋鐘遠客投。奇峰三十六，一一畫中遊。

王丹林

字赤抒，浙江錢塘人。官中書舍人。著有《野航詩集》。○詩品在牧之、飛卿間。羈留日下，諸鉅公交口推重。方欲薦揚明廷，而中道摧折。詩之鐫刻者亦少，藝林至今想望之。

銀塘曲

宜春小苑樓倚空，綠楊晴掃千絲風。湘簾翠卷暮山色，斷霞散作魚尾紅。美人舊事平陽主，十五盈盈學歌舞。羅襪還凌洛水波，錦衾祇夢巫山雨。團扇承恩夏日長，晚裝鬧掃追微涼。玻璨一頃剪空碧，白玉勾闌銀作塘。姊妹相憐復相妬，私語憑肩一迴顧。文鴛雙宿乍驚飛，貼水荷盤瀉珠露。

白桃花次乾齋侍讀韻

相逢不信武陵村，合是孤峰舊托根。流水有情空蘸影，春風無色最銷魂。開當玉洞難知路，吹落銀墻不見痕。多恐賺他雙舞燕，誤猜梨院繞重門。無剪刻痕，有天然趣，一時和者皆出其下，輦下詩人鈔寫幾遍。

乾齋再賦白桃花重和

亞水仍宜曉漲時，似無姿處最多姿。融融和露逢三月，皎皎臨風見一枝。縞袖未依秦隱士，蘂宮休遇漢偷兒。紅塵拂面何曾染，枉賦劉郎柴陌詩。

寒食

嗚鳩穀穀畫樓邊，欲雨還晴百五天。香薺亂堆梁苑雪，緑榆小鑄沈郎錢。催花雨起無多日，銜紙鳶飛又一年。賴得近時無火禁，茶床吹裊竹爐煙。

題《桃葉渡江圖》

細雨横塘記昔過，畫圖開處奈愁何。桃花一簇紅無主，春水三篙緑始波。解珮清狂餘髣髴，濺裙宿約竟蹉跎。由來蘭槳無情物，錦瑟華年送已多。

悼亡妹

十年兄妹悵離居，惡問驚傳涕淚餘。急雪罷吟簷外絮，大雷空寄袖中書。塞鴻影斷鄉關遠，墓草痕生奠饋虚。寶瑟凝塵長簟冷，潘郎憔悴欲何如。昔人論詩，實事貴虚用，死事貴活用。道韞詠雪、明遠寄書，實事死事也，用『罷吟空寄』四字，則虚且活矣。悲悼之語，出以悃欵，其情自深。

顧嗣協

字迂客，江南長洲人。官新會知縣。○迂客詩才不在令弟秀野太史下，未見稿本，不及多收。

雜興

駿馬能歷險，力田不如牛。堅車能載重，渡河不如舟。舍長以就短，智者難爲謀。生材貴適用，慎勿多苛求。言用貴適乎其材也。此種詩，劉繼莊時有之，緣情綺靡之家未能辨此。

出居庸關

巉巖形勢好躋攀，粉堞高樓一望間。自有天威臨絶塞，不因地險恃雄關。衝雲澗雪懸千丈，撲馬塵沙失萬山。哀角悲笳聽漸近，何堪落日照征顔。

題《宋宮贊葯州北征圖》

刁斗聲中起塞氛，詞臣亦復張吾軍。王師神武原無敵，儒將風流更不群。鐵馬夜嘶千里月，雕旂秋倦萬重雲。畫工自具凌煙手，圖出沙場紀舊勛。鐵馬雕旂一聯，寫塞外景象，有聲有色，可匹『令嚴鐘鼓三更月，野宿貔貅萬竈煙』之句。

李　寅

字東崖，江南吴江人。恩貢生，崇祀鄉賢。

書《武侯傳》

寤想宗臣握帝圖，盟心無地不艱虞。運移京國方扶漢，力竭西南更托孤。縱使河山分鼎足，忍教正朔委當塗。可知空谷龍蟠日，莘野躬耕道自符。初决策時，已知三分鼎足而。既受重託，志在死而後已。三代下，出處之正，惟卧龍一人也。詩中無意不到，如讀《武侯列傳》。

書《鄴侯傳》

衣白山人現宰官，每參帷幄繫危安。但清河朔風塵易，欲掃宫庭枳棘難。戰伐有功身屢退，副儲無恙魄猶寒。平生漫托神仙術，絶勝華陽早挂冠。平定河朔，保全儲副，功幾不在汾陽下。託言神仙，猶從赤松子遊意也。而《舊唐書》以鬼道少之，真乃不成議論。

王錫

字百朋，浙江仁和人。邑諸生。著有《嘯竹堂集》。○作者古今體詩俱有家數，即入西泠諸子中，亦爲上駟，而名不出里巷。予往來浙西，歷訪辭人，無道及百朋姓氏者。偶於仁和柴侍御案頭得之，録入卷中。因知名家而湮淪者，正有其人也。爲之憮然。

法相寺

釋氏貴無生，不在形骸久。性真既已離，色相復何有。寺僧惑愚民，丹漆飾木偶。謂是肉身存，雙耳長齊口。斯言或信然，結習終多狃。四大了不空，六根反塵垢。何如任歸全，清淨還高厚。吾聞孔子云，死者欲速朽。破釋氏之説，表出歸全正理，是爲儒者立言。

題朱氏山莊

纔過合澗橋，便到雲林寺。泉石奇以秀，疑非人間地。不知萬木中，亭榭更幽邃。溪聲隔竹喧，松色當樓翠。鶴識嶺雲歸，僧乘蘿月至。嗒然吾喪吾，安問形與器。『溪聲』四語，如晤對左司。

冬曉登韜光禪院後山望晴雪

天地氣嚴凝，出郭遊人少。踏雪登山巔，凌虛縱遠眺。萬户炊煙遲，奇景湛清曉。竹折枝蒙密，松危勢夭矯。足底多寒雲，眼前絶飛鳥。風鶩碧落間，日出扶桑表。千重越岫明，一帶錢江小。百里紛皚皚，萬象争皦皦。積素射晴霞，異光互迴繞。目眩下高峰，冥濛林壑杳。舉首望精藍，樓臺俱縹緲。

長平莊歌

懷宗御極臨中夏，薄海縱横盡戎馬。旰食宵衣理萬幾，勵精志在安宗社。刑于化久洽彤闈，周后端莊擅母儀。《樛木》任教縈《葛藟》，《關雎》自合詠《螽斯》，龍飛三載生元主，帨設九重光繡户。吉夢虺虵信有徵，盈盈蕙質含芳杜。當年胄子本同懷，總角隨肩戲玉階。撲蝶催開文綺扇，簪花學戴火珠釵。天生慧性耽書卷，早沐殊榮封大縣。燕至高禖祀屢從，藹成副褘分親見。瓊筵酌醴水犀杯，玉几揮毫銅雀硯。春風秋月幾推移，忽是蛾眉三五時。梅額偏能標雅韻，《桃夭》正好賦佳期。官家特勑大宗伯，更命司儀精選擇。選得良家才地高，周郎真是乘龍客。金錢已卜鳳凰鳴，銀漢將填烏鵲行。未及洞房傳蠟炬，可憐烽火照燕京。九門狐鼠方延敵，百萬豺狼頓入城。天子倉皇鑾禁裏，后妃相繼君前死。藐孤暗遣出宫門，深望少康能雪恥。御劒親將貴主揮，莫教玉葉污泥滓。已同小妹逝泉途，帝上煤山赴鼎湖。寶帶珠襦遺道路，五侯七貴喪妻孥。長平氣絶賊驚愕，戚里載歸徐進藥。臂血猶紅宛轉生，終悲骨肉俱零落。季芊原因人負全，孤身已分葬冰天。國亡不辱復不死，缺月何堪望又圓。邊將乞師秦殿哭，六軍南下共鳴弦。赤眉敗死黄巾滅，忽覩興朝定鼎年。明年上書願祝髮，罔極深恩庶仰答。温綸不許奉空王，令與周郎重會合。金釭寶扇七香車，備物盈庭禮有加。館築平陽金作榜，園開沁水綵爲花。不從鶴市埋芳草，更上鳳樓誓偕老。帝女觀刑屋社秋，羅裳無意薰龍腦。繁華雖與舊時同，豈若身居柘館中。故國金人辭漢闕，來朝玉馬裸周宫。穠李降嬪方一載，廣寒深處應相待。鴛鴦分散不同池，隻影高空歸碧海。死後還邀湛露恩，賜錢營葬廣寧門。石馬悲鳴風慘淡，金蠶出没雨黄昏。韋氏里中香漸散，荀侯巾上淚多痕。名標彤史垂終古，身入黄泉覲至尊。空隴年年寒食節，白楊青草最銷魂。紀懷宗長公主始末也。隨事叙述，婉轉悠揚，而懷宗之憂勤，公主之貞淑，亡國之悲凉，與朝之忠厚，一一傳寫於可絃可誦之中，視梅村長律，轉有餘韻。誰謂前有名作，後人不必握管耶？〇公主名徽娖，都尉姓周名世顯，詳《春明夢餘録》中。

春江花月夜

春江兩岸百花深，皓月飛空雪滿林。爲愛良宵清似畫，獨來江畔試幽尋。東風送冷春衫薄，花月堪憐難擲却。孤月何能夜夜圓，繁花易遣紛紛落。搔首踟蹰江水濱，月明忽遇弄珠人。紅粧笑入花叢去，併作江南腸斷春。月轉江亭花影動，數聲嬌鳥枝頭弄。侵曉分途踏月歸，連宵應作春江夢。題中五字，安放穩貼，風神去原辭未遠。

觀潮

風激滄溟立，驚濤拍翠巒。朝昏存大信，天地湧奇觀。皎日雷頻作，秋江雪早寒。賈帆收欲盡，千里水瀰漫。三、四籠蓋一切，覺摹擬形似者但得其瑣屑耳。

丁卯中秋

去歲中秋節，燈前病劇身。黄昏正風雨，白首獨酸辛。此日全微命，高堂失老親。不如垂死處，尚見倚閭人。兩中秋前後分寫，仍是一氣渾淪。見今玆全軀而喪母，不如前此垂死之身猶依母氏也。律詩之變，至少陵已極，此又在少陵變禮之外。發乎至情，格律不足以拘之也。

冷泉亭

小憩空亭戀翠微，上方日暮客過稀。春秋閲盡水長冷，風雨到來山欲飛。嶺半樹高猿每掛，林間雲暝鶴知歸。炎天坐久寒生骨，思向僧家借衲衣。三語正寫冷泉，得山之欲飛作襯字，字皆活矣。極生動，又極見成。

李白

誰道謫仙狂，豪情托舉觴。目無高力士，心識郭汾陽。青蓮大節，已盡二十字中。

詠雪

朔雪舞迴風，華凝香閣晚。繡幕尚生寒，人在龍沙遠。

俞縣

字日絲，浙江秀水人。

灰七姑辭

自注：禾俗嘗以二月祀灰七姑，即紫姑之遺也。

紅繒張筲箕，斜插海棠杏，竈前舁來竈下請。小婦薦清茶，中婦陳白餅。大婦拜致辭，燭花弄鬟影。種秔種秫須多收，養蠶新絲十倍抽。不願生兒近王侯，但願蕃息滋羊牛。小姑靈感識人意，髹箸重重書作字。筲箕頻動小姑迴，瓦爐香爐柏子灰。穉男收拾棗栗去，門前簫鼓喧春雷。村落閒瑣事，寫來最真。

馬草行

滄洲烽火徹夜紅，援師奉調來南中。援師五千馬萬匹，所過軍營吹篳篥。縣官索草候經臨，硃票紛紜遠近出。家家并日辦馬槽，辦豆更辦莝草刀。草船滿滿連百艘，馬草積如山岳高。援師驅馬江干過，餘草零星棄道左。老農束取負擔歸，然草煮豆聊充餓。吏胥首告盜官貨，哀哉愚民家頓破。一經吏胥，破家者不知幾許，長民者何由知之，抑或知而不知？

劉石齡

字介于，江南長洲人。著有《瓠容草堂集》。〇國初，孝子劉蓼蕭於鼎革後艱苦省親，父前没，遇母于見孃村，蓋前定也。介于爲孝子之子，讀有用書，奔走四方。韓文懿公重其人，欲薦于朝，未及薦，而韓公卒矣。詩滂濞閎肆，得力昌黎，近體浸淫宋人。因未見全集，故祇録古體二章，以志厓略。

登祝融峰頂宿上封寺

梯空躡晴霓，振衣祝融頂。俯視七十峰，茫然隨煙井。湘流失灣環，洞庭餘溟涬。目窮日月鄉，袖拂天漢影。迴首蒼梧雲，飄颻度前嶺。太陽汲新泉，石鼎瀹苦茗。肺腑添清涼，丹元溢光景。麾斥隘八區，幽尋愜孤秉。徘徊會仙橋，晴崖發娟靚。絶壁有行跡，仙路細如綆。虯松生古巖，翠葉光炯炯。靈秀天所鍾，應與兹山永。倒景迴明霞，大地總澄瑩。歸來宿上封，一枕山雲冷。生平學韓，此章又近謝公。

恒山

寶符玄玉奠兹麓，有神上下扶坤乾。曲陽飛石就禋祀，虞舜不到恒山邊。兹語荒怪誰所紀，翠砥贔屭空磨鐫。磁窑兩岸盡絶壁，南有細徑緣秋煙。崖回水立三百丈，巨石怒落隨奔泉。幾年于此壘雲棧，排空石竇鬼手穿。餘材蠡嚙插山腹，欲落藤蔓相鉤牽。平生未嘗識劒閣，或謂蜀道險亦然。㫋屶萬仞試初步，飛仙巖閣中霄懸。虎風一噫土囊口，犍牛飄墜輕烏鳶。渾渾雲霧起林際，乖龍鱗尾方蜿蜒。紫芝翳翳隱幽峪，黄榆颯颯飛晴天。中有仙人繫驢樹，下根離析枝相連。寒濤萬壑起松杪，翠雪散落山亭前。夕陽晚霞足幽眺，丹竈夜光然通玄。野人頗有濟勝具，度越峻嶺如登仙。俯視群山盡臣庶，太白巨麗差隨肩。茫茫一氣辨龍塞，橐駝萬隊成蟻旋。丈夫寧能死章句，有名須勒狼胥巔。此心未遂身老大，投足巖岫差安便。徧遊五岳自兹始，俟昏嫁畢當何年。天地奇境，須得此驚人句寫之。蜿蜒如龍，幾於不可控馭。

黄中堅

字震生，江南吴縣人。歲貢生。著有《蓄齋集》。○蓄齋以古文鳴，詩其餘事，然即此二章，已見其情至文生，不同飣餖。

聞陸既藩柩歸弔之

昨得傳來信，靈輀返故居。悲深翻作喜，望切轉疑虚。一棹風煙外，孤魂憂患餘。生還當此日，歡笑定何如。傳來凶信，故悲；聞其柩歸，翻喜；及望而未至，又恐消息之虚也。十字中無限曲折。結用反襯，以生還之樂襯喪歸之戚，倍難爲懷矣。

題馬雲逵像

故國蒼涼天地秋，誰將肝膽託清流。狂瀾已向東南倒，正氣偏於草莽留。憤似安民悲刻石，厚同齊相贖孤囚。自注：魏忠愍公子濂以誣贓追比，君勸募入金，得免。畫工只貌須眉古，一片丹心未易求。官命鐫魏閹功德碑，雲逵曰：『安民乞免鐫名固善，然已汙吾手矣。』遁之浙西，以免。又魏忠愍被逮，至胥江，周忠介欲以女妻其孫，無人爲媒，雲逵獨任之，此又詩中未及詳者。

沈　廉

字補隅，浙江嘉興人。○補隅方壯入秦，有『去題百二關中壁，要看三千里外山』之句，聞者壯之，後足跡幾遍天下。而《蜀遊》一集，沉鬱中復極縱橫，頗得杜陵氣骨，一時㪍摩其壘者。

出連雲棧抵宿褒城

蜿蜒雲棧縈空迴，劃然半壁秦天開。煙巒高下勢排宕，興元形勝何雄哉。放眼褒中樹如薺，一片孤城落井底。紛紛飛鳥隨蒼煙，落日無光沙泥泥。我馬愿隤不復驕，解鞍止宿心搖搖。孤雲兩角天一握，側身西望驚魂銷。眼前險阻無時無，區區百里成坦途。且復開襟澆濁酒，放歌一醉花間壚。前路崎嶇君勿慮，揚鞭更上青天去。

江口行并序

江口者，岷江口也。明末，孽賊張獻忠據成都三載，誅求民物殆盡。鼎革後，獻孽運其輜重赴楚，巨舟數百號，連檣銜尾，東至嘉州，直抵江口。先是，有武舉楊展者，豪勇冠西川，憤賊蹂躪，練集鄉兵備賊，至是截之。獻孽怒，舉火悉焚其舟，金物並沉於江，獻孽復集賊黨還成都。會王師至，盡殲滅之。西蜀既定，頗有覬覦江中遺物者，竭人力取之，終莫能得，半溺於水，到今七十年矣。嗚呼！由此觀之，彼獻賊之暴，愚民之貪，皆歸烏有也。乙未秋，成都楊鳴岡孝廉述其事，爰作《江口行》以志慨云。

岷峨江水清且深，黄金那識行人心。岷峨之水清且淺，黄金偏著行人眼。爲問黄金何處來，客談往事真荒哉。獻賊當年蕩蜀土，生民甲第成飛灰。一朝束裝賊東走，連檣直下岷江口。岷江楊展豪勇者，痛憤呼天忍束手。義旗一舉群飛揚，弓刀直掩日月光。一時天地爲震怒，横江截殺勢莫當。旌旗徧野風颼颼，嘉州三日江不流。煙雲黯淡日無色，山川撼動蛟龍愁。孽賊此時無一可，突怒鼻端欲出火。狂呼一炬燎群艘，黄金百萬歸洪濤。賊衆奔忙還錦水，王師殲盡猊與梟。妖氛靖後七十載，可憐猶見民脂膏。江流滔滔走如駛，黄金曜日清見底。貪夫從此智力窮，無冬無夏驅人工。摸金半入江魚腹，十無一得空貪慾。馮夷冷眼笑人忙，孽賊猖狂有餘毒。不貪爲寶古所云，世人攘取徒紛紛。竊國竊鉤分大小，斬刈淪溺同亡身。我聞客言三太息，可備野史傳其真。君不見，古來讓以天下惟恐浼，世間尚有洗耳沉淵人。獻賊之虐、愚民之貪，同歸於盡中。寫楊展義勇，能以鄉兵截殺群賊，大是快人。

自彝陵州發棹至黄牛峽

江月欲落晨雞鳴，客船未發官船行。曉風颼颼舟子喜，蒲帆吹出彝陵城。鼓聲坎坎日方吐，船頭漸聽灘聲怒。棹轉俄驚又一天，桃花雞犬回頭誤。入峽愈深山愈奇，半雲半雨崖傾欹。疾風捲水水欲立，紛紅駭緑相離披。盡日冥搜思縹緲，空裏無聲絶飛鳥。斜照西南一角天，數峰青入微雲表。初疑前山無路通，劃然一綫開鴻濛。乃歎偉哉神禹蹟，人力疏鑿天無功。危灘更轉勢欲壓，路斷雲根疑倒插。噴珠跳雪從空來，不知此是黄牛峽。我聞昔日有黄牛，助禹開導疏江流。至今風雲相隱見，惝怳如有神人遊。百丈高牽不可越，行人到此真愁絶。一舟簸蕩波濤中，却與魚龍争出没。吁嗟乎，黄牛峽水無時停，黄牛峽石無時平。人言雖險君勿怖，那得人間有平路。『斜照西南』二語先用虚寫，『危灘更轉』以下乃用實寫。岸嵂淙潺，聲勢俱壯。一結轉説開去，意境莫測。

錦江觀漲

桃花落盡春水生，錦江忽作輥雷鳴。奔流欲轉草堂去，大聲撼動芙蓉城。兩岸迴旋如走馬，飛騰上下馳流星。浪花排空百丈立，銀河倒瀉天爲傾。一氣渾噩渺無盡，乾坤不覺如浮萍。憶昔長江破巨浪，風帆乘我空中行。身如滄海渺一粟，性命直與蛟龍争。今日江城看春漲，披襟想像神猶王。安得呼起浣花翁，相與乘舟坐天上。

苦雨有感

蕭瑟三秋序，沉冥萬里天。吴儂愁送日，蜀國雨爲年。時去名何與，詩窮老或傳。黄花應有恨，不肯放尊前。『雨爲年』三字新絶警絶。

入連雲棧

飛棧盤空鳥路分，煙嵐霧樹合氤氳。人緣蟻垤紛相引，風遞猿聲斷更聞。百道争飛天外瀑，千峰亂插馬頭雲。身當絶境渾忘險，不覺頻穿虎豹群。

劒門

亂山迴抱蜀天昏，雙劍爲峰闢一門。怨鳥三春悲望帝，井蛙當日笑公孫。幽花怪木隨高下，冷霧荒雲自吐吞。千載漫多憑弔客，摩崖詩徧緑苔痕。自注：石壁多鎸前人題詠。

翁荃

字止園，江南江寧人。○止園究心《三禮》學，與方望溪、張彝歎諸先生説經硜硜，不以詩人自命也。即詩中寄托，亦復抱負不凡。讀其詩，可以觀其旨趣矣。

讀武侯靖節合集

士生三代下，著書日紛紜。武侯與靖節，述作稱完人。三聘出草廬，治國兼治軍。滅賊志未遂，鞠躬竟忘身。彭澤歸去來，恥爲二姓臣。甘守西山節，荆軻願空存。二公重志行，豈惟尚華文。隆中倘未出，悠然樂天真。柴桑苟任事，述祖抒忠純。易地則皆然，孟子曾有云。吾生千載後，展卷如相親。夢寐接古賢，心期共探論。還蘄志顔尹，望古情彌敦。三代下，漢以武侯爲完人，晉以靖節爲完人。顯晦不同，志節一也。篇中善於推論，結意尤高。

田家詩擬陶

窮經一生事，老至强荷鋤。先師鄙樊子，農圃謝不如。我胡忽改業，甘爲小人徒。珪組豈不榮，日與傾危俱。黽勉食其力，一飽安有餘。魂夢無縈擾，日高起徐徐。牀頭清酒熟，聊以解辛劬。

盛　遠

字宜山，浙江嘉興人。

自題壽域

窣堵波成傍佛寮，鐘魚香火伴昏朝。不知一盞花前酒，誰向劉伶墓上澆。

沈自東

字君山，江南吴江人。諸生。○君山少歲，《有客》詩中稱木爲卉，人或非之，君山曰：詩云『山有嘉卉，侯栗侯梅』，然則《詩》亦非耶？衆服其英敏。

孫供奉

欃槍憑魏闕，魑魅紊乾綱。舉世皆披靡，孫君獨感傷。昔曾蒙絳服，今肯戴銀璫。殿上人爲獸，牀前弱敵强。奮身驚逆賊，斷首謝先皇。有靦蘇循輩，居然鵷鷺行。唐昭宗時，有猴善隨班起居，因賜以緋袍，名孫供奉。朱温篡位，亦欲其供奉起居。猴見温，跳躍奮擊，遂被殺。〇『殿上人爲獸』，五字警絶。

卜焕

字彤文，山東日照人。諸生。

愛菊

我非柴桑翁，素性亦愛菊。地不滿數弓，所栽備種族。泥沾洗餘滓，天暑障素幅。插援聊扶傾，除蠹恐滋毒。愛護同家兒，日夕勞顧復。花時繞畦看，相於淡無欲。遲暮亦何妨，霜餘愜幽獨。自號菊花農，頭銜珍令僕。花品、人品並見，不學陶，自足陶趣。

國朝詩别裁集卷二十二

長洲沈德潛歸愚纂評　男　種松校字
江陰翁　照霽堂　長洲周　準欽萊同輯

康乃心

字孟謀，陝西郃陽人。康熙乙酉舉人。○王新城尚書登慈恩寺塔，見康孟謀《題莊襄王墓》詩於壁云『原廟衣冠此内藏，野花歲歲上陵香。邯鄲鼓瑟應如舊，贏得佳兒畢六王』，大加稱賞，入都，爲衆公卿道之，一時名滿輦下。此新城欲揚其名，詩恐未副實也。兹特取送人作令一律，而前輩愛才之意，仍表而出之。

送李虞臣任寶昌令

華嶽仙人地，函關柱史家。銅章分海國，驛路指天涯。衆望真如歲，官評匪種花。東南民力竭，撫字在桑麻。贈人以言，得古人遺意。

吴斯洺

字琳巖，浙江歸安人。康熙乙酉舉人。著有《補閣詩鈔》。

憶舊遊

偶隨騏驥過幽州，蹴蹋塵中賦倦遊。不慣掃門稱上客，秖堪長揖謝通侯。一年羈旅生離恨，千里風煙上敝裘。幸有故山茆屋在，蕭然長嘯海天秋。孤踪兀奡，不合時宜。

吴資生

字天培，江南吴縣人。康熙乙酉舉人，官寶應教諭。

就道録别

西風吹我髩，寒日照我冠。親朋各拏舟，送我蘆花灘。憐我年半百，得官仍酸寒。官卑禄自薄，苜蓿餘空盤。何時抒壯懷，雲際颺飛翰。欵言謝親朋，我心匪求安。雖無民社責，撫時每長歎。方今值灾荒，蒼黎半凋殘。哀哀滿路哭，誰卹骨髓乾。活人慚未能，敢博妻孥懽。淡泊以明志，守我瓢與簞。居職無大小，要歸免瘝官。解纜從此辭，浩浩江天寬。無理民之責，懷救民之心，冷官中易得此人乎？設爲問答，古樂府時有之。

劉青藜

字太乙，河南襄城人。康熙丙戌進士，官翰林院庶吉士。著有《高陽山人集》。○太史既通籍，彌刻苦自勵。乞假，後補官，旋卒。故發言爲詩，多食蘗腸苦之意。

贈車同

凝雲壓長空，荒郊風栗冽。敝裘毛已禿，疲驢骨欲折。問君何所之，語次氣哽咽。子婦往歸寧，一病遂永訣。淮西有書來，返櫬資囊竭。況有小兒女，呱呱須提挈。燈昏漏且殘，爲君中腸結。麥舟愧古人，惆悵明朝別。車同，仝軌，字也。中河南解元，王漁洋稱許之，惜無從覓其詩稿。

友朋何寥寥，人事兼聚散。一飯别君廬，時日不可算。子嗟喪頻仍，余苦病居半。酸辛勿重陳，倒篋煩點竄。但愧嶺頭瀧，波瀾怯河漢。佳惡吾自知，洪爐休辭鍜。後會總茫茫，莫負燈花燦。太乙、車同，皆愁苦之士，故以喪與病對言。後屬點竄詩稿，望其攻瑕，誠古道交也。詞意清真，何從著得藻采。

稗子行

婦子紛紛携筥筐，齊向荒郊收稗子。晨出暮歸收幾何，一斗纔舂二升米。莫嫌此物太艱難，猶勝田間把耒耜。今年五月月離畢，滄海倒翻瀉不止。拍天巨浪浸層城，平原窪地可知矣。小麥濕蠹秋禾空，辛苦何曾咽糠粃。天生稗子惠孑遺，殘喘暫延全仗此。只愁采掇會當盡，鴻雁嗷嗷飢欲死。

杜少陵墓

萬里清明節，回頭憶北邙。可憐出巫峽，曾未到襄陽。故國三千里，羈魂二十霜，蹉跎稷契志，終古恨茫茫。此弔少陵墓，故只就出巫峽、没耒陽言之。末二語志其生平之大者。

宿友人宅有贈

小巷城根僻，空庭月影寒。家貧偏好客，身健早休官。緑剪霜畦短，黄分湖蟹團。他年雞黍約，争敢忘餘歡。家貧好客，身健休官，人生樂事。世偏多家富而不能好客，年耄而猶戀一官者，讀此得毋粲然？

將赴都門

十載長安道，風塵髩欲皤。天寧哀志氣，人盡笑蹉跎。日落汾丘壘，冰膠乾勒河。又驅羸馬去，惆悵意如何。

孟德疑塚

銅雀凋零鴛瓦殘，西陵遺塚徧河干。不知歌吹層臺妓，冷魄還從何處看。姦雄用心，不值詩人一哂。

王華

字秋史，山東歷城人。康熙丙戌進士。著有《二十四泉草堂集》。○秋史所居，近望水泉，元于欽所編《七十二泉》之第二十四也。少歲多否少可，人以狂士目之。王漁洋、田山薑二公賞其詩，並奇其人，漁洋許其不以貧賤終，後果如其言。

南園

何處簶篨有敝廬，空存老樹與清渠。亂泉聲裏誰通屐，黄葉林間自著書。草色又新秋去後，菊花争放鴈來初。菘畦舍北餘多少，取次呼童一荷鉏。三、四語，王漁洋劇賞之，稱之於張南溟巡撫。南溟，與定布衣交者也，時尚未爲諸生。

春日述懷

泉頭十九年前住，試看垂楊大幾圍。猶是隻雞招近局，依然山鳥怪儒衣。詩如上水船難進，身似沾泥絮不飛。屈指年華竟虚擲，從前悔未買漁磯。

讀吴野人集

海上吟詩到白頭，菱花滿地一沙鷗。一生不出東淘路，自有才名十五州。

弔張布衣

拜杖譙樓血肉飛，少年帕首奮重圍。惜君生後陳同甫，獨使丹陽有布衣。布衣名秦運，明末上書開府，陳戰守之策，不用，杖四十，推墮城下，幾死。秋史另有《張布衣傳》載其事。

吴士玉

字荆山，江南吴縣人。康熙丙戌進士，官至禮部尚書，謚文恪。著有《吹劒集》。

玉帶生歌奉和漫堂先生

先生原本云：楊鐵崖有七客者之寮，以貯所藏笛、琴、管、胡琴、古甆與研，並已爲七。

六客各錫以嘉名，而硯舊寶於文丞相，紫質玉紋，所謂玉帶生也。丞相殉國，硯歸謝皋羽，轉歸鐵崖，鐵崖作志，命門生張憲作《玉帶生歌》。余幸覩奇寶，亦贈以歌。

中丞好古攄幽情，示我寶研光晶瑩。紫衣通身腰横白，云是景炎故物玉帶生。曾遊鐵門翻白雪，向陪皋羽號冬青。其先文山早結契，揮灑神筆凌霄崢。銘錫貫珠四十四，至今的爍光日星。棐几摩挲追往事，感慨鬱律何能平。或云信國當年初射策，生也即隨顧盼趨承明。萬言一掃盡龜鑑，鐵肝石膽生風稜。轉瞬煙塵昏澒洞，生同顛隮哀零丁。丹心磨礪句不滅，正氣磅礴歌吞聲。天崩地塌壯士死，但聞西臺擊竹聲悲鳴。可憐宋社淪海水，片石迺有神靈憑。鼎遷者三載五百，貞質不毁堪嗟矜。英英紫玉暈痕透，有如白虹貫日昭精誠。仰止孔石自注：孔子遺研。陋桑鐵，笛管之族非其朋。焦琴况出自奸相，自注：琴爲賈似道故物。蘇冀那混申椒馨。彼哉客寮並數七，嘈雜非偶徒虚名。豈如我公位置肅，左圖右史箋遺經。濡翰端可斡元化，作歌雅欲親典型。公歌突過玉笥作，爲生寫真垂千齡。『萬言一掃』四語，見硯與文丞相一生關切。後將賈似道之琴作一反襯，忠姦判别，波瀾不窮矣。作七言古，須得此法。

嵇曾筠 字松友，江南無錫人。康熙丙戌進士，官大學士，謚文敏。

五臺山

昔人一覽五臺勝，謂可不須五嶽遊。把詩令我神輒往，襆被欲發仍勾留。那知山靈有深眷，銜命太原償此願。見山已自開心顔，况復驅車到天半。摩霄跨漢何嵸巃，呼吸直與精靈通。疑是媧皇此煉石，化作五朵青芙蓉。聞説東臺特奇妙，拾級先登縱遐眺。夜半湧出硃砂丸，海外天雞猶未叫。山僧復導過西臺，擧頭正喜鴻濛開。陰晴涼暖變俄頃，颯然萬里邊風來。遥指南臺高幾許，蹈虚躡險如霞擧。上方歷歷見星辰，下界冥冥自風雨。欲往北臺更飄瞥，分明引入水晶窟。陰崖高疊萬古冰，幽澗長流千歲雪。中臺宛在山中央，云是文殊舊道場。馴虎何曾避行客，伏龍猶自依空王。飛泉宛轉當檐落，注入清池長不涸。鏡中大可印禪心，惟見一泓開滄漠。小憩剛逢梵課餘，妙香冉冉飄衣裾。到此能令衆緣息，祇有夙好猶難除。攝衣餘勇更一鼓，直上蓮花嶺頭坐。兩丸日月足底生，百道煙霞腰下裹。一峰萬狀難具論，諸山環侍猶兒孫。置身合在最高頂，俯瞰一氣渾無垠。登高倘使心不猛，奇勝何由得全領。從知萬事須造巔，賴得兹遊發深省。揭來幸得公務閒，閒情暫寄水石間。幽吟頗得清浄理，遐賞適在清涼山。却爲王程難久住，摇鞭又入紅塵去。回看一片出山雲，不識爲霖向何處。明點五臺，移形换步，登高造巔，悟及立行。結到出山之雲，雨澤天下，宰臣心事，如見矣。

寄天津范自牧觀察

有母常教獨倚閭，顯揚無計愧何如。南溟鶴唳歸華表，吴地冰霜逼歲除。儻憶通門重啓事，定教伏闕上遺書。忠魂已化萇弘碧，雪涕君恩浩蕩初。哀贈公懷節母也，閱詩意，應是未通籍時作。

登披雲山眺海

披雲更上一層臺，睥睨乾坤獨舉杯。海勢欲浮台宕去，濤聲直撼斗牛迴。三秋笳鼓當風競，千里艨艟蔽日來。爲詔姦雄齊解甲，聖朝懸爵待招徠。

宫鴻歷

字友鹿，江南泰州人。康熙丙戌進士，官翰林院編修。

李木庵先生壁上觀李松嵐畫松歌

松嵐畫松誰與匹，畢宏以來推勁敵。數尺根株一百盤，慣將拗筆摹高格。學士壁間畫五松，高枝樛結如蒼龍。蒼龍夜挾雷雨至，五松嶽立争豪雄。瘦蛟蟠紙多稜節，虎脊熊腰姿態絶。老幹常捎三峽雲，新枝已屈千鈞鐵。風條露葉故依然，化工入手天無權。水墨經營極意匠，晴煙不斷青蜷蜷。噫嘻，艷蘂濃花世所尚，吾徒冷落知誰向。無用霜皮四十圍，有時白髮三千丈。願君寶此後凋心，桃李春風莫惆悵。

長安午日

生事都如縛稯菰，千纏萬裹滯長途。高門敢望齊丞相，醒眼真憐屈大夫。綵結靈符聊辟鬼，盤堆昌歜故愁吾。南州五月鰣魚美，未買煙簑棹五湖。長安逢午日，意不止弔靈均也。處處雙關，詩律劇細。

俞兆晟

字叔顥，浙江海鹽人。康熙丙戌進士，官内閣學士。○公視學江左時，諸生進謁，相接如先生弟子。論文行外，兼及詩品畫理，以二者皆公所長也。清風和氣，至今猶想慕之。

吴宫曲

館娃春深晝寂寂，美人列坐彈瑶瑟。自裁白紵六銖衣，回雪流風侍君側。清歌珠串裊入雲，梁塵不動花繽紛。繁絃急管停復作，當筵催進泥金裙。軍聲殷殷來檇李，犀甲晶瑩照秋水。破楚門東鐵騎圍，君王夜醉扶不起。白紵歌殘事已非，洞庭漁唱雨霏霏。至今城上烏啼急，猶聽吴孃夜擣衣。悠颺婉轉，結處一聲中有無限餘聲。

蔣綱

字有條，廣西全州人。康熙丙戌進士。

舟次書感

蒲帆一幅挂秋槎，渺渺煙波去路賒。不及茂陵歸有壁，翻同杜老別無家。槖中長物餘詩草，道上重陽負菊花。他日縈懷在何處，知予依斗望京華。妙能活用。

鄭任鑰

字魚門，福建侯官人。康熙丙戌進士，官至湖北巡撫。○江左多名學，使公其一也。生平不以詩重，而詩亦可傳。

春蠶詞

蠶月人家愛晴旭，紙筐分葉聲滿屋。三眠過後桑樹稀，稱來銀甕繅爲絲。山村日午緯車響，榆柳陰陰煙火遲。憶昔民間累苛泒，新絲二月長先賣。近年兒女有完襦，急公更足償私債。艱難衣食在農桑，年年拜祭馬頭孃。不辭小婦閨中苦，願作山龍藻火裳。他手每説飼蠶之苦，此用翻案法，見閨中女子忠愛有餘。先生補衮之心，言中流露矣。

徐俟齋畫芝

采蕨歸來日已移，寫將三秀寄遥思。秋風滿眼嗟零落，巖谷何人和《紫芝》。見前民凋謝，同志無人也，如此纔是俟齋身分。

喬崇烈

字無功，江南寶應人。康熙丙戌進士，官翰林院庶吉士。著有《學齋集》。

悼亡

慘目復慘目，掩涕入汝房。攬鏡泣孤影，撫枕悲殘芳。嫁衣亦已敝，繡幕無時張。筌篌遺素壁，刀尺緘空箱。種種感故物，脉脉想容光。憶汝初歸時，盛飾拜姑嫜。緇銖今何有，毀棄坐我窮。叶。往余客京師，心念第三郎。料知需玩弄，買來小銀鐺。封題託鴻羽，更著書數行。嗟我寄未到，此子先夭殤。汝每持以泣，因之汝亦亡。那更復見此，能不摧肝腸。末買銀鐺寄歸一段，愈瑣屑，愈見情真。

立秋日枕上

新涼滌殘暑，細雨作秋聲。笛簟初宜夜，鰥魚自愴情。草荒原上塚，夢斷驛前更。來日憐兒女，單衣補未成。

徐用錫

字壇長，江南宿遷人。康熙己丑進士，官翰林院侍講。

得何義門太史凶信

漢代諸經師，一一得傳授。君學謹派別，原本切講究。一目下十行，毫髮悉穿透。微言洞窽會，善發昔人覆。楮墨鑑古刻，滅燭能辨臭。偶逢謔浪虐，終得芳潤漱。愛憎不入時，針石起顛踣。大節尤過人，五十終哀疢。門庭絕纖埃，廉介無苟就。所嫌直如弦，險道屢顛仆。顛仆不肯回，仍糾俗紕繆。欲殺皆庸流，吾敢同衆詬。他日念斯人，文林應俎豆。義門先生之以直受禍，乃受毗後，仍不改其直。道盡生平，須眉畢見矣。如此哀輓，可云古道照人。

關峽早行

柝響知關峽，東方尚未明。虵紆危壁路，雷走大河聲。星落寒燈見，沙崩疲馬驚。一夫須設險，塞下尚連營。三語鍊在『危』字，四語鍊在『走』字。

張麟書

字玉函，江南華亭人。康熙己丑進士，官翰林院編修。

早梅

夢寐難忘姑射姿，春山無伴每相思。誰將暖律翻三弄，却遣芳魂逗一枝。淺瀨影疎人小立，曲簾香動鳥先知。賞心不待花如雪，好在寒冰未解時。

繆　沅

字湘芷，江南泰州人。康熙己丑賜進士第三人，官至刑部侍郎。著有《餘園詩鈔》。○司寇視學楚中，延四方名流校閲，所得人文，極一時之盛，楚人爲予稱道之。詩舊入《江左十五子選》中，予曾評點。後披全稿，見半屬朱墨改易，所云『老去漸於詩律細』者耶？

王孝子詩

丁徭日繁重，閭户多逃亡。文安王氏子，飄泊辭故鄉。棄我舊井竈，舍我舊耕桑。甘心雜匹耦，各自東西翔。故鄉不能歸，涕泣淚如雨。一燈何熒熒，健婦揞門户。生兒在襁褓，日夜尚須乳。兒生未十期，兒志如成人。上堂見阿母，兒有平生親。兒生不知父，兒不如鮮民。阿母爲兒言，汝父久埃塵。上天與入地，欲見愁無因。孝子聞母言，含淚聲酸辛。

團圞復團圞，爲兒授家室。登堂見花燭，吞聲哭不得。兒生未識爺，何以安枕席。誓辭連理枝，永遠事行役。再拜阿母旁，泣血涴顔色。出門何所之，惘惘別里門。長號感行路，天地爲之昏。日則望雲馳，夜則戴星奔。飛篷罥天末，何處尋本根。行行大壑旁，僵卧荒祠外。精誠動木石，魂魄交冥昧。開門揖老叟，夢中與神會。午食見指南，莎羹未粗糲。當歸乃隱語，不聞附子膾。迤邐入東南，山澤形神枯。黄沙蝕顔面，瘡痍生肌膚。果然帶山下，夢覺逢精廬。佛香飄院落，有客蒼髯鬚。詢知舊鄉里，驚喜立坐隅。尋聲猶識得，精神相感乎。父子抱持哭，淚落千僧徒。慇懃勸還鄉，緇林戒行李。入門見老妻，毁顔已暮齒。新婦潔盤餐，爲翁具甘旨。至行格天地，和氣浹鄉里。高曾遺矩矱，子孫遍朱紫。至今道旁人，齊歌王孝子。胎源於《孔雀東南飛》一章中間夢與神會一段，妙在若可解，若不可解。

房中詩

嬌兒衮師繞案長，文如翻水聲琅琅。夜堂篝火攤書讀，吹落燈花紅簌簌。小者玉頰好眉宇，手持梨栗能爾汝。中男依兄坐短檠，《毛詩》新讀一半生。山妻椎髻夜操作，手弄諸雛共笑樂。頻年踪跡隨天涯，賴汝黽勉能持家。不爲楚相君勿哂，與君相偕鹿門隱。璩仲一家，可云有道，妻子皆得佚樂。司寇非隱人，而家庭之樂與璩仲同也。語語用韵，兩韵一轉，格調得自嘉州。

袁術

公路浦前白日昏，千重駭浪猶奔騰。袁曹昔時争戰地，秋原尚作黄雲屯。兄弟鬩墻事堪嘆，術也讎紹翻結瓚。謬算適足羞先公，强云圖讖天所贊。里謡誰記當塗高，僭號不聞閻象諫。符命之説誠荒唐，當車有臂疑螳螂。江淮凍餧士卒死，宫中日夜爲荒亡。蛾眉皓齒競害寵，馮家小女悲懸梁。灊山之敗所自致，江亭奔竄如亡羊。堆牀十斛僅麥屑，一勺入口無蜜漿。當時割據意何取，離離滿目悲禾黍。我來袁浦爲弔古，老龍晝眠蛟夜舞，鯨波蝕盡戰場土。衆尊爲帝而欲奔匈奴以自絶者，劉虞也。因當塗高讖語而欲自稱爲帝者，袁術也。漢末群雄，惟術爲至愚且妄，身死後，妻孥不保，亦惟術爲至慘。篇中綜本傳始終言之，不漏不支，自然中節。

送顧嗣宗返吴門次留别韻

韓孟雲龍日夕依，故山猿鶴久相違。人如諸葛真名士，品是江東大布衣。吴地煙嵐應入夢，楚天鷗鷺漸忘機。步兵日有蓴鱸思，隱語當歸且緩歸。

訪汪鈍翁先生故居

山光塔影尚嶙峋，遺築丘南野水濱。草没垣衣何限感，乞花場上弔詩人。乞花場，鈍翁先生所居。

張大受

字日容，江南嘉定人。康熙己丑進士，官翰林院檢討。著有《匠門詩文集》。

○先生未第進士時，即已陶成士類。既入館選，汲引尤衆。後有負之者，弗與校，且若不知也。吴中宏獎風流，斷推匠門。今没世已久，過其故居者，猶想望餘風焉。駢語韵語，皆清新獨出，披其集，如遇其人。

魯肅廟

闊達謀吴策，幾微保漢心。才輸公瑾捷，道契武侯深。夏口帆初上，龜山廟至今。靈風吹赤壁，城北雨沉沉。肅始迎先主於長阪，繼勸吴主召周瑜還，與武侯共破曹操。後又勸借荆州於劉，則肅匪獨忠于吴，兼能保漢也。十字中包括無限史事，三、四申言之。

送顧禄百外孫

博識蟲魚晰，閒吟花草工。長康三絶擅，東野一身窮。老我離思外，慈親望眼中。榮名真不朽，雲樹隔江東。

慕廬先生還朝

交無洛蜀本和衷，雅量分明司馬同。常以文章推後輩，久將政事托群公。委虵晏退裘應敝，狼藉髠留醆莫空。出處古來雲變化，芳馨誰播史書中。韓公得詩，答以斷句云：『扁舟不怯囊裝薄，好語穿來一一殊。吟到交無洛蜀句，千秋牙曠賞音孤。』以公中朝子立，不隨黨同，詩能得其素心也。三、四亦惟公足當斯語。

題大臨故宮詞後

舊頓荒涼鎖緑茵，寶釵雙燕只生塵。眉痕不照長門月，臂點曾銷永巷春。百首宮詞王司馬，一聲《河滿》孟才人。阿誰尚記華清恨，聽譜《霓裳》淚濕巾。此泛咏故宫也。百首《宫詞》，一聲《河滿》，黯然神傷。王司馬『司』字，可作去聲讀。

睢州謁湯公祠

過宋頻登夫子堂，傳經應比鄭公鄉。曾遊霽月光風裏，早歎浮雲白日旁。衆母至今歌子産，伏龍疇昔起南陽。音容似昨人千載，贏得吴民淚溢眶。茂叔襟懷，伏龍出處，國僑遺愛，而不免浮雲之蔽日，君子歎息痛恨於方正不容也。事久論定，曲直顯然。彼譖人者，亦何益而爲此哉？

送沈子大赴江西

才子秋風淚點多，遠行霜曉唱驪歌。三年皮骨空人役，千載文章奈命何。紫氣豫章龍變化，青峰彭蠡雁經過。舊時慷慨《南征賦》，送客都門髮已皤。

答袁虎文

重遊梁宋訪心知，一揖尊前感贈詩。射虎舊誇從李廣，鬭雞今喜逐袁絲。文章白璧元無垢，意氣青萍兩不疑。歸到江南最相憶，小園風雨對牀時。

呈竹垞先生四十韵

日月懸鴻筆，江湖伴釣翁。斯文如一髮，此老不三公。世溯韋賢相，生稱江夏童。異書都默識，疑義若披矇。瑚璉珎初待，金刀數正終。蘭成終竄谷，王粲早飄蓬。寄興滄溟外，悲歌燕趙中。揮箋迴雪白，拍板落花紅。劒拔看天小，觴浮覺海空。但隨遊野豕，未卜漸逵鴻。當代旁求說，盈朝並薦雄。對揚欽學邃，拔擢荷恩隆。太白官供奉，龍門史折衷。掄才弘鐵網，挍藝試青銅。書卷裝歸橐，神仙近法宮。騎將天廐駿，捧出御書虹。自此期調鼎，無端怨失弓。歸來操翰墨，吟笑脱樊籠。謳舫波還泛，書亭日久烘。聖經羅象緯，物理析魚蟲。注地酈元似，論詩蕭統同。采飛神每助，斤運帝無功。鳳小能翔漢，蘭摧莫叫穹。暮年餘痛哭，篤志益明聰。鹿引晨穿屐，龍聽夕倚篷。門生輿請昇，朝士刺求通。斯畫珊瑚缺，邕文金帛充。共知占蔚豹，仍望載非然。小子勞鑽仰，先生發覆蒙。逢人憐抱璞，知己撫炊桐。再謁鴛湖曲，高談桂樹叢。森森開武庫，藹藹挹春風。世路誰輕薄，耆儒只困窮。養心欣事簡，餬口幸年豐。甪里芝徒采，春卿爵可崇。人情留樸拙，天氣值和融。三歲依門下，千秋歎道東。經營慚小技，彫斵冀良工。廣樂陳鼖鼓，凡民警瞶聾。升堂私有願，陶冶及纖洪。先叙門第，次叙學術，次叙榮遇，次叙被讒放歸，次叙膝前夭折，次叙成就後學，而以己之就正有道終焉。隊仗工整，琢句清新，視杜陵較薄，元白較厚，長律中推高格矣。

題徐大臨《湖鄉小景》

鳥背嵐光過夕汀，碎萍魚唼水花腥。青山一角湖三面，記是塘西乙未亭。七言絶句，唐人以神韻勝，宋人以清新勝，此宋體中最高者。

山居

愛看支硎一角山，何妨身卧薜蘿間。峰頭片片秋雲白，不礙虚亭鶴往還。

清流道中梅花

駐馬清流香氣吹，東風漸近落花時。可憐躑躅關山路，纔見江南第一枝。

惠士奇

字仲孺，江南吴縣人。康熙己丑進士，官至翰林院侍讀。學士著有《半農人詩》。〇半農少即篤志經史，而於經學尤深，著有《易説》《春秋説》《禮説》《大學説》等書，皆晚年論定者。視學廣南，以通經術爲先務，空疎舊習爲之一變。操行之潔，比於白圭振鷺，廣南前此未嘗有也。身後祀於韓山，配食昌黎韓子，至今尸祝之。詩近唐人，以自然爲宗，視研谿先生家學，各有所得。

除夕寫懷

持門賴健婦，頗憶貧孟光。今夕復何夕，洗手調羹湯。辛盤與椒酒，一一親排當。夜半理梳裏，燈前事晨粧。君姑尚未起，雞鳴候高堂。䵶䵶偕先後，雜珮鳴珩璜。我亦夢到家，身侍阿母旁。烏啼忽驚覺，仍在天一方。

夢回思往事，石闕空銜悲。緬惟遭喪日，事遠尚可追。先君昔遷謫，家細不得隨。二載密雲尹，溘然遂長違。時余行未至，伯兄適南歸。飯含未及視，安用有子爲。一棺尚寄旅，僻在城南陲。遥憶今夜奠，紙錢風吹灰。吾聞古喪禮，未葬不釋縗。念此痛欲絶，有如刺心錐。哀歌不成曲，我唱和者誰。二章發乎至性，不以辭句爲工。

坐月酬鄭鉽見懷之作

明月上西軒，流光照積雪。開軒一長望，皎皎千里潔。佳人怨遥夜，起坐彈金屑。爲我操孤鸞，悵然感離别。相思報瑶華，無使音塵絶。

牧童詞

溪水碧，溪上牧童青篛笠。烏犍斜繫柳陰中，藉草卧吹三孔笛。横鞭還過飲牛亭，亭邊撲撲飛牛寅。雀兒鼓翅蝦蟆跳，陂塘水滿齊牛腰。歸來仍放青山郭，遠樹仟仟煙漠漠。日暮聞歌不見人，隔林月下敲牛角。連下三章，皆張王體中最雅潔者。

簇蠶詞

麥風細，蠶眠地。桑葉殘，蠶上山。蠶房漸覺侵微暑，乍暄還暖愁煞汝。朝熱熏籠夜點燈，竊脂驅雀貓捕鼠。一日茸茸粉絮結，兩日堆堆白于雪。三日團團論斗盛，小婦量來大婦稱。繰出新絲付機杼，織成十樣花紋綾。君不見，繭税年年充國課，浴蠶孃子常衣布。

樵客行

春山暮，山花吹滿樵人路。平原淺草連天遠，樵風初起樵雲捲。數聲樵唱出林間，夜夜歸來擔頭滿。曉上陰崖逢月黑，前溪虎去猶留迹。昨宵山水漂人家，失却澗邊磨斧石。伐木當伐檀，刈薪當刈蘭。刈蘭爲佩檀爲輻，免使年年老空谷。

田家行

二月青蟲初化蝶，三月紅蠶欲斷葉。桑榆門巷緑陰成，四月家家繅白雪。屋邊豆苗垂宛宛，雁齒叢長雀梅短。道中歷亂蝦蟆衣，昨夜風來牛跡滿。竹雞啼罷楚鳩語，十日田家九日雨。平旦開門看天色，聲聲老扈催收麥。日出腰鐮向隴頭，桑間驚起黄離留。

送蔣樹存之官餘慶

憶昔識君年弱冠，風流文酒長躭翫。無事頻過交翠堂，觥籌往往行無算。二月山塘柳色青，玉簫金管醉中聽。可憐明月初三夜，最憶春風第一亭。沉沉玉漏鳴街鼓，寂寂春陰月停午。燈前一曲《柘枝》新，小玉傞傞踏筵舞。雲散花殘事已空，秦淮水榭又相逢。三條共剪深更燭，五夜同聽鎖院鐘。數載飄零不相見，去年忽覩雲卿面。待詔吾留金馬門，修書君上南薰殿。只今天子急循良，莫恨天涯道路長。烏撒白苗生似鹿，畬丁溪子狠如羊。邊氓正欲煩君撫，况有君家《理縣譜》。九溪斜繞葛蠻司，十洞遥連金竹府。不知握手在何年，離别今朝倍黯然。待爾歸來尋舊約，月明重泛虎丘船。寫離合聚散情事，可入管絃。〇《理縣譜》，係傅琰父子作令事，事見《南史》，此應借用。

送陳秋田先生之官長寧

善卷洞裏咀丹客，玉液朝朝鍊精魄。偶然作吏山水邦，衣裳猶帶雲霞色。昔年曾到瘴江濱，布襪青鞵萬里身。邑里時逢烏蜑户，居民半是馬留人。今年仍往西南徼，路遠健鷹飛不到。劍閣回看北向雲，石門遥指南征道。知君才似寇巴東，莫歎生涯類轉蓬。登棧人行紅樹杪，隔溪猿嘯白雲中。平林芳草萋萋緑，從此連緜到西蜀。月上峨眉一片秋，煙銷巴水三回曲。瀘川渺渺夕陽低，更在瀘川西復西。遥想訟庭春寂寂，海棠花發杜鵑啼。

張文獻公廟

海燕辭巢日，何曾戀舊痕。南州一麾去，北闕幾人存。蕃將頻蒙寵，胡雛竟負恩。淒涼《謫仙怨》，空向曲中論。自注：《劇談録》：『玄宗幸蜀，次駱谷，下馬望長安，嗚咽流涕，謂高力士曰：「吾用九齡之言，不至此。」因上馬索長笛吹之。有司旋録成譜，名《謫仙怨》。』○即少陵所云『受諫無今日，臨危憶古人』也。公歸南州，而李林甫、牛仙客用事矣。北闕尚得有人乎？『幾人存』，婉言之也。

廣州十二月書懷

風物娛遊子，孤懷强自寬。鷓鴣知歲暮，鸚鵡訴冬寒。山上飛鳴好，樊中飲啄安。可憐珠樹鳥，無地避金丸。自注：《酉陽雜俎》：鶬鴰正月一飛，至十二月十二起。《新唐書》：林邑獻鸚鵡，數訴寒，詔還之。○寫飛鳥，即自抒懷抱。

姑胥臺懷古

五道通諸郡，三江繞故都。白猿終霸越，黑犬竟亡吴。人去空芳草，春來長緑蕪。蕭蕭楊柳岸，愁殺夜啼烏。黑犬及下章公孫聖事，俱見《越絶書》。

好上三臺望，還從九曲行。可憐文種水，猶抑伍胥城。風雨松陵暗，煙波笠澤清。公孫今在否，寂寞久無聲。自注：公孫聖曰：『我死，當使後世有聲響。』及吴亡，三呼三應。

題座主安溪相國紀伯父葆甫先生破賊詩後

孤城鼓角四山聞，刁斗聲中五夜分。獨領數人探虎穴，何如一鶻入鴉群。青袍不改儒生服，白馬偏成上將勛。萬丈峰頭餘故壘，千秋猶説李摩雲。李罕之攻破摩雲山，樹柵其上，時人呼爲李摩雲，見《五代史》。

送徐亮直編修奉使琉球

海神擎日映波紅，此去扶桑直向東。鯨眼常明無月夜，鬣身能使不帆風。天書捧到恩應渥，唐帕傳來語盡通。自注：唐帕，譯者之名。想見中山迎使節，踏歌齊擁紫髯翁。『煙開鰲背千尋黑，日射鯨波萬頃金』，三、四語足與相敵。

張照

字得天，江南華亭人。康熙己丑進士，官至刑部尚書，謚文敏。〇文敏性地高明，通釋氏教，所作詩左磕右觸，皆禪語也。予未諳禪理，仍取主性情、叶風雅者。

觀海

境界真無兩，聊爲物外觀。乾坤浮一氣，今古浸雙丸。野鳥飛難過，真仙望亦寒。人間白少傅，高詠海漫漫。『乾坤』十字，本魏武、東坡句意鎔而成詩，可以壓倒一切。

蓬萊

蓬萊山下水横波，流入銀灣隔翠蛾。天上星辰歡會少，壺中日月别離多。鸞驚香夢紅蘭笑，花帶愁痕青鳥歌。昨日子登傳敕去，一時齊羨下天河。此即悼亡之作，以李義山體行之，不使人一覽而得。

悼亡

邊關暑夕冷於秋，孤鵲驚飛别樹頭。此夜萬家明月裏，幾家思婦獨登樓。

秦道然

字雒生，江南無錫人。康熙己丑進士，官翰林院編修。著有《泉南山人存稿》。◯前明高忠憲、歸季思二公，詩理足於中，不假修飾，得陶公一脉。泉南先生亦然，無理語，有理趣，别乎白沙、定山流派。彼求工詞句與説理入腐者，均不知其品之高也。能讀陶詩者，欣然遇之。

山居詩

山齋寂寂，元鳥初來。春風融融，林花乍開。共二三子，撫景銜杯。從容詠歌，吾師點哉。

自寫天機，人力不與。

静坐吟

我愛山中坐，白雲來無時。垂天自靄靄，歸山亦徐徐。青松千歲姿，天矯干霄枝。舍此不棲鳥，營營竟安之。超然無懷世，日夕心神怡。

我愛水邊坐，照我遺世情。周流雖不居，瑩澈全其真。蒲蘆依渚碧，杜若方春榮。波間雙白鷗，游泳不復驚。高天雲影浄，相對同涵清。

夏日間居

何以娱永日，對景常忘言。栖遲詎非計，造物與我閒。碧草長庭除，珍禽息樹間。微風生秋意，雨氣在遠山。良友欣然來，小酌俱陶然。柴門月色裏，相送溪橋邊。

春日月坡初成

湖干月無際，月坡先得之。山人倚杖間，坡上月到時。逝者不可留，明月常如兹。田夫荷鋤歸，漁舟亦來斯。笑言隄柳畔，誰云不相知。仰觀天宇空，不礙浮雲馳。千川同一月，躭寂亦成私。撫景時有得，古人吾所思。『千川同一月』，化機之大公也。若寂守一川，謂惟此川有月，則私矣。此吾儒與釋之别。

湖上閒居友人適至

昔人感離群，吾亦念吾友。片帆湖上來，扁舟繫隄柳。呼童掃三徑，欣欣競奔走。清言味道腴，庶慰别來久。相期在千載，聚散亦何有。結契不同方，合并亦非偶。載歌《伐木》章，真氣滿户牖。

弢光静坐

一涉山水趣，所得常有餘。況兹禪境寂，更值三春初。嵐光照几榻，花氣盈庭除。忽聆清磬音，頓覺塵跡疎。先聖言淵淵，瞿曇説如如。門庭别疑似，當别静與虚。欲識道味腴，莫厭山中居。

從釋教引入吾儒，儒教主静，釋教主虚。静能生動，虚不能生實也。静與虚判然，即公與私判然。

詠史

六籍委秦焰，聖學棄榛藂。董子乃崛興，遺經究始終。不沿縱横流，不將枝葉窮。精心契先聖，高文發群蒙。譬如剥復間，微陽生窮冬。譬如百世系，一線傳其宗。孟氏醇乎醇，繼之則有公。何爲昌黎書，乃稱軻與雄。

昌黎亦指揚氏之疵，而輒稱之者，溺于辭章之學也，此能明道脉之正。

偶作

文章從何生？其道本自然。中天列象緯，川岳蒸雲煙。風來水生波，春至花自鮮。人心何所有，出之則緜綿。悟此無文意，至文乃生焉。嗤嗤夸毗子，綺麗徒争妍。

老境

天運日推遷，人生有大分。隆冬百蟲蟄，分耳非爲困。老年精力衰，聰明安所騁。冥心了無作，無作乃無悶。

李紱

字巨來，江西臨川人。康熙己丑進士，官至户部尚書。著有《穆堂初集》。

〇穆堂來吴，問字於匠門，而學問各有所得，匠門主温雅，穆堂主闊大也。詩品不加修飾，亦復自見風標。

夏至日滎澤渡黄河

日車方北至，我馬獨南行。廣武風猶壯，黄河浪不平。澄清誰攬轡，憑弔漫需纓。前路雄關近，平靖關。當年駐重兵。

秋山學圃爲張韋齋明府題

莊舄經春衹越吟，菜根滋味憶山林。夕陽千樹鳥聲寂，涼月一庭花影深。窣堵波原難作宅，磨兜堅已自題箴。惟餘結習殘書在，窺見羲皇以上心。韋齋，匠門弟子也。識穆堂於未遇時，去官後暫留江右佛寺，穆堂作詩贈之。

驛南鋪不寐

草舍摧頹早戒更，旅人靜夜倍淒清。沉沉戍鼓樓頭動，宛宛參旗天半橫。短堞一空雞絕唱，敗槽百齧馬多聲。十年夢想公車路，支枕連宵白髮生。荒驛情事，身親其境者能言之。

方式濟

字沃園，江南桐城人。康熙己丑進士，官中書舍人。○中翰隨考𠋫宗水部居塞上，服勤左右，以慰晨昏。著《五經一得》，書未成而卒。詩格清真，樂府尤矯然拔俗，漳浦蔡文勤謂其『秀骨獨異，清音自遠』，誠定評也。後以子問亭宮保貴，贈如其官。

遠行曲

結束語童僕，雞鳴看天曙。辭我鄉里親，曳屨出門去。出門口無言，寸心煎百慮。請取囊中琴，暫坐理絃柱。一彈示知音，音新知者故。人情戀鄉井，冰霜況歲暮。此身值賤貧，焉能樂完聚。嶺高猿狖墜，水急蛟龍怒。行行將何之，白日沙飛路。此即省親出門，别鄰里親交而作。

餞五送至蒲河賦别

勞骨不遑席，脂車迫東馳。晴日照大野，去去從此辭。相送蒲河陰，感激潸酸嘶。戀景重須臾，念當生别離。我有數行淚，欲墮還自持。死化桑下蠶，吐君衣上絲。生同比翼鳥，夜夜長相思。生死如浮雲，素交山不移。

八月十七日霜

土牀入夜氣，骨冷火不温。起視手種花，委仆墻籬根。早霜纔一夕，不緩須臾恩。窮邊無林柯，後凋誰與言。柔條愛戕伐，悼惜同蘭蓀。回憶故鄉暖，萬里傷征魂。『窮邊』十字，見投竄荒遠，雖抱後凋之節，人誰知者？可以悲其志矣。

護菊

盆菊瘦亦花，尺莖綴錢小。荒地苦栽培，强説顏色好。種從鄰圃移，南階溉昏曉。八月藏户牖，扶護費探討。而胡傲霜姿，翻畏寒霜早。人實累此花，使汝隨邊草。人實累花，怨而不怒。

掃地

抱帚倚户立，寒風吹衣巾。凌晨汲土井，灑掃庭陔塵。掃塵不掃雪，留取寒意真。棄帚出門望，邊塵浩無垠。俯視穢草積，仰見黄雲昏。放廢敢晏安，勞力清心神。强鍊未死骨，涸水潛窮鱗。家破散如雨，一僕隨征輪。偶効胼胝力，赬顏詡辛勤。萬里親童奴，傲惰誰能嗔。

采萱

曉起望術阡，萱花盈古道。采萱欲忘憂，佩之轉紛擾。豈有壯士懷，聽命寸莖草。勿謂百年短，計日不爲少。憂更多於日，忽忽憂中老。蕙茝化爲茅，勿歎秋風早。人能自立，雖處憂患，不傷品節。倘荃蕙化茅，即日受和風，亦何益之有哉？

蜀錦曲

蜀錦機長越羅短，繡出鴛鴦春水暖。姊妹綺年俱遺嫁，空閨寂處蘭膏卸。女貞擇對師孟光，依然操作紉蘭纕。藏有天孫五色線，鮮明巧奪雲錦章，願縫堯衣與舜裳。借貞女縫紉，傳出山甫補衮意。忠愛之思，藹然言下。

城上烏

揚州城上烏，傍晚城樓歇。蔽日飛啞啞，天光乍明滅。揚州極盛推前朝，珠簾畫閣聞吹簫。香塵細碾朝復暮，平山迤邐連紅橋。一夜神兵渡淮水，礮聲震動無堅壘。血濺孤臣舊戰衣，降旗不見城頭起。雨濕沙青鬼晝哭，至今豐草埋遺鏃。飢烏不識太平年，猶想城頭啄人肉。因神兵之速，顯閣部之忠。血濺孤臣一聯，真覺摸之有稜，鞭之見血。

隴頭水

河水濁，江水清。妾似隴頭水，清濁自分明。昔爲田家女，擇壻嫁邊吏。田夫入城不隔宿，邊吏年年在邊地。聞道梁州新破虜，燉煌已入中朝土。戍卒受賞官封侯，血裹冰霜凝繡斧。主將笑擁雙嬋娟，箏琶夜醉穹廬眠。横塘水接隴頭去，送妾雙淚流君前。

『田夫入城不隔宿』，俚俗語，轉與古樂府近。

題遂安鄒廣文《效忠圖》

遂安城，大如斗。賊兵來，縣官走。儒官罵賊賊縛肘，乘機遁出豺狼口。集衆擊賊梃在手，妖星一掃寧雞狗。賊伏莽，去還來。城門火，栖烏哀。登陴矢石驅風雷，狂氛惡霧層層開。釋重圍，士民喜。歸我絳紗帷，理我舊書史。孤忠未顯微官死，當年佐陣兒折齒，兒今抱圖獻天子。

音節詳明，忘其爲酬應之作。

送朱鹿田之任蜀中

天入萬峰攢，羊腸路屈盤。黄巾追往事，朱邑幸之官。復業民無幾，催科政待寬。從今行蜀道，歌唱不知難。

法塔哈門自注：奉天以北第二關，過稽林百八十里。

山口嚴扃月照營，等閒客過待雞鳴。此身已在重邊外，不怕陽關第四聲。

吕謙恒

字天益，河南新安人。康熙己丑進士，官至光禄卿。○光禄詩烹鍊，兄元素司農詩古雅，新安二吕，並重於時。

望嶽

馬首三峰近，林端萬壑封。青天迴落鴈，赤日抱蒼龍。玉女時吹笛，仙人此種松。罡風何處斷，忽聽九霄鐘。起二十字雄渾蒼堅，華嶽已落我手。通體只是『望』，不是『登』，此作家本事。

西鄉對月

纖月照闌干，愁心夜獨看。光流千嶂動，影入萬松寒。銀漢何清淺，金波自淼漫。臨風旋起舞，烏鵲過林端。

寧鄉道中

奔峭時相引，盤回勢屢遷。雪峰藏白日，雲谷束青天。路轉啼猿裏，人行飛鳥邊。懸車頻度險，回首失三泉。自注：三泉，地名。○『藏』字、『束』字，極捶鍊之功。

望吴嶽呈王使君擬山

吴嶽高寒蔽蜀門，巡檐跂望肅心魂。地形近接關山脉，禮秩遥同太華尊。衆壑雲雷生白晝，中峰星宿落黄昏。凌風欲躡王喬舄，玉粒丹砂信可捫。五、六語總經捶鍊而出，故能字字奇警。

送澤州相國予告歸里

元老承恩帝里回，奏書三上曰俞哉。丹心寧愬蒼生望，白髮方看緑野開。綸閣有章光日月，巖城無地起樓臺。他時天語還存問，沁水遥瞻佳氣來。五語表其奏疏光明，賢於孔光削草之媚。六語表其持躬潔白，同於寇萊公行己之清。『有官居鼎鼐，無地起樓臺』，魏埜呈萊公語也。

登岱

煙嵐雪瀑見鴻濛，閶闔平分一氣中。身倚青蒼巖壑迥，目窮雲水海天空。雞鳴半夜騰潮日，鐘落層霄響澗風。七十二君勞想像，盤回輦路望巃嵸。

方覲

字近雯，江南江都人。康熙己丑進士，官陝西布政使。

定興縣謁楊忠愍祠

倔强楊員外，鄉閭尚有光。何須冠獬豸，直欲問豺狼。伏鑕差無補，當車肯自量。荒祠臨野水，肅拜奠樹漿。忠愍本無言責，而欲爲國除奸，置死生於度外也。三、四擲地有聲。

送正觀

三年不見故山秋，一枕西風萬里愁。已識關中遷大姓，誰知天際有歸舟。飄零節候驚黄葉，浩蕩煙波想白鷗。行到江南堪下淚，暮雲衰草滿汀洲。正觀戍塞外，間歲歸里省親，方伯於北地送之，送其暫歸也。玩詩意自明。

七夕

佳時卧病更添愁，枕簟涼生覺早秋。蓋篋儘教塵網徧，三年不上曝衣樓。佳節悼亡，倍難爲懷。予作《七夕辭》亦有句云『只有生離無死别，果然天上勝人間』，同此感也。

子規啼

平羌江口江水清，峨眉山頭山月明。江樓望月人未寢，腸斷子規啼一聲。

吴翊

字振西，江南太倉人。康熙己丑進士。著有《樂園集》。○振西係梅村族孫，爲諸生時，學使者試必第一，試牘傳播，幾於紙貴，未嘗以詩鳴也。今搜覽遺集，不必刻求勝人，而古今體安和妥適，才人、學人，兩者兼之，梅村之流風遠矣。

西山探梅

虎山橋頭太湖曲，花爲銀海山爲玉。湖鄉歲判梅花租，花開便抵湖田熟。我來繫艇南溪邊，晴空無雨山無煙。只有白雲三十里，糢糊隔斷山中天。笱輿側入似無路，矮籬窄逕相迴旋。粘衣不嫌花霧重，壓帽更愛花枝偏。前迎後送迷遠近，豁眼倏上山之巔。熨斗巖邊路幽仄，長旂嶺外連西磧。十家五家無别種，千樹萬樹同一色。微分螺黛嶂横青，遥奪琉璃波湧白。出林更上蓮花臺，枝枝玉葉當門開。一擲凡軀衆香國，十年面目慙塵埃。使君仙尉如可唤，芳魂古魄何悠哉。梅花不老青山在，姓名清絶留蒼崖。吴儂愛花乏花趣，但貪狂賞慳清句。寒花謝客似有言，好勸幽人爲少駐。舉西山全勝言之，誦其詩，可當卧遊矣。使君，晉青州刺史郁泰玄，葬於此山。

仙尉，但傳鄧姓，不詳其名。

洞庭山館呈司寇東海公二首

廿載鴻文典集賢，還鄉仍續石渠編。暫伸謝傅登山志，校勝温公在雒年。嶽瀆遺經搜禹穴，金鑾舊記録吴船。須知玉局閒居士，元是蓬瀛第一仙。健庵司寇去官後，奉詔開書局於洞庭東山，準司馬相公修《資治通鑑》之例，蓋異數也。書係《一統志》，故有『嶽瀆遺經』『金鑾舊記』云云。

錦堂恩詔許歸休，妙選賓僚佐校讐。江左文章分史局，山中宰相起經樓。詩豪酒敵皆登座，野老溪僧亦伴遊。笑引韓門窮賈島，放吟同上碧峰頭。

新燕

歸飛已逼柳毿毿，盧女金堂到自諳。故國無心抛海外，春風有主憶江南。花融泥軟新相得，隼忌鷹猜舊不堪。近識朝元消息否，珠簾零落幾回探。語語注意『新』字，却又泯然無迹。

謁范文正公祠

慶曆推英傑，龍圖景大賢。少思天下任，老至四夷傳。薰德吴風外，徵文雒學前。人師真百世，社祀近千年。緬昔孤如綆，登朝直似絃。垂簾誠宫闈，專柄斥樞銓。奮舌天心正，嚐膚黨議偏。賜環仍待制，筦鑰又從邊。地闢横山壘，師承好水川。靈胸羅甲盾，蕃落靖戈鋋。卒踐三台重，終持十事堅。志伸恢舊典，遇短謝時權。育士開黌序，收宗設義阡。一莊風自古，五世澤猶延。祠額咸淳創，碑銘至正鎸。蒸嘗歆格遠，榱桷塈塗鮮。舍菜羞蘋藻，繙經謁几筵。衣冠標正大，鐘鼓震愚顓。長白書堂録，天章館閣編。萬言何慷慨，六籍本搜研。要識爲梁棟，須從忍粥饘。名高遷謫裏，憂極治平先。忠孝還詒子，精誠儼在天。蘇湖開禮樂，自注：公延胡安定教授古學。夔卨咏詩篇。自注：見《慶曆聖德詩》。舊宅寒松偃，亭園老杏妍。披圖一回首，古色照蒼然。不遺本傳，而於被謗夏竦、鎮靖西夏，著意言之。末歸到斷齏劃粥，先天下憂，見士當勵志窮居，不求温飽也。篇法、句法，皆苦心營搆而成。

張景崧

字岳維，江南吴縣人。康熙己丑進士，官樂亭知縣。著有《鍜亭詩稿》。○鍜亭學詩於葉横山先生，稱入室弟子，論詩以鮮新明麗爲主，謂與其爲假王、孟，不如爲淺温、李。以王、孟可僞爲，温、李不易僞爲也。嘗以詩呈王新城尚書，新城比之韓門張籍，人服其允。

弄潮兒歌

錢塘江上弄潮兒，放船拉槳乘流澌。短布單衫不蓋膝，科頭跣足暄朝曦。自言大父官藍田，堆金不計萬與千。阿侯年少邯鄲俠，貂衣駿馬珊瑚鞭。兒年七八掌上珠，逢人稱是千里駒。雙鬟左右列屏障，不教風著千金軀。大僚特疏上天子，尅剥脂膏飾羅綺。坐辭華屋入囹圄，一家夜哭長安市。當時珠履客三千，至今漂泊誰堪倚。洪濤江上高於天，性命换得青銅錢。豪華如電不可恃，東升紅日西山巔。豪華子弟讀之，恐面熱内慚，汗出而食不下咽也。或恐子弟并不能讀，奈何？○子孫性命换錢，由祖父尅剥脂膏所致，居官者盍一思之。

京口

身外茫無際，横江老雁秋。芙蓉皆别思，風雨獨歸舟。斷岸隨煙合，奇巒破浪浮。自從南北限，萬古逐東流。

和途中即事韵限高字

愁起疲驢背，吟聲入楚《騷》。江湖縈别夢，風雨戀征袍。驛草秋先歇，邊雲晚更高。時平多設險，旅夜看龍韜。『邊雲』五字高渾。

餞鴈

數聲哀怨客樓聞，九月相逢二月分。繒繳伺多難避地，關山歷盡悵孤群。離腸曲曲湘潭水，行色重重楚峽雲。此去豈無留别字，一行空際自成文。

晚渡平望湖同舟話舊

稻粱謀已拙耕耘，越水吴山逐雁群。細雨殘鐘荒驛夢，斜陽衰草故人墳。空江鴉散遥衝霧，絶巘樵歸盡躡雲。吟得小詩留蠹篋，也當麟閣記殊勛。晚唐神韵。◯鍜亭嘗戲咏《甘蔗丞相》，有句云『是長樂老焉知苦，非讀書人終欠酸』，可云工巧。因題纖小，故不録全詩。

蔣仁錫

字静山，順天大興人，康熙己丑進士。

唐諫議劉蕡

隻手思扶皇運傾，《春秋三傳》論縱横。生前不售鋤姦志，地下何慙諫議名。惡稔北司威正煽，冤銜南國恨難平。自注：蕡爲宦者所惡，貶柳州司户參軍，卒於貶所。玉溪爲寫《招魂》句，溢浦書來愴客情。蕡身後，對策之言皆騐，因贈諫議大夫，故有『地下何慚』之句，所謂他日請念者此也。

王時憲

字若干，江南太倉人。康熙己丑進士，官翰林院庶吉士。著有《性影集》。

○蕭山毛氏詩序極誇其擬《十九首》、擬陶、擬杜、擬元、白、蘇、陸等作，然摹其體而未傳其真也。愚所取者，轉在自出新意之篇。

寄贈麓臺用杜《戲題王宰畫山水圖歌》韻

潑墨生寒雲，落筆成奇石。人間藏弆求之迫，天家亦欲觀真跡。遥知奉勑寫幽林，風雨驚飛殿廷壁。舊傳家學婁江東，丹青妙手神明通，興到筆健如游龍。嶽嶽給諫素鯁直，大有古之諍臣風。閭閻疾苦莫可比，遠隔君門萬千里。應詔定繪《豳風圖》，不徒皴染閒山水。題《山水圖》，諷其繪畫《豳風》，上陳閭閻疾苦，得因事立言之體。

舟中遣興

四十日來誰地主，二千里外客天涯。青山兩岸尋詩路，黄葉孤村賣酒家。鼓枻有聲過蟹舍，使帆無際失歐沙。前途遥指蒼茫處，黄鵠磯邊正晚霞。

旅舍感懷

侯門縱可曳長裾，嬾癖偏安水竹居。臺畔空傳收駿骨，肆間敢望活枯魚。鬢將如鶴頻看鏡，松欲成龍尚著書。百尺樓頭且高卧，陳登豪氣未全除。太史爲顓庵相國從父行，成名時，年已老矣。玩五、六語，見其老而勤學。

黎志遠 字寧先，福建長汀人。康熙己丑進士，官至京兆尹。

禮執客鄂城，用和巨來韵見貽，事牽未報，漢陽舟次，次韵寄答

離群劇調饑，晤言暫濡沫。方快鄂城遊，倏有瀟湘别。論文期摘瑕，求友惟攻闕。古風不可回，時頗笑迂闊。長江撼坤浮，舲窗敞天豁。晚月升虚無，夕霞爛披列。低昂漁子舟，參差渡人筏。顧我自夷猶，嘯歌爲誰發。征夫出王城，九玩團團月。人事俄是非，宦途遽得失。夙懷經世

心，詎可違前轍。飛鴻向長沙，沙渚何當歇。吾愛武昌山，遲君理布襪。載收玉與珉，慧珠照澄澈。運旋轉於無痕之中，善學《選》體。

泊陳家灣，覩山石奇秀，遲客舟同登不至，日暝，獨遊，未窮其勝

殷殷紅樹村，漫漫白沙堰。深叢切秋禽，修竹翳長阪。奇境在幽遐，神工啓關楗。泛灩鯨波搖，跳躍龍遊宛。玲瓏變繩墨，疊皺若違反。蘭舟不即來，臨淵奚繾綣。薄暮遲客心，篷窓聊息偃。侵宵杖策行，焉得窮其閫。雲寒月色深，漁静江光遠。嗟予事行役，徒爾登眺晚。玲瓏，就一處言，合衆玲瓏言之，則變繩墨矣，粗心遊山者不知其妙。

國朝詩别裁集卷二十三

長洲沈德潛歸愚纂評　男　種松校字

江陰翁　照霽堂　長洲周　準欽萊同輯

王世琛

字寶傳，江南長洲人。康熙壬辰賜進士第一人，官至侍讀學士。

登樓

萬里辭吴會，經年滯越舟。兩行鄉國淚，獨上海山樓。颶母威難近，蠻雲瘴不收。炎荒非我土，何事愛南遊。

英州道中寄大兄

江岸草萋萋，愁懸落日低。天涯兩兄弟，客路各東西。眠食知何似，音書莫嬾題。遥憐端水上，惟聽子規啼。

靈山峽

瘴鎖雙峰合，江穿一線通。崩崖飛颶母，落日嘯猿公。林暗蒼梧雨，波翻厓海風。朝朝啼杜宇，蕭瑟似巴東。連上二首，穩順清朗，似《極玄》《又玄》風格。

題畫三照

邊草初枯獵馬肥，甲光照日散金微。健兒羌笛三聲晚，射虎歸來雪滿衣。

沈樹本

字厚餘，浙江歸安人。康熙壬辰賜進士第二人，官翰林院編修。著有《倫翁詩集》。○從來學蘇詩者，秖得其隨手徵引、波瀾不窮，其弊往往流於縱肆。此獨於用意正大處求之，即質之元遺山，必無滄海横流之目。

大水歎五首

戊子春徂夏，時若雨暘風。種苗行方徧，鋪田漸芃芃。農夫顧之喜，謂今歲其豐。如何歘遘患，霪雨無終窮。西吴百萬畝，化作黿鼉宫。災殃其數然，詎敢怨蒼穹。所嗟民無食，何以及歲終。作詩維告哀，聲比寒號蟲。

溪水日夜長，莫辨蘆荻洲。橋面撑巨筏，門内維行舟。鄰家有破竈，來往紛游鯈。望中見屋脊，簸蕩如浮漚。下田不可救，沉没無一留。高田築版牐，全力保甌窶。須臾仍潰决，一概成洪流。誰繪《洚洞圖》，爲民陳鳳樓。帝堯方咨儆，應切懷襄憂。

米船隔江左，米價騰浙西。五斗踰千錢，長飢痛蒸黎。囷空突無煙，食盡粃與粺。秋成望更絶，四顧維荒畦。東家投水死，西家棄其妻。歸來仰屋歎，兒餓牽衣啼。兒慎勿再啼，今夜猶同栖。明當入城市，鬻汝如犬雞。回顧墮血淚，寸腸若刀刲。徘徊出門看，曠野愁雲低。

去年旱魃虐，焦卷苗無根。今歲商羊舞，沉浸連千村。水旱適洊至，何策甦元元。吾聞上古時，備患有本原。三年則餘一，倉廩常高屯。縱遇天災至，民力堪自存。救荒於既荒，所濟何足論。而况併無策，蒿目空憂煩。近日行社倉，似救荒於未荒矣。然徒飽吏胥，日滋民害，遇荒歲不發一粟，殊不可解也。讀鵴翁詩，附記于此。

吾皇仁如天，湛恩垂涣汗。舊税與新租，全蠲豈惟半。小民一歲間，縣門踪跡斷。奈何奉行者，天語敢輕玩。公然肆追呼，不顧人愁歎。况此遭凶荒，豈能免逋竄。長歌《春陵行》，千載思浪漫。元結，稱浪叟，亦稱漫叟。《春陵行》，元結憂民詩也。○詳寫被災，同於呼籲矣。值聖朝愛民如子，而民尚不被澤，是誰之咎歟？乾隆二十年，水災之後，繼以蟲災、風霜災，爲禍更甚，使觞翁見之，不知如何痛哭也！

五顯嶺

高峰入閩奇，飛路盤空幻。硤角隱堂皇，壁面壓溪澗。洩雲生嵌竇，飄雨來轉盼。䑲䲝滑難行，攀緣苦未慣。進虞一步艱，墜有千丈患。戰兢腰脚疲，牽挽衣裳綻。前望怖啼猨，俯視羡歸雁。險疑過秦關，危或踰蜀棧。積陰何時開，叠嶂誰能鏟。人無戀舟車，我將老葭亂。

浴象行

瑶光之精照九真，奇獸天生好軀幹。貢入虞廷受封號，朝儀熟習無拘愞。神威礧硊過熊羆，異狀嶔崟陋貙豻。隨時澣濯順陽氣，勾引傾城鬨奇翫。故人僦屋宣武門，邀我來觀玉河畔。一笑登樓快倚欄，樓下千人萬人看。傳呼都尉出西城，指點蠻奴踞南岸。羯鼓喧闐群象來，錦鞍結隊紅雲爛。鼓聲初歇人語寂，並立沙汀卸羈絆。一人裸體騎一象，徐徐踏浪排魚貫。細刷四蹄及兩牙，洗净塵汙一身遍。水面浮來自在行，瀺灂盤渦纔没骭。翻身一躍入波底，疑墮蛟宫杳難喚。隔浦俄驚浪拍天，波心突出銀濤亂。蠻奴依舊跨肩頭，觀者魂摇共嗟歎。也似吴兒石作腸，潮頭出入全無憚。往來盤舞復幾回，揚沫飛涎繞雲漢。連蜷修鼻吼長風，老魚瘦蛟皆遠竄。浴罷依然上錦塘，赤罽重裝日將旰。成群歸鎖御房深，明日宫門須待旦。油壁花驄影漸稀，風吹十里香塵散。濛濛樓角翠浪流，西山掃黛横天半。狀象奴入水出水，如見其人。結處濛濛樓角翠浪流，謂長鼻噴水，濺及樓角也。姜西溟太史作感舊纏緜，此篇叙事詳盡，各擅其勝。

磨盤山

回顧不見入山處，此身已似盤中住。百千旋折眼生花，三五迴環神失據。纔思左往復右行，正欲仰登先俯注。坡平幸獲尋丈寬，徑仄只留分寸度。鞭絲帽影蟻緣窗，馬足車輪虵繞樹。乍陰乍陽日向背，在前在後風來去。山遠不踰三十里，山高不越萬餘步。從卯到酉歷未窮，自壯至老陟猶誤。燕齊大賈有深愁，并代健兒俱却顧。人間不省行路難，請過磨盤山上路。起六語寫盡山行屈折，已盡磨盤之義，以下蕩潏注坡，直如行所無事。

遊汴城宋宫故址

帝闕崔巍逼敵營，乘輿倉卒赴青城。力窮巷戰悲何槖，計決親行誤范瓊。此後難逢迴日馭，有人空喚渡河聲。杜家留守真雞狗，草草南歸失四京。徽、欽北狩，始誤於不用李綱，繼誤於不用宗澤，至用杜充爲留守，而國事萬不可支矣。此種詩，可作史讀。

贈王載揚

唱遍《楊枝》又《橘枝》，洞庭林屋有新詞。誰知楓落吴江冷，未是崔郎壓卷詩。載揚少工詩，人無知者。觞翁見而賞之，徧告詩壇，名遂著。載揚，吴江人，故以「楓落吴江冷」爲比。

李白填詞

花前承旨筆如飛，三闋新詞萬古稀。被酒不忘規諷意，故將燕瘦比環肥。從前作者，但美其才思之敏、知遇之榮，此能道其規諷微意，所見者大。

徐葆光

字亮直，江南吴縣人。康熙壬辰賜進士第三人，官翰林院編修。◯曩見太史《懷舊詩》七章，胎源於少陵《八哀》，今已散佚矣。兹從《奉使琉球》册中録出，得其大概。

康熙戊戌六月朔，奉命册封琉球，述懷三首

我生寡行役，敦敦守書案。少長太湖旁，臨涯渺無岸。朅來京國遊，涉江已三歎。濁流益奔駛，疑向銀河亂。今將事澥東，寵命賁冗散。皇靈暘九垓，當險敢云憚。銜綸出區夏，郵籤浩難算。八千閩越路，未及溟程半。涉川守忠信，古人寧我謾。兹遊縱目初，奇絶平生冠。

去家逾一紀，有母嗟尸饔。微名雖獲忝，禄薄仍固窮。侍養曰有季，顧我如飄蓬。玄髮恐日霜，倚門望屢空。七十古云稀，兹秋欣已逢。膝下闕親拜，頌况徒爲恭。聞命蹶焉起，問驛江之東。我家官河壖，水郵當此從。省覲始一遂，長跽獻泥封。自注：癸巳，覃恩誥封，始賫回。王程幸非迫，且復樂融融。

家貧如屋敗，榱桷强撑拄。大者既就撓，薄弱成何補。瘦妻豈云健，乃委持門户。二女皆獲

歸，紉緝良辛苦。相見且歡喜，讁怨茹不吐。佳兒得嘉耦，此日來歸祖。新婦前致辭，階前綵雙舞。不覺愛憐生，拭淚成昫語。水清石纍纍，此事自前古。到家不成歸，離緒還縷縷。首章奉命，次章拜母，三章辭家。章法井然，詞亦朴茂。

自口外回至密雲道中，車折軸，遇雨

出山復入山，顛頓不知幾。瘦馬怯孱顔，兩轂鬬石齒。脱險就夷曠，泥行鈍亦喜。中軸忽摧折，輪轉不踰咫。勞薪不能言，事敗悔方始。解軛就牛車，落日照行李。駛雨截山來，壞雲翻墨起。橋阻斷虹邊，路辨掣電裏。風吹衹裯單，沾濕行未已。將經滄海身，平地已如此。

楓嶺山行至梨嶺

風泉聒旅枕，壁鐙照客起。雲木混初陽，蒙茸猶谷底。笳鳴驚宿禽，旌影照溪水。虹橋接楓嶺，閩程從此起。仰見梨山巔，霧行猶十里。陰崖竹梢空，寒碧光薿薿。山僧延客坐，孤亭翠微裏。亭邊方竹枝，乍見心尤喜。稜稜節目匀，端正比君子。我行既在險，所恃非圓美。從僧乞杖材，中矩皆如砥。行行步亦步，扶我歷濛汜。人生陟險，惟中正自守可以免禍。古來聰敏人每以圓美得咎，不止捷徑窘步已也。從方竹杖悟及持身有素，言下遇之。

上灘行

祇命走閩服，崎嶇敢易安。紙船託微命，上灘復下灘。上灘逆水怒，求進尺寸難。片石扼我嶮，力費千篙攢。下灘得水利，雙楫如輕翰。穿針與走馬，自注：皆灘師語。一瀉百里寬。順流雖云樂，觸激無堅完。灘師頭易白，鬬捷摧心肝。上水既失利，小心事驚湍。救墮愁脱手，引汲心膽寒。釜懸船挂壁，溜急魚升竿。步步自牽挽，力盡終躋攀。于此互乘除，得失如循環。上灘與下灘，請君擇其間。處順恣肆，處逆周防。恣肆者敗，周防者安。行路禔身，其義一也。

顧嗣立

字俠君，江南長洲人。康熙壬辰進士，官翰林院庶吉士。著有《秀埜詩集》。

○秀野選《元人詩集》，搜羅殆遍，使百年文獻不致淪没，皆其功也。素以文酒友朋爲性命，有名人過吴下者，惟恐不詣其宅。至家道中落，猶以不能酬贈爲媿，與前明葛震甫之愛客正復相類。今三十年餘，此風歇絶矣。詩品初做金元，繼躋昌黎，後臻王、孟、韋、柳。垂老，以未能步趨李、杜爲憾。蓋其詩得江山之助，遊歷愈廣，風格愈上。《桂林》《嵩岱》二集，尤爲生平之冠云。

讀《元史》

中原皇綱失，宗社如山崩。讀書遭兵燹，滅没無一存。偉哉姚公茂，絶學能相承。軍中來江漢，竇許號得朋。讀書鳴琴下，聖賢接寢興。竇劍抉浮雲，手扶日月升。經學唱西北，文物得未曾。茫茫六合内，獨讓斯人能。姚公茂，名樞；竇許，竇默，許衡也。

周室憫黍離，蜀臣悲杜宇。吁嗟彼王孫，甘心事仇虜。死媿文丞相，生慙謝皋羽。書畫雖絶倫，大節吾不取。賢哉彝齋翁，高風邈千古。遇弟輒生嗔，到門必見侮。吾愛水仙圖，寶爲翰墨祖。彝齋，名孟堅，字子固，以梅、竹、水仙擅名。

文章開魯姚，元氣尚團結。天曆置奎章，作者首虞揭。金華接踵興，儒林推四傑。爲學務根柢，行文浄冰雪。古藻揚清光，煌煌照碑碣。一代制作手，小儒盡咋舌。同時惟歐陽，瓣香乃祖烈。後來宋太史，猶承黄柳訣。斯文如江河，源遠流不竭。猗歟百年間，生才竟殊絶。傳道脉，厲清節，人道所重，表章前哲，别於風雲月露之詞。

自錢唐江口至常山舟中雜詩

積雨濕江雲，林深白一片。春風忽吹開，青峰遞隱見。晴旭散旅愁，鼓枻聊自遣。昨宿西安城，今到常山縣。故人松桂林，葱蘢眼中見。自注：張常山天農有《讀書松桂林圖》。西北有浮雲，別來幾番變。阮籍醉不醒，司馬遊已倦。弭節蹔淹留，孤踪媿深眷。畫筆所不能到者，以韻語補之，此化工也。起四語，予嘗於舟行曉望時一遇目。

望郎回 自注：在大安驛，有石，形如婦人携一稺子，立山上，名『望郎回』。

望郎回，望郎回，朝朝望郎郎不回。孤兒三尺，形單影隻。冬愁風酸，夏愁日赤。南山雲連北山雨，一樣人間兩樣土。望郎回，幾時來，東海會有西歸水，妾作石人甘爛死。爲男子作詩，風其忠愛；爲婦人作詩，風其貞烈，此立言體也。杜陵得《三百篇》之遺，作者猶得此意。

日觀峰

群山向背東南缺，一聲雞鳴海波裂。黄雲下墜黑雲浮，金輪三丈鮮如血。當時李白平明來，風掃六合無纖埃。精神飛揚出天地，口吟奇句招蓬萊。我今黯黮失昏曉，雙石凌虚自悄悄。安得快劍開煙雲，直指扶桑窮杳緲。嘗於五更登天台華頂，見浮雲卷盡，海面俱紅。須臾，金輪上升，天地忽開，萬象呈露。前之赤海，盡浮金光矣。讀『黄雲』十四字，服其簡而能該。

萬安

城仄群峰壓，江紆亂石通。灘聲從地北，瘴氣自天東。採竹童乘筏，撈魚家置籠。灘師喜風利，撥棹入黃公。自注：土人識水性者，呼爲灘師。黃公灘，即『惶恐灘』。

賈傅故宅

治安策上衆狺狺，謫向長沙卑濕濱。生遇漢文猶痛哭，放同屈子竟亡身。洪鑪久已爲銅炭，宣室何勞問鬼神。絳灌不知才子貴，漫輕年少洛陽人。

宿遷西楚霸王故里

拔山扛鼎力難支，有勇無謀敗固宜。王霸業成破釜日，英雄淚盡别騅時。重瞳每小江東土，殘魄猶依魯國祠。只有野花紛五色，春風省識帳中姬。項王霸業，成於救趙，敗於弑主，至垓下而氣已盡矣。三、四語已舉其概。

黄陵廟

翠帷玉佩問湘娥，夕張佳期憶《九歌》。寂寞荒祠叢竹淚，西風吹作洞庭波。

杜　詔

字紫綸，江南無錫人。康熙壬辰進士，官翰林院庶吉士。著有《雲川閣集》。

○雲川以詩受知於聖祖，會試不第，賜進士，入辭館，士林榮之，而雲川以養親歸，不復出矣。晚與道士榮漣、僧天鈞結九龍三逸社，有盧山東林之風焉。中歲嘗選《唐詩叩彈集》行世，皆中晚名作。故平生得力，亦在大曆以後云。

隋隄曲

隋隄一帶官河口，不種桑麻種楊柳。錦帆帝子數巡遊，厭住東京樂奔走。將兵西域再征遼，呼韓稽顙諸蕃朝。江都宫監伺顔色，翡翠玻瓈恣雕飾。水晶殿揭珠簾開，香風吹送飛仙來。凭肩笑語能幾回，夢遊恍惚吴公臺。吴公臺下雷塘路，野土茫茫亂煙樹。傷心爲弔玉鈎斜，柳色黄昏不知處。柔肌令儀，按節起舞。

周處讀書臺

臺廢尚遺址，荒荒宿草中。在朝能獨立，致命見孤忠。始信讀書效，因高力戰功。斬蛟與射虎，未足號英雄。見力戰致命，緣讀書有得。而斬蛟射虎，未足言也。一氣鼓鑄，結倍有力。

黄金臺

伯業銷沉等刼灰，黄金照耀獨名臺。兵連五國收燕地，力借群豪始郭隗。豈獨一時能雪恥，直令千載感憐才。於今濩落風塵客，猶是紛紛向北來。隗韻，平仄俱收。

戲馬臺

戲馬元來楚故鄉，鴻溝還記各分疆。儘教率土歸劉氏，剩有斯臺與項王。一戰快心惟鉅鹿，三分失策在咸陽。如何蓋世英雄氣，獨爲虞兮泣數行。王漢、王巴蜀、漢中，使得還定三秦，此項王最失策也。特爲拈出，具見論古之識。

雨泊吴閶送春同顧梁汾先生作

吴宫花老淚臙脂，點點殘紅墮晚枝。自是東風無著處，本來西子有歸時。錦帆冷落青簾舫，玉管闌珊《白苧詞》。雙槳緑波留不住，半塘煙雨柳如絲。以西子泛湖，比春光徂謝，又恰關合金閶送春，天然波折。

次泰和韵送同年于元士入都，因簡劉喻旃、楊若遊諸同館

春明分手兩經春，吴舫忻同夜語親。欹枕却憐聽雨細，入山還喜試泉新。飽嘗世味初歸客，寒到征衣又送人。爲語玉皇香案吏，秋風且莫憶鱸蓴。不無玉堂天上之感。

花朝讌集

舊遊零落復新知，不放傷春到牧之。一笑豈云無覓處，百花多在未開時。金鈴小繫香仍淺，

羯鼓高催信較遲。共是軟紅塵裏客，薄寒消得酒盈巵。

羅浮蝶

海南飛夢渺無涯，小洞朱明自有家。仙種固應呼鳳子，香魂只合伴梅花。别來風雨迷煙嶂，撲向樊籠泣露華。回首此身空羽化，滿身狼籍葛洪砂。第四語天然，名雋雕琢，轉或失之。

王圖炳

字麟照，江南華亭人。康熙壬辰進士，官至詹事府詹事。著有《授香書屋詩》。

詠史

洙泗無煖席，齊梁無停軌。吾道大可爲，斯人詎可避。閉户與纓冠，出處須易地。貞元有韓公，讀書尚其志。唐士太披猖，淫靡沿六季。獨自抱遺經，卓哉不朽事。觝排二氏言，周情兼孔思。鳳躍鈞韶鳴，氣象庶幾似。當其未遇時，皇皇出載贄。佛骨尚欲燒，鱷魚尚欲制。豈其百鍊剛，繞指頓柔脆。三上宰相書，誰識藹難意。汝曹不自量，嗤點何容易。撼樹在蚍蜉，當轍笑螳臂。韓公三上書，共謂宜少安毋躁，此獨表其皇皇濟時之心，與『席不暇煖』同意。知人論世，不當如是耶？

鸚鵡

文采擅江東，隴山短夢通。有時尋稻粒，無計脱條籠。侵曉梳翎慣，當窗學語工。聰明真誤汝，天際看冥鴻。

遊仙

青雀西飛繞集靈，麻姑仙訣悟《熊經》。玉杯日暖黄雲動，金掌風微白露零。望氣方壺猶寂寞，祈年太乙尚丁寧。君王欲乞長生術，不道郎官是歲星。

平原邨

年少驚人入洛名，雲津龍躍是平生。八王兵甲無臣主，兩晉文章有弟兄。晚節不堪愁鶴唳，舊交聞已賦蓴羹。春蒲細柳平原路，長使行人淚滿纓。累世將家子，而甘受讎邦恩遇。又處濁亂之朝，而不思潛身遠害，宜其及於難也。以季鷹之歸作對面襯托，其義彌顯。

白燕菴

鰕菜飄零范蠡船，幅巾短杖自翛然。柴桑歸及元興日，《同谷歌》成天寶年。流水桃花何處問，春風燕子至今憐。隔村隱隱精藍結，知是當時已解禪。海叟以遺民終，不罹于禍。詩中獨高清節，略其文辭，是識解高處。

渡江

雲自孤飛月自明，蒲帆十幅翦江行。君聽濁浪金焦外，淘盡英雄是此聲。無限悲壯。

程夢星

字伍喬，江南江都人。康熙壬辰進士，官翰林院庶吉士。○太史好友朋，喜著述，注李義山詩，成《平山堂志》。名流過維揚者，每定縞紵交。原字伍喬，取《南唐書》伍喬居廬山，僧夢大星旁一星，曰伍喬星也，後易曰『午橋』。

讀史

公孫舉賢良，先棄後乃收。蹻然置第一，晚封平津侯。陸贄舉韓愈，亦以再舉售。叶。其論不貳過，即以前文投。一君與一相，取舍豈自由。得失故有命，際會良悠悠。見遇合有命，亦有時，君相不能主也，從前無人道及。

老人峰歌

山煙作霧朝濛濛，糢糊煙外疑遠峰。風開日出始破笑，一峰背俯兼頭童。何年南極下霄漢，無事僵立空山中。諸峰兒孫並臚列，形體雖具難相同。平生儕輩恐無幾，匡廬五老齊高風。世人少壯幾時好，等閒倏作雞皮翁。何如此峰既老常不老，前古後今無始終。浮丘容成每來往，俯視塵世擾擾同雞蟲。

歸畫行

惲南田著《色山水》一册，余向以古書，易自王大篛林者。藏之十年，忽爲誰何竊去。越二年，馬二橋堂招遊紅橋，因景象如畫册，爲述前事。馬云購得之市肆，復以歸余。感其誼，系之以詩。

百事過眼如雲煙，山林鐘鼎皆隨緣。一生愛畫入骨髓，得喪未免情縈牽。南田草衣趙昌筆，變格忽復窮山川。公孫大孃舞劒器，出自纖手尤輕妍。我初得之我好友，換馬但恨無嬋娟。牙籤付與那顧惜，一時好事人争傳。歸來几案共晨夕，罏香茗椀相周旋。從來懷寶動遭忌，鼠輩詎肯留青氊。貫休吝未捨蓮老，長康癡乃空桓玄。今年令節值首夏，馬君招我城西偏。葦間延緣逐漁鈞，沽酒不惜青銅錢。晚潮過雨鴨頭緑，夕陽挂岫臙脂鮮。撫景憶畫忽太息，南田故物來當前。馬君聞之叩始末，事有缺陷猶能全。爲言前年適買得，歸我並不煩陳編。亡羊失馬情頓異，喜躍幾落紅橋船。秦庭忍棄連城璧，齊人竟返龜陰田。物情别後見更好，况復友誼同纏緜。丈夫一飯亦有報，我窮報德惟詩篇。緬懷寓意不留意，珊瑚鐵網終棄捐。宣和之譜空想象，古今一映浮雲然。忘情太上不可到，去來無住參枯禪。『貫休』『長康』一聯，比畫之失也。『秦庭』『齊人』一聯，比畫之得也。結到太上忘情，去來無著，可云更上一層樓矣。

雲棲

靈山結想十年前，一路穿雲許問禪。人緑須眉全是竹，晴喧風雨總因泉。地高偏覺江聲近，峰遠猶將梵唄傳。吟盡夕陽歸較晚，清池應愛遠公蓮。

舒大成

字子展，直隸宛平人。康熙壬辰進士，官翰林院編修。

自城子山還宿白家灘贈主人

到山日亭午，雞鳴桃花村。昫昫原隰廣，藹藹桑麻繁。展眺興方永，即事情彌敦。盤餐古時俗，作息平生言。際夜轉清閴，明月來南軒。撫時寧不惜，勞生焉可論。當須遂夙願，與君采芳蓀。

山行

杳杳雲外鐘，原陸颯已晦。寧知沙際月，復與前峰對。墟落有歸人，煙蘿聞犬吠。作者五言應得力于《唐賢三昧》，風味近劉昚虛，不能用多，能用少也。近人能用少者，惟吾友喬億慕韓。

東靈皋先生

伐木廢千載，勞者方載歌。印須良有繫，觀善匪在他。大道無隱晦，斯文流江河。先民重邁征，所戒惟蹉跎。春風迴歲律，芳色滋庭柯。喟然慚所欽，去日何其多。古淡。

當時

玉筯嚴催金叵羅，當時歡會總如何。燕辭華館無迴信，葉落横塘有去波。曉日軒窗閒夢少，晚涼庭院別懷多。露桃花下三年客，腸斷秋來一曲歌。

林　佶

字吉人，福建閩縣人。康熙壬辰進士，官中書舍人。著有《樸學齋詩》。

甘泉宮瓦歌

自注：文曰《長生未央》。

甘泉漢宮遺古瓦，何年棄擲荒隴下。泥沙埋没風雨剥，誰人物色求諸野。阿兄遊宦西入秦，嗜奇好古搜沉淪。西京文字傳絶少，何意長生四字完形神。周圍一尺有二寸，水清翡翠光鮮新。非篆非隸含古意，不琱不琢歸元淳。歐陽集古見未到，劉攽博雅誰探真。二千餘年復寶重，轉憶飛廉太乙俱成塵。當塗銅雀非儕偶，歷十四朝真可久。寶器逾晦逾光明，肯讓漳河片瓦傳不朽。

吉人兄同人遊秦，得瓦於田畔瓦礫中。徑五寸强，厚一寸弱，圍一尺二寸弱，吉人另有記。『寶器逾晦逾光明』，才人沉淪久而光顯者，何獨不然？

遊武夷登一覽亭

吾聞武夷山，乃是昇真元化之洞天。中間溪流有九曲，三十六峰陗折相排聯。我家去山七百里，逌然神往已十年。雖未扶藜臨澗谷，早有清夢來騰騫。今冬適經雙溪口，舟子西指思迴船。興高踴躍决探勝，四日逕到仙宫前。凌晨登筏泝霜瀨，山容面面堪沿緣。幔亭巍峨聳雲際，玉女秀出清而妍。虹橋千載駕陡削，接筍一線梯鉤連。嫣然花竹藏别塢，小九曲内宜安禪。隱屏精舍昔講學，窅且奥處羅群賢。雍雍絃誦倡櫂曲，會心微妙超言詮。盤遊六曲望不極，有亭天半憑空懸。虚無縹緲徑欲斷，猿鳥絶跡惟雲煙。捨舟輕身陟危磴，聽徹水樂鳴濺濺。仙船天路落不落，誰弄狡獪疑彭籛。險艱歷盡到奇絶，天遊古觀山之巔。亭稱一覽小閩越，抉眥遠睇無涯邊。此時不知此身在何處，便思脱遺人世同飛仙。丹山碧水如此勝，恨不早拍洪厓肩。會當買山傍雲壑，盡載群籍來摩編。山靈愛山亦愛我，定應招我棄官，賦就《歸來篇》。可作武夷有韻遊記讀，不嫌其詳。

黄師瓊

字願弘，江南長洲人。康熙壬辰進士，官廣通知縣。

題謝梅莊侍御《軍中學易圖》

河洛理數窺胸中，觥觥嶽嶽前賢風。折五鹿角敢言事，龍荒漠漠來從戎。陀羅海畔今和煦，二月柳條青亦吐。一編玩味最高峰，仰見天心在子午。姤之金柅復之初，静吉動凶遇有餘。願君進退持以正，消息盈虚任卷舒。六十四卦而獨取義于姤之初六，見君子剛正而一陰始生，静正則吉，往進則凶，必含晦章美，静以守之，庶可以回造化也。時梅莊彈劾貴臣，謫戍塞外，故以進退持正相勗。後仍以剛取戾，豈學《易》，而不能神明于《易》耶？

虞景星

字東皋，江南金壇人。康熙壬辰進士，兩任知縣，改授吴縣教諭。工詩、畫，書學米襄陽，雅負『鄭虔三絶』之望。

班婕妤

翻因棄置久，轉念寵恩偏。燈暗增成夜，花飛長信年。秋風有時歇，團扇豈常捐。獨惜羅衣色，塵生不再鮮。悻悻小丈夫不能作是語。

湘中曲

風起黄陵廟下秋，斷猿聲裏繫孤舟。雲鬟霧髻知何處，竹色娟娟月影流。

任蘭枝

字香谷，江南溧陽人。康熙癸巳賜進士第二人，官至禮部尚書。著有《見南詩集》。◯公出使安南，宣諭國王，使王知天朝恩重，拜舞感泣，此生平大節，詩亦典重有體。

武侯祠

丞相祠堂沔陽滸，檜柏森森鐵榦古。行人指點定軍山，月黑天陰聞戰鼓。三分炎祚鼎終存，萬馬中原氣已吞。五丈原頭將星落，此間終古藏忠魂。泱漭寒流向東去，霜郊豁見平蕪路。南通劍閣北褒斜，想見當年運籌處。我來下馬拜荒丘，三代而還第一流。緜竹戰餘瞻尚死，一門忠烈壯千秋。憑弔武侯，寫出風雲動色，忠魂如在。末并傳出緜竹之戰，一門死烈，此前人未說到者，應與王新城《定軍山下作》並傳。

大相嶺

肩輿歷峻坂，力盡得躋攀。冰雪明孤嶺，風雲暗百蠻。地應雄劍閣，天已近陽關。舊說南征相，兵戈駐此間。

宿劒關

斜日下荒原，驅車宿劒門。寒山風落石，殘夜虎窺村。斷續京華夢，淒清獨客魂。古來設險地，興敗共誰論。五言律多從杜出，咏蜀中詩尤宜近杜。

巴州

深院嚴扃盡日閑，一年花事已全删。情同籠鳥難舒翼，行似枯僧正閉關。萬里煙波通峽水，連朝雲霧失塗山。故園遥在春江畔，那得扁舟縱往還。

楊繩武

字文叔，江南吴縣人。康熙癸巳進士，官翰林院編修。◯太史爲忠文公孫，秉志節，通經術，不以詩人鳴也。

孝陵

鼎湖龍去上升天，弓劒埋藏四百年。金盌玉魚無恙在，不須清淚滴銅仙。

曁儒瞻拜舊山陵，落日平蕪百感生。欲奏通天臺下表，只憐才謝沈初明。不必有黍離麥秀之感，而情韻自深，以沈初明比擬，恰是異代子臣，措詞得體。

吴襄

字七雲，江南青陽人。康熙癸巳進士，官至禮部尚書，謚文簡。◯文簡老年遇合，位至六卿，出處進退，如鳳皇芝草，賢愚共稱美瑞者。詩品亦高，不肯流入三唐以下。

柏鄉雨花菴口占

雨花亭子上，坐飲趙州茶。古寺木初落，疎材日已斜。黄花應笑客，白髮未還家。老衲若南去，鄉山問九華。自注：僧楚澤云將行脚南中。◯『黄花』一聯，十字成句，此文簡出使楚中，過而留題也。名流過者，俱有和作，總未及其自然，予見而録之。

送徐澂齋先輩奉使琉球

浩渺滄波隸九州，貢航不絶大琉球。嗣王册命今三錫，自注：國朝册封琉球，今爲第三次。使者才名第一流。龍節高擎天北極，星槎直泛海東頭。書生報國宣威德，敢詑乘風萬里遊。時送行詩彙成卷軸，劇多名作，然頌揚得體，無踰此章。

秋吟

落葉滿秋山，征人久不還。一聲何處雁，應向玉門關。神完氣足，語穩調高，征戍離情，自在言外。

題黄山蒲團石

小心坡上得心安，鶻落猿飛路不難。百步雲梯誰撒手，九年空坐石蒲團。

唐建中

字赤子，湖廣竟陵人。康熙癸巳進士，官翰林院編修。

臨高臺

臨高望秋水，寒鏡出塵函。碧蘚浄孤渚，蒼雲陰半嵒。風傳隔院笛，葉送下江帆。正有南來雁，離情孰寄緘。

張梁

字大木，江南華亭人。康熙癸巳進士。著有《澹吟樓詩》。○張氏門風鼎盛，聲華赫奕，而澹吟不樂仕進，户庭蕭寂，如遊方外人。喜鼓琴，興到時，弄一二曲。晚還居青浦之珠溪，無疾而逝，人謂同禪家之解脱者。

彈琴

偶坐藤蘿下，揮手弄素琴。我琴不悦耳，能作澹泊音。本非求人知，我自寫我心。鍾期既已亡，成連誰能尋。豈徒桑與濮，六代趨荒淫。時世有升降，性情無古今。撫兹枯桐枝，欲辨口若瘖。罷琴人寂然，明月窺疎陰。古人五言如『人心盡如此，天下自和平』，『能使江月白，又令江水深』，七言如『空山秋滿霜煙平』，寫琴理、琴韵，非琴聲也。作者此篇已得古人三昧。

彈琴雜詩

孤桐獨爲奏，不假金石諧。微矣園客絲，能寫曠士懷。中散已云逝，千載罕見儕。奈何大雅音，委之優與俳。撫絃傳窅渺，希聲正復佳。豈難悦人耳，所耻在淫哇。聽者雖或疎，宫徵安可乖。

束髮好鼓琴，自謂甚易工。初得一聲似，曠若意已通。學之既十年，兹理彌無窮。吾未忘吾手，焉令諸有空。乳泉滴幽洞，箐木含遠風。至音非可求，只在天然中。諸有皆空，只在天然，滯于手不能空也，末句點明。

梅花三弄

梅花隨東風，淡淡入我絃。凍雲殘雪春乍破，一枝兩枝籬落邊。喧啾野雀噪深竹，溪水無波照空渌。陽和暗覺指下來，遥峰潑翠嵐陰開，五色鳳子雙徘徊。小絃急，大絃緩。冷香拂袖東風輭，嫋嫋冰魂吹不斷。忽然孤鶴唳一聲，羅浮山遠春夢驚，霜天欲曉寒更清。平生茆屋心，松篁共蕭寂。山家閉户悄無人，緑滿青苔落英積。瑶琴愔愔醉横膝，一片孤月當窗白。梅花與琴，渾融無迹。

無名氏

明懷宗御容歌

帝豐頤隆準，冠金兜鍪，衣錦袍銀鎧，天威凛然，藏於先朝指揮卓焕家。癸未冬，道經維揚，過指揮從子爾堪，得拜覲焉。

甲申三月國大變，賊騎横行滿京甸。百官狂走内豎降，九門洞開人不戰。烈皇平明起太息，獨自擊鐘向前殿。左右顧視無一人，公主飲劒情割斷。身殉社稷在煤山，血詔留衣髪掩面。後來渴葬向玄宫，六十年間市朝换。寧知遺像今尚存，天人眉宇臣民見。黄袍白鎧玉几陳，端然帝座赫百神。龍髯一尺怒欲拂，似憤當日無忠臣。况值萬方苦兵革，鬱陶猶疑見顔色。直是憂勤一片心，縱有丹青畫不得。史相可法。涕泣繪此圖，軍前跪拜激頑夫。翠華金根走姑孰，瑚戈鐵騎圍江都。惜哉孤城卒難守，空將報國心肝剖。勅印親交賀總戎，應昌。指揮卓焕捧御容。真州欲往飛梁斷，完節自赴波濤中。指揮平生節自矢，因奉御容不敢死。至今從子藏寶函，挂出天顔真咫尺。憶昨路經思陵東，松檜颯颯來陰風。鼎湖龍馭去不返，金盤誰薦櫻桃紅。嗚呼，國家養士三百載，殺身成仁幾人在。羨君忠孝聚一門，永與此圖垂勿壞。自注：爾堪爲明户部侍郎，忠貞公敬十世孫。○『龍髯一尺怒欲拂，似憤當日無忠臣』十四字，幾於模之有稜。末幅歸本一門忠孝，與少陵《贈曹將軍霸》詩同一蒼涼激壯，是爲神來。

謝遵王

字前義，江南江都人。康熙癸巳副榜。

吴中感興

兩月金閶住，聽殘《白紵歌》。山惟洞庭好，春是虎丘多。良覿故人遠，鄉心寒食過。舵樓閒倚望，渺渺奈愁何。三、四已括吴中之勝。『春是虎丘多』，眼前語道來，轉覺其新。

枕上

簾幙微風入，輕寒枕簟侵。夢多通夜惡，病覺隔年深。簌簌燈花墜，寥寥戍鼓沉。寒蛩偏戀我，牀下和哀吟。前義没於早歲，此即病中作也，讀去哀音動人。

顧陳垿

字玉停，江南太倉人。康熙甲午舉人，官行人。◯婁東詩人雖各自成家，大約宗仰梅村祭酒。玉停晚出，欲自闢町畦，而能不離正軌，亦後輩中矯矯者。

餞敬亭上江西觀察分題得盆檜

一尺萬丈勢，鬱此昇仙姿。托根几案間，抉石出怒猊。黛枝雲蓋結，鐵榦霜痕披。聖植既劫火，猶覩具體微。風霆起春蟄，應有飛龍知。願爲祖生楫，送君中流時。借題發義，見得聖傳一脉，正可乘時有爲也。後敬亭居官，克副此語，可云不負友朋矣。敬亭，字子大，名起元。

分擬鮑參軍《白頭吟》

持妾懷中月，照君絃上心。琴聲逐流水，月向波心尋。體雙琊合璧，心一利斷金。如何乖宿昔，猊昵情辰參。破璧成帶玦，挫金置氊鍼。昔爲比目魚，今作分飛禽。分飛日以遠，反目望轉深。言念結好初，忍垢共泥沉。錢刀焉足貴，信義乃可任。不見黔婁妻，相看雪盈簪。

温厚纏緜，憶泥沉之共艱，責信義之足守，怨而不怒，可與《谷風》並讀。

豹留皮

豹留皮，人留名。死無所留，不如無生。大丈夫，得死所。光奕奕，照千古。王鐵槍，不識字。但好武，鄆州失。鐵槍出，破强敵。期三日，妻子羈唐勿復言，男兒誓不私家室。轅門置酒出舟師，座客未散連鎖摧。亞子膽落守殷竄，威名播耳如春雷。青蠅營，貝錦成。保鑾潰，中都傾。吾槍可折，吾膝勝鐵，誰能向鬬雞小兒屈。惜哉豹，爲鼠死。豹皮文獨存，鼠腐臭未已。

彦章事朱温，固爲不能擇主。然既已事之，則君臣之義不能亂也。歐陽公力爲稱揚，明儒又過爲貶抑。篇中於忠勇則顯言之，於失身則微風之，兩者兼，而王鐵槍之論定矣。

十阿父

爲天子父，孰如其尊。阿父過多，難爲兒孫。殺人於市，如屠犬豕。皋陶袖手，虞舜充耳。一父披猖，九父譸張。願言築宫，奉以上皇。脂車秣馬，歸之汴京。後周太祖后柴氏，無子，以后兄守禮之子爲子，是爲世宗。守禮殺人於市，有司以聞，不問。時王溥、汪晏、王彦超、趙令坤等同爲將相，皆有父在洛陽，與守禮往來，惟意所爲，洛人畏之，號「十阿父」。

古北口

地險雄關舊，秋臨獨客驚。馬頭懸漢月，山背絡秦城。草帶烽煙色，蟬爲朔吹聲。輿圖正無外，大漠亦神京。捶鍊而成，言無浮響。

偕王樹先觀察渡錢塘舟中對奕

問渡攜棋局，忘言到夕曛。星辰兩手握，吴越一江分。小劫壺中隱，餘音樹外聞。機心渾不用，仍可狎鷗群。吴越以江爲界，人能言之。以手握星辰引爲對偶，兩語皆警拔矣，作律詩須得此意。

瓜州曉渡

征鞍才卸客身輕，指點金焦雙眼明。宿雨漸收遥岸出，海雲初落怒潮平。人歸春晚猶餘興，風入江南亦有情。正值百花新釀足，一杯先爲破愁城。第六語，久羈北地者，始知其工。

寅鑑堂後燈筵即事自注：各以己字爲韵。

珠明玉艷簇芳庭，細膩風光鎖曲屏。歌板欲殘餘白雪，月輪初上淡春星。坐忘賓主宵嫌短，思入鄉關酒易停。不奈峭寒歸客枕，半垂紙帳一燈熒。

硯

端谿誰割紫雲腴，萬古文心向此攄。小點墨池成巨浪，就中飛出北溟魚。小中見大。

尤秉元

字昭嗣，江南長洲人。康熙甲午舉人，官樂至知縣。◯昭嗣年五十餘，呴呴嚅嚅，依然童穉。及乎涖官，民安政肅。去後猶思賢者，洵不可測也。詩承西堂、滄湄兩先生，後不入輕浮之習，是爲唐音。

孤雁篇

玉關萬里秋風遠，南歸雁渡蘆洲晚。數行中斷忽分飛，零落寒空誰作伴。可憐孤雁不勝情，常伴寒星夜夜鳴。客舍淒涼魂欲斷，深閨輾轉夢難成。客舍深閨聽淒惻，絶絃更有傷心客。十載同棲連理枝，一朝忽拆雙飛翼。空館經秋冷繐帷，黄昏微雨畫簾垂。當時漫作求鳳引，此日翻成别鶴悲。悲來常向西風慟，重纊難温誰與共。一似孤鴻失侣飛，湘江不作鴛鴦夢。天上人間兩渺茫，年年歲歲恨難忘。尺書肯寄重泉去，爲道蕭郎正斷腸。昭嗣三十餘悼亡不娶，旁無姬侍，人高其清凈，不知其情深也。篇中連綿不斷，如春蠶引絲，失偶人幾不能讀。

芙蓉映水曲

秋江瀲灎開明鏡，湘女窺簾曉妝靚。遺佩飄香散作花，一枝艷質臨江映。江水盈盈未易求，相思空望夕陽樓。西風一夜生南浦，零落紅衣入暮愁。

牡丹

洛陽花譜幾番新，爛漫欣看穀雨辰。晚出遂超群品上，纔開便足十分春。倚欄妝重愁無力，繞幕香濃欲醉人。千載沉香遺迹在，誰將絶調寫風神。李山甫『數苞仙艷火中出，一片異香天上來』，羅隱『公子醉歸燈下見，美人朝插鏡中看』，皆粘膩語。而薛逢之『買栽池館恐無地，看到子孫能幾家』則又過於衰颯矣。頷聯爾雅典切，古今人何必不相及耶？

張弘敏

字訥夫，江南丹徒人。康熙甲午舉人，官孝感知縣。

詠史

劍術莫論疎，荆卿一何愚。生劫萬乘主，此事大難圖。惟彼虎狼秦，變詐實多虞。誑楚絶齊交，終不致商於。焉能反侵地，信義申匹夫。急剚嬴政胸，群憤亦少舒。如何披督亢，猶事久踟躕。嗟哉報丹心，空與日月俱。荆卿不止劍術之疎，欲生劫以反侵地，是以齊桓望虎狼之秦，其勢必不能也。末不没其報丹之心，咎之之中，實深惜之。

放牓明日知落副車有作

瓊樓高迴絶躋攀，大藥功成第八還。行到半天仙骨少，罡風復遺落人間。

吴廷華

字中林，浙江仁和人。康熙甲午舉人，官福建海防同知。著有《東壁詩鈔》。○東壁穿穴經學，尤究心《三禮》。所爲詩徵引典實，雖風雅不足，不碍爲方家也。

沈孝子行

自注：爲艮思觀察子庠生斅慜作。

我友有子稱小鳳，少歲六經熟磨礱。忘身竟以死孝傳，千古人倫作桴棟。孝子陳情救乃翁，乃翁得旨還天中。自注：時寓居河南輝縣。昨歲母殯值鄰火，撲滅不覺麻衣紅。麻衣紅，不可褫，寧死肯任母殯燬。頭焦額爛膚不完，殯宫獲全孝子死。孝子曾補兩笙詩，《南陔》《白華》有新詞。居身潔白守庭訓，循陔乃厄南宫離。我聞客位之殯塗且肂，攢至西序預火備。此禮廢墜千百年，致令孝子蹈炎熾。我友哭子幾喪明，邦人請旌留孝名。登危臨深古所戒，成仁取義非過情。讀書要在持大節，至行煌煌如火烈。旌廬令典金石光，精神不逐劫灰滅。始而陳情救父，繼恐火焚母棺，哀絰撲火，自焚其身，固死於孝者也。得此詩表之，孝子可以死，然孝子於是乎不死。○《士喪禮》：『掘肂見衽。』肂，埋棺坎下也。顔延之《哀册文》：『戒涼在肂，杪秋即穸。』注：三日而肂，三月而葬。

題杜文貞公小像

長樂坡前白讖甫，自注：飯顆山，《唐摭言》作長樂坡。太瘦生緣作詩苦。我聞斯言不謂然，是亦群兒謗傷語。三人各瘦公有云，諸弟豈盡能詩人。《唐書·文苑傳》可考，喪亂飢餓叢公身。自公莅官天寶季，漁陽鼓鼙勢何熾。陷賊歸來驚所親，老瘦當知從此始。乾坤瘡痍勞至尊，蒼茫家室空柴門。三年奔走益潦倒，一身皮骨嗟空存。我讀公詩見大略，浩氣縱横非束縛。況聞下筆如有神，豪唫安得身如削。披圖恍遇山澤癯，聊存詩案明其誣。聞説李侯亦顑頷，千首敏捷終何如。太白戲少陵語，本出雜説，不足憑也。以『三年奔走空皮骨』句爲證，見少陵之瘦，由於喪亂，而旁喻曲引，以破所戲之語，無微不到。

徐陶璋

字端揆，江南長洲人，崑山籍。康熙乙未，賜進士第一人，官翰林院修撰。

○殿撰中歲成詩，流於性情，温厚之餘，故動皆有則。

桐廬

輕帆漾微風，到郭及亭午。晷影落清波，銜雲映吞吐。沙渚集漁舠，鷺鷥曬毛羽。參錯綴人家，臨水開牖户。樓閣見層叠，罅隙松篁補。媿無荆關筆，好景渺難譜。微體幸蕭散，得未羈簪組。心胸湛虚明，俯仰憶往古。近欲訪玄英，頫首拜抔土。遠攀漢客星，高風邈天宇。擬將謝浮名，煙波狎柔櫓。何時攜雙柑，春鶯聽花塢。上半寫景，下半懷古。『心胸湛虚明』二語作上下轉關，篇法整肅乃爾。

洪忠宣祠

不愁鼎鑊一心堅，辯折金廷氣凛然。舉目動驚風黯慘，攀髯空想淚潺湲。放還北地辭羈紲，淪謫南朝被棄捐。寂寞錢塘孤廟冷，千秋有恨聽啼鵑。忠宣羈北地十五年，金人鑒其忠，放歸，高宗亦謂其同於蘇武，而秦檜惡其剛直，後至安置英州，檜之惡可擢髮數耶。同時朱弁亦十七年放歸，事與相類。

凌如焕

字榆山，江南上海人。康熙乙未進士，官至兵部侍郎。

題隆中草廬

攝衣峴山巔，停舟鹿門涘。憑弔草廬人，抱膝山之趾。燭照天下事，未嘗一挂齒。一朝感知遇，卧龍挾雲起。攘外遏强寇，安内輔孺子。伊吕良可追，管樂詎足擬。二《表》泣鬼神，耿耿光青史。命畢五丈原，恨流江漢水。當年有龐公，隴上秉良耜。足已外無求，民物捐敝屣。惟公立談時，決策扶炎紀。閉户不失人，救世不枉己。緬懷三代下，誰許齊一揆。用行而舍藏，庶乎子淵氏。忠武自比管樂，少陵比以伊、吕，而此以子淵氏擬之。行藏合宜，所謂易地則皆然也。尚論古人，正須獨放眼力。

新灘拽灘歌

風瑟瑟，樹蕭蕭，拽灘水落新灘高。蜀道青天不可上，横飛白練三千丈。居人歡喜旅人愁，千盤萬折過隴頭。

北雪消，南風作，新灘水平拽灘惡。中流伏石如蛟龍，紙船全賴鐵梢公。旅人色沮居人利，石米百錢取如寄。自注：貨米船下灘經水者，值取百錢一石。◯可作古謠諺讀。

余敏紳

字張佩，福建建寧人。康熙乙未進士。

傳臚日作

初日曈曨刻漏傳，鵷班肅立静鳴鞭。一聲臚唱纔過耳，五色雲高或在天。幸藉朴誠逢聖世，肯圖温飽媿前賢。曩才未奏《凌雲賦》，也向螭頭惹御煙。臚唱日想到或有韓魏公其人，心事光明磊落，謂他人，非矜一己也。朴誠自矢，不圖温飽，可以覘其爲人。

楊士凝

字笠乘，江南武進人。康熙丁酉舉人。

饑民謡

村邨屋頭鴉亂飛，塵封爨火炊煙微。鄰人乞食縣門去，羨殺鼠食官倉肥。江南今年星在罶，青錢二百米一斗。詔令减價更賑荒，里老奉行開户口。縣令踏勘初入村，萬户盡望天家恩。饑民無錢吏胥怒，有名不上官家簿。斗米二百錢，民已艱食。乾隆乙亥丙子，又增二分之一矣。勘災之弊，自昔已然，可勝慨歎。

不如歸去

不如歸去，省我墳墓。十年萬里白頭親，腸斷縫衣無寄處。歸來五鼎列墓前，有泪不達重泉路。警遠遊子，視東野《遊子吟》，尤不忍讀。

吴江

丹楓颯颯下寒塘，財賦江東第一鄉。誰唱吴歌醒客睡，半湖殘月半船霜。

雨霖鈴曲

天子猶難活婦人，梨園枉唱《雨霖鈴》。萬層劒嶺千條峽，忍使官家掩淚聽。

潘其燦

字景瞻，江南吴江人。康熙丁酉舉人，太史稼堂次子。

春風和李玉洲韻

韶華可是隔年期，轉眼春風似舊時。遠客樓高愁獨覺，深閨帳暖夢偏知。分番芳信園中報，一片晴光陌上吹。回首幾多離恨積，憑欄好與訴相思。『深閨』一語，尤爲著題無跡。

登河防口邊城

山海居庸千里長，前朝於此重邊防。藩籬屬國亡三衛，屏蔽中原恃一墻。保塞規模傳魏國，築臺形制説南塘。而今中外爲家日，直北輿圖接大荒。

癸卯歲暮感懷

敝裘燕市又經寒，歲晚冰霜閉户看。夢斷梅花鄉國遠，愁憑竹葉酒樽寬。郢歌《白雪》誰憐寡，蜀道青天始信難。寂寞藜牀高卧處，碧霄依舊路漫漫。

翁志琦

字式金，江南吴縣人。康熙丁酉副榜。○式金向曾屬草詩序，因遠行未果。今披覽遺稿，多原本性靈之作，采入選中，略補未能應命之咎，故人應亦諒我也。

反班婕妤《怨歌行》

團扇復團扇，皎皎白於雪。永晝引清飈，良霄延素月。秋來置箱奩，尋常不輕發。薄俗區故新，君子秉貞節。炎曦會有時，誰云恩義絶。元辭可以怨矣，此更秉心貞正，立言有則。

外孫信兒至

七年依我住，晨夕不暫離。三月不相見，惓惓繫我思。歡呼入門來，一笑舒雙眉。登我所坐榻，弄我所吟詩。我吟三十載，苦心實在兹。名山傳絶業，回首當付誰。數篇乞記誦，授之復何私。他時曉人事，應識此言悲。見無人承柏匱詩也。授之外孫，旋付剞劂，今詩壇傳有琢山姓氏，可慰九原。

答女口號

左家嬌女禀夙慧，把卷問耶欲學吟。耶窮正緣苦吟誤，爾何學吟費苦心。不聞郝鍾禮法重大義，婦德何嘗在識字。正論不磨，如李易安轉受識字之累。

連夜夢歸故鄉，醒後偶成

夢境原虚幻，情真幻亦真。身嘗爲客苦，心戀在家貧。衣食憐嬌女，憂勞慰老親。不知閨閣夢，曾否見歸人。

白髮

朝來攬明鏡，白髮感蹉跎。畢竟無公道，愁人鬢畔多。

田氏紫荆里

田氏遺墟没草萊，春風猶見紫荆開。願携當日連枝種，分與人間處處栽。

沈元滄

字麟洲，浙江仁和人。康熙乙酉、丁酉，兩中副榜，以教習官文昌知縣，後以子廷芳貴，贈通議大夫。著有《滋蘭詩稿》。○家麟洲以諸生受聖天子知，命入武英殿纂修，與諸詞臣齒，真異數也。之官後，亦多善政。因親屬被罪，牽連及禍，人並冤之。詩與查他山先生唱和，品兼唐宋人之長。

外舅查聲山先生挽辭

夙有蓴鱸志，秋風憶釣竿。地高投足險，恩重乞身難。詩酒塵邊廢，林泉畫裏看。自注：公圖花谿水竹，以寓歸思。誦詩時歎羨，每在碩人寬。宫詹受恩深重，幾埒江村，而小心謹慎，則又過之，所以難於乞身也。晚年心事，館甥婉曲傳出。

夜雨與友人感賦

江村歸去見閑田，屢遇堯湯水旱年。秋氣蕭條連井邑，煙光慘澹自山川。虛疑世有桃源路，共笑人憂杞國天。多事劉琨空起舞，雞聲誤却半宵眠。頻遇灾荒，救人無術。撫時感歎，有心人每懷此念，而泄泄者以杞人之憂笑之，此種情事，古今一轍。

雜詠

秘殿從容召對頻，廟堂氣象若爲新。難逢沙汰江河手，合有招延羽翼人。種漆樊侯知備預，憂葵魯婦枉悲辛。今朝聽説朝陽鳳，一紙封章新進臣。

避世金門不厭深，華顛短褐歲侵尋。相逢北闕青雲客，誰和南山白石吟。數著能談天下事，千秋須識古人心。賈生已去王通逝，獨立蒼茫感不禁。

甲寅閩變，永嘉令馬公琾與温處道、陳公丹赤同時殉難。今春，馬公子觀察君陳情行在，特錫恩謚忠勤。敬賦一章，以紀其盛

一官迢遞到巖疆，閩海烽煙正擾攘。此日陳豨終負漢，同時南八自忠唐。三年亂定聞家祭，兩字名尊慰國殤。廟社靈旗應儼在，清魂千古戀桐鄉。南八忠唐又有雷萬春在，此因馬公而兼

及陳公，猶因南而兼及雷也。舉一人而中藏一人，句法甚巧。

過黃公灘，自東坡改爲『惶恐』，文信國仍之，後相沿爲故實矣

雨餘乘曉狎危瀾，來過黃公第一灘。帆飽長風爭馬駛，溪添新漲抵江寬。篙師欲作攤錢戲，客子休歌《行路難》。天意似憐山水癖，要令南海縱奇觀。

白雲簃雜詠之一

臨風雙鬢影飄蕭，手把殘編慰寂寥。賢母自能知陸續，直臣幸免祭皋陶。謗深誰爲珠犀雪，路遠拚將髀肉消。聞道恢恢天網闊，那因鸞鳳放鴟梟。自注：用後漢陳躭語。○此被累以後，重至廣南而作。

涿州

百雉重城勢不孤，居然綰轂擁皇都。風雲氣概樓桑里，土壤膏腴督亢圖。事去英雄遺恨在，

時平草澤棄才無。獨憐老作西征客，鞍馬勞勞走道途。

題屈子詩外二首

匹馬三邊聽鼓鼙，吴鈎笑拂月初低。英雄末路憐紅粉，消得香東與墨西。自注：香東、墨西，二姬名。〇寓情紅粉，乃英豪末路，猶信陵飲醇酒、近婦人也。

笑他餘子競風騷，未許陳梁聲價高。一代才名兼意氣，海南沛上兩詩豪。沛上，謂閻孝廉、古古，詩格不同，而意氣則同，故並論之。

國朝詩别裁集卷二十四

長洲沈德潛歸愚纂評　男　種松校字
江陰翁　照霽堂　長洲周　準欽萊同輯

汪應銓

字杜林，江南常熟人。康熙戊戌，賜進士第一人，官翰林院修撰。著有《容安齋詩》。○殿撰才華發露，與時齟齬。罷官後，遊楚，大吏聘修省志，猶有彈劾之者，紀渻養雞，主於不鳴，有以也夫。

題讀書樓

人生何謂富，山水繞吾廬。人生何謂貴，閉户讀我書。君構讀書樓，樓與山水俱。藏書數千卷，任君畋且漁。山水契動静，讀書友軒虞。眺望連近遠，夢寐俱恬愉。此身置太古，此心遊太虚。回視塵世間，富貴吾土苴。山水、讀書，不能相兼。讀書樓在山水間，天下之樂無以加焉。

然知其樂者幾人，沉溺於土苴者紛紛矣。

清鎮縣七夕

水上浮萍沙上蓬，牂牁江畔晚涼中。無雙今夕羈孤客，第一春橋繫短篷。銀漢碧天斜易曉，蘆簾紙閣悵應同。去年漾水漂流者，已望牽牛向碧空。懷家意，寫來蘊藉。

霧中花

名花籠霧認難真，道是還非夢裏身。彷彿漢家宫殿冷，隔帷遥見李夫人。

張廷璐

字寶臣，江南桐城人。康熙戊戌，賜進士第二人，官至禮部侍郎。著有《詠花軒詩》。○心躁者多志微噍殺之音，心平者多順成和動之響。言爲心聲，不可强也。藥齋公不干進，不務華，以介自矢，以誠感人。視學江蘇九年，如和風著物，萬類萌動。既久，士林猶歌頌之。宜發言爲詩，比於水之瀠洄，春之和盎，讀者心醉氣夷，而不自知也。注力不在五言，故不備録。

岍山招遊雲龍山，用東坡《答呂梁仲屯田》韻

黄樓嵯峨古彭門，雲龍山下多煙村。暇日招遊恣登陟，壺榼不用燔雞豚。淮泗交流清浪駛，呂梁迅急黄河渾。巉巖似騰北海蜃，巨嶂如起南溟鵾。岡阜縈抱氣尤王，洪波襟帶勢欲吞。振衣絶頂俯平壤，川原環拱雲龍尊。古藤倒垂猿狖挂，怪石磥砢熊羆蹲。青疇千頃水方退，高壠往往留潮痕。禾根猶見集雁鶩，屋外直欲浮蛟鼉。今年盛夏苦霪潦，茅簷白雨如翻盆。水田坐看秋税減，寒谷惟待春風温。城中居人尚安枕，萬家鱗次炊煙昏。兹山高曠足眺覽，翛然放鶴亭孤存。石磴逶迤古苔滑，蒼枝詰曲老樹髡。黄茅岡頭指遺蹟，群羊髣髴眠雲根。山人已往坡老逝，空嗟歲月如濤奔。殘碑寂寞野煙罨，虚廊蕭瑟寒雲屯。勝遊憑弔增慨歎，不辭斗酒傾匏樽。用蘇韻，便近蘇詩。

送魏定野歸柏鄉

蕭齋把臂足清歡，聯句論文夜漏殘。楊柳旗亭偏送別，杏花村店尚餘寒。萊衣愛日春方永，謝草關情夢未安。無計留君倍惆悵，心隨歸騎過邯鄲。『楊柳旗亭』一聯，似人人意中語，然佳處

正在自然，一加追琢，恐失天趣。

賦得落日樓臺一笛風

餘霞散漫晚煙浮，長笛風前響欲流。幾點鴉歸遠村樹，一聲人倚夕陽樓。梅花早向江城落，楊柳曾傳絶塞愁。何似神仙騎鶴背，凌空吹徹萬山秋。

哭梁貢

秋風素旐聽虞歌，月落空山叫夜烏。堂上白頭翻哭汝，膝前黄口已成孤。魂依姜被霜華冷，腸斷蘇機血淚枯。寄語閨中髽髻婦，茹哀還慰八旬姑。此哭女夫而作也。白頭無子，黄口無父，人生最不堪事。末囑空閨髽髻，抑哀慰姑，望其節孝兩兼，立言真至。

恭和《御製秋蒐雜紀》元韻

登陟岡巒勢磊嵬，經過澗壑水瀠洄。騎來天廐三千駟，蹋破秋雲幾萬堆。林外琱戈隨豹尾，峰頭黄纖傍龍媒。從知蒐獵關戎政，載筆還須付馬枚。

南歸

廿載勞人得賜閑，故園風景隔塵寰。縈洄馬鬣雙溪水，層叠龍眠萬笏山。巾屐獨尋新薜徑，煙雲仍護舊柴關。林泉瀟灑無拘撿，大似開籠放白鷴。此五章致政歸時所作。

天池水擊有鯤鵬，蜩鷽榆枋自不勝。腰綬已抛三尺組，頭銜猶領一條冰。收將帆櫓乘查客，携去瓶盂退院僧。日上松牕新睡覺，還疑帶月望觚稜。忠愛之言於極閑處傳出。

松風蘿月送餘年，暮靄朝風别有天。門爲看山寧用杜，車還駕鹿不須懸。烹茶泉比中泠水，荷鍤秧分下潠田。老我得從耕牧者，蕭閑真覺主恩偏。杜門懸車，歸田後常語也。一經翻用，便覺生新。

由來齒角未容兼，獨荷生成意已厭。奉席兒能謝簪紱，扶笻婦尚理虀鹽。含飴孩幼甘同剖，高枕林廬夢亦恬。慚愧此生論取與，天公傷惠我傷廉。從『熊蹯魚腹豈能兼』意化出極欣喜意，轉似以咎出之，妙不可言。

舟泊無錫

九龍山色何媚嫵，坐見白雲生縷縷。空濛散作波上煙，篷窗一夜蕭蕭雨。

送楊升聞歸里

節近傳柑花映扉，山園且莫戀芳菲。遲君一葉樵風便，流過春江燕子磯。詩中天籟，亦以不雕琢得之。

鄭　江

字璣尺，浙江錢塘人。康熙戊戌進士，官至翰林院侍講。著有《筠谷詩鈔》。〇筠谷以詩爲事業，有指其失及改定其詩者，終身敬禮之。出使廣南時，山人黄子雲適留其地，爲點竄數言，出橐中金贈之，俾還故鄉，此風近日已罕見矣。

西溪草堂圖

吾鄉山水窟，莫如西溪幽。延緣一徑通，落落清瑶流。夾岸無雜樹，鹿角枝相樛。霏微嵐翠間，香雪千林浮。有時略彴横，野竹寒修修。尋幽窈窕入，落英滿扁舟。花陰路疑盡，豁然見平疇。四山圍滃緑，土俗勤鉏耰。此中隱君子，毋乃栗里儔。一茅粗剪葺，六枳紛環周。虚室静生白，恍然物初遊。臞鶴唳天半，若與孤情酬。仙源在枌榆，余胡久淹留。西溪在北高峰背，舟行凡十八里，溪窄，只容一舟。梅林兩岸，風翻落英，沾人衣袂，錢唐幽絶境也。昔曾經其地，興會未到，難形語言。讀此詩，令人神往，可當重遊矣。

度暈嶺

新安僻一隅，崖谷莽相圍。寒雨度暈嶺，悄然徒御悲。匪悲道路險，疲氓寒無衣。祇役我之分，勞民毋乃非。既不能重趼，復不奮翅飛。民勞豈得已，王程不可違。酬民以價直，幾爲吏槖肥。詰問得其情，懲吏乃用威。疲氓感我意，繞座涕泗揮。民情大可見，豈願咸其腓。勞勞道路間，志在救朝飢。飢寒苟不恤，焉用長吏爲。勤勞王事而不忍以獸役，人仁人之用心也。詩之朴老近元道州。

常山縣

風帆沙際落，嵐翠碧叢叢。一縣江聲裏，四山雲氣中。迎人幽鳥語，隨意野花紅。回首鄉心遠，沿流直向東。

殘柳

畫橋斜去水東流，落日西風澤國秋。樹下彩雲都散盡，夜來明月尚勾留。碧蹄馬老憐荒驛，白髮人閒倚酒樓。六代離宫鴉數點，滿天疎雨不勝愁。五、六取題之神，不粘不脱，一結尤有遠韻。

釣臺

高臺俯暵暮江清，葉葉風帆盡日行。碧水幾時停過客，青山終古屬先生。可知遯世原持世，始信逃名是愛名。慚愧萍逢無定迹，滄洲暫借濯塵纓。『遯世原持世』，謂東漢節義之風，從羊裘翁開出也。『逃名是愛名』，工於著辭。他手以釣臺爲釣名，淺而無味矣。

飛來寺

澄江緑滮潔于苔，群峭摩天一線開。吉貝花中聞梵唄，兜羅緜裏現樓臺。榕陰濃疊千重翠，松吹晴喧萬壑雷。瘦石玲瓏霞縹緲，却疑巖岫亦飛來。

鄒升恒

字泰和，江南無錫人。康熙戊戌進士，官至侍講學士。著有《借柳軒詩》。

分賦得采香徑送沈歸愚太史暫假歸里

吴宫花草今何處，巖畔猶餘采香路。當年越女顔如花，蓮舟蕩漾雙槳斜。後宫羅綺照野水，鴛鴦作隊隨溪沙。六千君子一朝起，臺上佳人委流水。相逐鴟夷泛五湖，羞見荷花守紅死。千年遺跡想依稀，過客唯應弔落暉。詩人家傍采香徑，不采穠香采紫芝。老入承明親禁掖，蹔辭釦砌還山澤。洗硯池邊訪舊踪，樵翁溪友還相識。自憐軟土滯年年，何時同泛香溪船。『不采穠香采紫芝』，爲歸人增長聲價，然愚實有媿其言也。是日，贈行者共十有二人，先生詩尤高雅。録此，并識一時良會。

丁香和韻

春空煙鎖綴星星，兩樹瓊枝占一庭。交網月穿珠絡索，小鈴風動玉冬丁。傍簷結密人難拆，拂座香多酒易醒。只恐天花散無迹，擬將湘管寫娉婷。羌無故實，自足風流。

宋　照

字謹涵，江南長洲人。康熙戊戌進士，官翰林院庶吉士。

霧凇

風寒霧下成銀沙，偏糝林木垂鬖髿。天公知我太岑寂，先遣萬樹開梨花。梨花一望杳無際，應是碧空慣遊戲。東方漸見升陽曦，還憐化作輕雲飛。冬月行德州，曾見此景，因憶嘉州『千樹萬樹梨花開』句，然未形諸詩也。讀此，歎作者先得我心。

白雲寺閣次壁間張使君韻

白雲小閣與雲平，開閣瑩然眼界清。飛鳥没邊孤塔見，亂山缺處夕陽明。僧投遠寺煙中去，筏下空江鏡裏行。林外聲聲啼布穀，青郊應及試春耕。

王　愘

字愚千，江南太倉人。康熙戊戌進士，官知縣。著有《長留詩集》。○愚千爲家台臣先生女夫，指授既正，而筆力清剛，一空時下纖穠之習。觀詩集命名，知其自信者素矣。

椒山先生祠

風節容城仰，斜陽憑軾時。疏成十罪定，獄借二王辭。大鳥前朝墓，披鱗異代祠。病中虛拜薦，欽挹起餘思。樹山先生疏指嵩之十罪，千秋定案矣。如此著筆，筆有風霜。

水宿

水宿風餐裏，栖栖過此生。米原無帖乞，碑信有雷轟。中土多凋瘵，西陲尚甲兵。休從詹尹卜，歸去好躬耕。

寄題陳橋驛

五代干戈苦戰争，天心撥亂主潛生。營光久應焚香祝，檢點曾傳得讖驚。倉卒黄袍酬素志，綢繆金匱負遺盟。最憐永棄幽燕地，當日師名是北征。黄袍加身後，杜太后云：『我兒素有大志。』則宋祖之不臣顯然矣。金匱之盟，負者太宗，而宋祖主是議，亦非中庸之道也。結意燕雲永棄，强名北征，宋之積弱已萌于此。此種詩，可當後世《春秋》之筆。

送楊文叔北上自注：從洗馬川中學幕歸，即偕北上。

萬里征塵拂袂初，驪歌促别意何如。已看蜀道非難上，誰説長安不易居。作客仍依王儉幕，故交好借惠施書。自注：指仲璜太史。知君負米緣情切，早寄鄉音慰倚閭。三、四語工於點化。

石鼓

當日岐陽獵火紅，大書深刻配車攻。奇文人嗜三蒼並，盈數天虧九鼎同。歌託韓蘇參史筆，辭超秦漢繫王風。重搜殘臼成完璧，千古輝煌太學中。辛鼓流落人間，改作舂臼，故云『九鼎同』也。後復搜得，同置太學戟門。

王懋竑

字子中，江南寶應人。康熙戊戌進士，雍正中以教授改官翰林，入上書房行走。◯太史精研理學，身體力行，一時有『小朱子』之目。詩亦言其所得力，不求工於詞也。

書座右二章

長隄潰蟻穴，君子慎其微。生平操持力，不敵一念非。波浪浮天闊，滂滂決四圍。內省增歎息，已往安可追。

奔馬不可馭，盤石不可斡。是非反掌間，鉛刀貴一割。我心似寒灰，百念俱刊刻。願更塞其端，絶之在由枿。此言慎獨之功，欲念乍萌，絶之於微，勿使其潛滋暗長也。妙在親切，不覺其腐。

吴家騏

字晉綺，江南吴江人。康熙戊戌進士，官至禮部侍郎。

聖駕南苑大閲恭紀

鑾旂肅肅駐郊坰，輦道風和霽色明。四海無塵寧弛武，六軍有紀盡知兵。琱弓親試穿雲箭，繡罕還巡夾日營。昨夜賜酺恩澤溥，馬騰士飽遍歡聲。

城南帳殿曉雲開，萬騎星羅拱日來。虎旅自諳司馬法，鵷班齊侍晾鷹臺。兩行列陣堅於壁，九進聞聲動若雷。變化方圓包地軸，君王元裕統天才。

楊忠愍公祠

忠愍千秋總不亡，折姦那惜觸鋒鋩。不須蚺膽當三木，祇請龍顔質二王。讞上霜飛章急下，城中風慘鎖猶香。平生未了伊誰補，浩氣常餘百鍊剛。鎔化傳中語，一歸自然。

華希閔

字豫原，江南無錫人。康熙庚子舉人。著有《延緑閣集》。○豫原名節自負，遂寧張公審督撫互揭一案，歸罪張清恪公，避制府氣焰也。豫原不平，上書斥之，幾罹于法，後聖祖直清恪而罪制府，豫原得以無事。即此一節，異于模稜媕婀者矣。

山居月夜

蒼翠落虛牖，坐對龍山峰。忽看峰際月，已挂溪頭松。月高淡星漢，倒影溪流中。境静塵俗屏，人閒眺聽空。泯心欲忘我，如遊上皇風。此時何所有，雲外聞疎鐘。

萬邦榮

字西田，河南襄城人。康熙庚子舉人。

偶感

世無名與宦，人心皆太古。世無輪與蹄，人皆守鄉土。造物鑿混沌，驅人投網罟。誰能翔天外，超然黄鵠舉。此即老氏之學，欲返三代爲太古也，然亦自成名論。詩格老榦千尋，盡芟枝葉。

成敗何足校，英雄自有真。據跡鼓脣舌，千秋一酸辛。不見屠狗輩，乘時滅强秦。卧龍思復漢，齎志何曾申。不以成敗論人，是作豪傑語。

致君復淳風，杜老有夙志。南山石可耕，俟時合高寄。胡爲望吹嘘，千人欲涕泗。區區愁餓死，餓死乃常事。叩門隨肥馬，自反恐含媿。上書光範門，斯亦賢者累。杜、韓志在救時，故急欲見知，與後世之躭利禄者異也。然持此責備，西田之安命俟時，皎然共見。

鄭世元

字黛參，浙江餘姚人。康熙庚子舉人。著有《耕餘集》。〇耕餘詩無鐫本，浙中亦無道及名姓者，兹從令嗣炳也太史處借得，未嘗求新立異，而胸次高朗，卓犖可觀。會稽詩人中，罕此矯然者。

感懷雜詩

貧賤非所憂，菽水有餘歡。毛義喜形色，意詎榮一官。用愧七尺軀，無由潔晨餐。斗粟不任春，負米計彌艱。大義在不辱，守身重丘山。安得力畊養，十畝樂閑閑。以不辱身事親，榮於禄養矣，此義知之者少。

劉勰著《雕龍》，懷之謁休文。磬折車輻下，有才懼無聞。又聞鮑明遠，奏詩義慶門。韜知恐沉没，上書以求伸。無稱雖可疾，榮名胡因人。榮名雖可寶，此身亦宜珍。衒玉賢者羞，自媒貞女嗔。崇實賓自至，奚爲喪我真。因人成名，屈辱甚焉。此義知之者尤少。

泰山不自高，因丘垤以形；河海不自廣，因溝澮以名。他山有礪石，良璧逾晶瑩。木槿争朝榮，松柏彌見貞。何妨粟有粃，維箕簸之精。何妨苗有莠，鏄趙畊者明。純用比體，拉雜成文，在詩爲《鶴鳴》，在文爲枚乘《上吴王書》，皆開先也。作者工於用比，最耐人思。

出門別妻子

病身不得安，行役赴南嶠。五嶺天之末，未知幾時到。仰見秋鴻征，嗷嗷背雲叫。回首望鄉里，魂夢使顛倒。我恨不如月，兩處能相照。轆轤挂心頭，轉輾向誰告。不能如月兩照，樂府中每有此種話頭。

在家不知好，出門使心悲。嬌女繞我膝，小兒挽我衣。似亦解離別，却去還復來。惟此不忍割，令我殊依依。昨日適南市，思買繒綺歸。綺要機中織，蠶婦方繅絲。將絲撚作線，成衣知幾時。我老待兒養，塌焉摧心脾。

勿用顧旅人，我猶得自强。融融榮衛間，漸覺回三陽。飢已思食粥，渴已思飲漿。前途雖然遼，有弟相扶將。只愁雁鴻少，勿慮歲月長。但看嶺梅發，知我思故鄉。明年五六月，寄汝荔支嘗。

觀音巖

粵山山奇，兹巖益奇絶。嵌空有神功，壁立淬寒鐵。晻哼山精藏，靈秀真宰洩。亦日萬古陰，江霧晝常結。飛樓騎危巒，石隙透微穴。拾級如盤螺，堂隍忽開列。僧梵響出雲，鍾乳倒垂雪。南思羅浮佳，北與大庾別。目謀靚斯奇，殊使羈心悦。

鬱鬱詞二首

年荒，有兄不顧其弟者，作此詞以感之。

鬱鬱紫荆，枝條紛紛。枝條雖分，其本則均。父母生子，惟我弟昆。弟昆分形，血氣一源。予手若創，予足不伸。予體不伸，予心煩冤。兄兮不關誰，知予之飢寒。

相彼鳴雁，猶同其群。胡今之人，不知有弟昆。我視之弟，親視之子。念我父母兮，心熱而額泚。呼父母告之，辭彌朴，聲彌哀矣。近并有不顧父母之飢寒者，更當作何語以感之。

捉船行

客行在西吴，喧呼聞捉船。云奉憲司票，取數須一千。烏程縣堂曉傳鼓，縣官排衙點船户。東船西舫寂不行，里正如狼吏如虎。行人坐守居人困，百里官塘斷商賈。罟師漁父都含愁，城南城北水斷流。千艘萬櫓城中集，葦岸蘆港風悠悠。大船競輸錢，差役幸暫免。小船無錢只一身，捉住支吾應供遣。自從名隸公家籍，日日河頭坐白日。太倉合米聊入腹，誰爲饔飱顧家室。可憐有船何處撐，江干萬衆俱吞聲。捉船不行，日坐河干，可發一歎復一笑也。予有《民船運》一篇，情事正復相類。

官賑謡

黄鬚大吏駿馬肥，朱旗前導來賑飢。飢民腹未飽，城中一月擾。飢民一簞粥，吏胥兩石穀。我皇聖德仁蒼生，官吏甚勿張虚聲。中間四語似兒童謡辭，古今一轍，付之無可奈何而已。

檢先大人遺集

清氣迴天地，丹心在簡編。平生千古意，屬望後人賢。馬服深慚括，《周南》泣授遷。空嗟不能讀，三祝未終篇。歎己之徒讀父書，謙辭也。對以司馬談之《周南》授遷，自任何等，服其隊仗之高。

看客舞刀

秋水飛雙腕，冰花散滿身。柔看繞肢體，纖不動埃塵。閃閃摇銀海，團團滚玉輪。聲馳驚白帝，光亂失青春。殺氣騰幽朔，寒芒泣鬼神。舞餘回紫袖，蕭颯滿蒼旻。

觀槍法

聞聲馳鐵騎，過影走金虵。進退真神捷，盤旋任屈斜。毫光團白雪，風雨散梨花。一氣如相貫，全身總被遮。陰陽回地紐，狐媚遁天涯。髣髴陳安技，真堪任虎牙。上章舞刀，此章舞槍，無一語可以互易，令讀者如置身玉輪梨花之間，是何神勇！

厲鶚

字太鴻，浙江錢塘人。康熙庚子舉人。著有《樊榭詩集》。◯樊榭學問淹洽，尤熟精兩宋典實，人無敢難者。而詩品清高，五言在劉昚虚、常建之間。今浙西談藝家專以飣餖撏撦爲樊榭流派，失樊榭之真矣。

永興寺二雪堂曉起看緑萼梅，是馮具區先生手種

幽人先鳥起，林磵正寂然。是時春空霽，山翠争便娟。的的花間雨，澹澹花上煙。煙雨爲合離，花態亦變遷。祭酒昔遊此，手種猶生前。傲兀根倚石，欹倒枝暎泉。微馨委陳迹，高格同枯禪。儒官罷亦得，不廢《招隱篇》。攀花久延佇，世已無其賢。起句傳曉起之神，花態隨煙雨變遷，静心遊覽人方領得此趣。具區手種梅，只淡淡寫之。

西溪巢泉上作

翫溪遂窮源，東峰屢向背。朝日上我衣，春泉浄可愛。不知泉落處，潺潺竹籬内。喧聞兩疊瀉，静見一潭匯。松風颸纖碧，花影蓄深黛。名言猶有相，幻照乃無悔。悠然巢居心，頗欲終年對。曉起觀泉，初陽上衣，寫得字字入神。

春陰望西溪人家，雲山、梅竹互爲掩映

溪聲迤西流，寺橋扼其隘。分餘落麥田，綺秀渺方罫。行人越阡陌，春望怡我輩。皜皜遠梅

林，映山青晻曖。下有漁樵廛，竹樹互襟帶。炊煙化山雲，雲起半明晦。花原色不同，輞口境如在。悵矣懷閒居，悠然悟天繪。炊煙和山雲幾合而爲一，此云「化山雲」，見炊煙亦神靈物也。筆有化機，無施不可。

西溪曉起

首春溪中寒，偃卧在巖穴。宵分天柱夢，覺來轉清切。開門殘月在，下見數峰雪。雪際生白雲，窅映不可説。登橋水市静，尋徑冰泉裂。田翁尚無事，初陽候林缺。懷新意似欣，理舊抱已結。何如巖棲人，爇竹飯松屑。

行田至荆山嶺下作

大山何連延，細岑若迴顧。中有微逕通，兩村隔松霧。平疇開朝日，宿麥半凝沍。雲根脉未洩，涓流但微注。野人籬落小，鳴鷄隱雜樹。雖無氾勝書，農話眷幽素。稍營下潠業，更羡上洄住。竹橋滑春霜，往來定非誤。狀村落景如畫。

理安寺

老禪伏虎處，遺跡在澗西。巖翠多泠光，竹禽無驚啼。僧樓滿落葉，幽思窮扳躋。穿林日墮規，泉咽風淒淒。寒翠欲滴，野禽無聲，非此神來之筆不能傳寫。

二月十七日重遊洞霄宫探大滌洞天

振衣浴罷體更輕，竹枝投石聲彭觥。空山昨夜龍洗窟，雨過萬壑泉縱横。山靈知我有默禱，故遣浮雲散縈繞。一峰陰見一峰晴，天柱中央翠於埽。元同先生昔隱居，洞天長鎖琅函書。前遊日夕未曾到，恨身不得乘飈車。穿盡幽篁履苔石，驚見谽谺洞門坼。童子曾爲擣藥禽，桃花解笑題詩客。此中日月停兩丸，想象九夏尤清寒。微明秉炬觸暗壁，古靈題字來尋看。玲瓏乳竇隔凡處，路接華陽不歸去。有人問我洞中來，爲説浮雲如柳絮。『日月停兩丸』，謂洞壑陰森，羲、娥旋轉。其光不到也。通體疑有仙氣。

過宋通問副使朱公少章墓

突兀殘碑立古阡，行人猶記紹興年。青衣已見君王辱，白髮何期使節旋。老淚冰天他日恨，遺文《曲洧》至今傳。一抔築並花宮地，夕唄晨鐘更惘然。朱公留虜地，值徽宗殂落，哭以文云：『歎馬角之未生，魂歸雪窖；攀龍髯而莫逮，淚灑冰天。』一切御容、御畫，從五國城寄歸，宋之蘇屬國也。放歸時，年已老矣，墓在九里松。詩句句穩貼，無一剩語閑字。

方正瑗

字引除，江南桐城人。康熙庚子舉人，官至潼商道。著有《連理山人詩鈔》。◯引除自高祖廷尉公以下，世傳理學。出政當軍需絡繹時，玉關萬里，轉餉十年，猶能創建書院，與人講學，詩其餘事也。然皆古茂純正，蔚然成一家之言。

述母訓

藐孤幸有托，一綫書種留。辛苦四十年，淚枯心未休。從政居大夫，國恩亦已優。秦中十五城，一箸兼爲籌。萬命倚生死，焉可私殖謀。大本貴先立，清風領諸侯。廉泉可以飲，腹滿地何求。喜兒赤子心，慮兒骨不遒。引索馭奔馬，一蹶韁難收。勿逐驍騰飛，信道從天遊。上以酬君恩，下以解親憂。通體皆母訓，稱述外不贅一語。

度秦峪嶺至商州與王刺史自注：如玖，宛平人。

梯雲數千級，忽登秦峪頂。群蹙馬蹄下，商顔尚延頸。風過虎氣腥，山荒草木警。民脂竭土祠，落日丹青冷。射矢黄沙岡，鳴鉦藥子嶺。百里多陶煙，十人九垂癭。下鞍問疾苦，農樵意自騁。刺史政不苛，安居樂鄉井。夜黑月未上，燈火散林影。

關西書院落成示諸生

西岐聖人邦，治化隆終古。粤自漢唐來，功利雜尊俎。今兹禮樂備，文明會當午。未免征戰餘，習俗尚黷武。青袍少業儒，鐵衣多擒虜。豈知陝右地，原爲理學藪。叶。讀書不講道，忠信便無主。笥中歲賜金，買得百弓土。築屋跨山河，聊以蔽風雨。矜式祀二賢，自注：睢陽湯文正公斌、曲阜孔公興釪，皆前任潼關守道。諸生聚三輔。學爲聖人徒，方圓就規矩。何人非顔曾，何鄉非鄒魯。殊塗而同歸，狂狷各有取。勿謂岐陽遥，流風動鐘鼓。以理道化剛武，使士人有鄒魯之風，仍復還西岐舊俗也。詩品端重，不腐、不佻。

嘉峪關登籌邊樓，時寧遠查大將軍入覲

金鎖嚴關絶塞開，旅人乘興上樓臺。天山雪影浮空去，瀚海風聲捲地來。攬轡平生微有志，籌邊萬里媿無才。遥聞戍鼓傳呼急，内召將軍撥馬回。

放羅浮蝶

八幅帬開葉葉新，金籠初放翅如輪。神仙自合離塵網，顔色由來誤美人。莫向花邊迷舊影，好從洞口覓前身。蠻煙蜑雨還家路，飛破江南一片春。顔色固誤美人，不知文采亦誤才士。借題抒寫，於言中、言外求之。

古鏡

土花點點上青螺，珠匣塵封委緑莎。絶代應憐顔色少，六宫曾識舊人多。月沈碧海秋無影，

雲暗滄江水不波。一照尚能愁鬼魅，雙盤龍氣未消磨。『六宫』一語，於古字不取貌而取神，彼死煞刻畫者，劣得其形似而已。

葉士寬

字映庭，山東籍，江南吴縣人。康熙庚子舉人，官至寧紹台道。

司馬悔山即和司馬承禎山居洗心韻

山中雲霞古，山外草樹腥。出山猿鶴寂，還山夢魂清。流水斷復續，空谷幽而明。坐我石榻穩，著我羅衣輕。眼中何所見，太古苔痕青。耳中何所聞，絶頂波濤聲。吾心既已洗，誰博浮埃名。無求安有悔，遺身自忘情。豈必三山去，即此凌青冥。有煙霞氣，泯斧鑿痕。『無求安有悔』，見有求必有悔也，指示迷途，令人深省。

斷橋山用少陵白波渡韻

欲斷不斷橋，萬丈臨坼岸。有湫起乖龍，破石入雲漢。帝怒割左耳，置之懸崖半。老猿此迴蹤，山鳥隔林喚。澗底雲濤翻，陂上雪花漫。奔湍往復迴，噴沫迸且散。我來臨深淵，下視目光亂。仙境無由登，凡骨自悲歎。刻畫斷橋，至於猿狖迴蹤，山禽不度，安問行人。作皮膚語者，不解如此用筆。

上黨

上黨天邊郡，壺關控扼齊。群推九州險，全壓太行低。往恨經貙虎，清時絶鼓鼙。從知秦趙鬬，只在故城西。

天下勁兵處，巖疆自古憑。虹鱗卷飛斾，獸角斷懸繩。三輔真肩脊，河東舊股肱。至今唐使節，猶得義陽稱。蒼茫渾厚，胎源少陵。

許廷鑅

字子遜，江南長洲人。康熙庚子舉人，官武平知縣。著有《竹素園詩》。○子遜少英敏，長弓刀馬槊，徧歷四方，友海内知名士。居官有善政，去官後，人歌思之。詩嚴於唐、宋之限，五律近李翰林，七絶近杜樊川，諸體中二體爲尤工也。高文良公章之對客，每吟子遜佳句。而文良有作，子遜每與商略，藝林兩賢之。

湘帆圖

湘山蒼兮湘水流，波平一鏡兮輕煙浮。美人自抱香草怨，鷓鴣啼出蒼梧秋。渺湘彼兮紛幾曲，帆轉隨湘兮何處宿。遥山九面碧參差，暗水浮香流碧玉。羌峭帆兮何人，涉澧浦兮弔靈均。披圖笑爾日孤往，故鄉不憶秋風蓴。櫂瀠洄兮意超忽，睇峨眉兮在天末。醉來長嘯湘雲飛，一笑停帆弄江月。詩與題稱，妙在若不用力。

棲霞菴雙忠祠

暨陽城邊白日昏，悲歌爲弔雙忠魂。仰瞻廟貌颯以爽，守城遺事追前塵。是時江南傳檄定，國已無君奉誰命。區區兩尉不順天，義激中心熱血迸。彈丸小邑災荒餘，敢以螳臂而當車。屹然陳尉首倡義，經營戰守心焚如。迎歸閻尉善謀斷，登壇指揮壁壘變。甲兵十萬羅胸中，部勒森嚴當一面。梯衝火礮百計攻，捍禦隨機俱猝辦。寺僧販豎荷戟殳，斷頭掉尾能決戰。元戎温言指昊蒼，降者名氏書旂常。我亦荒朝四鎮一，於今可匹諸侯王。登陴慷慨明人綱，我肯反面爲豺狼。嚼鐵相持力已竭，援盡何堪糧粒絶。紅光起處城忽崩，數窮乃見頑民節。壯哉陳尉氣若雲，闔門舉火以自焚。閻尉受傷戰益力，殺人如草猶紛紛。被縶刺傷血出瀌，大呼速斫深宵聞。衜鬢而死死得所，此城豈有降將軍。婦女不異田横客，齊赴濤浪無生存。噫吁嗟乎，兖兖高牙與蟒玉，臨難乞憐如蟻伏。若非赤手扶天綱，空見頹波沉地軸。項亡漢祖封雍齒，齊破燕人重王蠋。興朝表忠勵臣庶，精衛填海愚亦録。古菴改建雙忠祠，凛凛英魂往而復。此時回憶睢陽城，千古英雄共尸祝。本邵子湘《閻典史傳》成詩，守城事本近桀犬吠堯，然周之頑民、殷之義士，不可没也。陳尉，名明選。閻尉，名應元。時應元已陞任，出城，迎歸共守。元戎，即劉良佐。應元殺於栖霞寺中，明選死於巷戰。城陷時，合城婦女沉於江潮中，無一辱者，此乾坤正氣存於衰亂時也。叙事兼議論以行，又妙在能用全力。

采石

投竄歸來後，驚波弄月圓。江山無太白，寥落幾千年。予亦騎鯨客，來乘牛渚舡。登樓人不見，春水上青天。全是太白，近代徐昌穀亦有之。

黯淡灘

驚灘來黯淡，行旅奈愁何。山鬼荒啼雨，江鼉怒蹴波。舟從天上落，人似夢中過。歲歲勞于役，危途歷已多。

白菊

正得西方氣，來開籬下花。素心常耐冷，晚節本無瑕。質傲清霜色，香含秋露華。白衣何處去，載酒問陶家。『晚節』五字可傳，品高處在絶去鏤刻。

中秋大風雨後看月有作

已分沉滄海，清光不上天。乍驚東壁曉，仰見一輪懸。萬里人同節，中秋影共憐。何能負良夜，讌賞又經年。一氣直下，不以對偶爲長。

和顧大嗣宗傷春之作，兼送南歸

離亭微雪點征衣，惆悵天涯事已非。萍葉只隨潮信轉，楊花争見雨中飛。夢迴遥夜驚明燭，人對殘春戀落暉。望遠思鄉兩無賴，故山空自寄當歸。賓主不偶，俱於傷春中見之。

七夕雨中

不見西南玉鏡明，佳期迢遞隔層城。頻飛千里針樓夢，獨聽空堂夜雨聲。烏鵲橋成頭漸白，銀河天遠水空盈。但令此夕常相會，牛女何勞別恨生。

蕪城感舊

雷塘春盡草如煙，落拓江湖又一年。吟遍吹蕭橋畔路，無人知有杜樊川。風神絶世，高文良最賞心者。

三千殿脚總如花，斷粉零香散暮霞。唯有離宫舊明月，夜深還上玉鈎斜。

題畫菊

芳菲過眼已成空，寂寞籬邊見幾叢。顔色祇從霜後好，不知人世有春風。晚節自佳，不受春風煦育也。覺老杜『富貴應須致身早』句，猶爲淺淺。

重過東園别墅感舊作

午橋莊閉少追遊，樹色波光帶雨愁。今日羊曇頭白盡，尚零哀淚過西州。此感妻東王氏而作，與趙嘏《過汾陽舊宅》一首同一風神。

七夕有感

離多倍覺故情歡，却望針樓欲上難。記得星橋逢兩度，玉釵人共凭闌干。自注：去秋閏七夕。◯情深矣，以神韻佐之，覺其情愈深。當求之語言之外。

初八夜見月

鵲橋昨夜玉軿回，雲散香銷盡可哀。寂寂空房正腸斷，清光一片爲誰來。

田同之

字彦威，山東德州人。康熙庚子舉人，官國子監助教。○彦威爲山薑之孫，而篤信謹守，乃在新城王公。有攻新城學術者，幾欲拼命與争。《論詩》一篇，其宗旨也，不直趙秋谷宫贊，故大聲疾呼論之。

與畹叔編修論詩，因屬其選裁本朝風雅，以挽頹波

畹叔寸心貯千古，説詩沁入詩人脾。殷殷雅意惜同調，停橈三日長河湄。把臂依然忘我醜，我心寫兮前致詞。《風》《雅》《頌》《騷》歷今古，英靈秀氣各含吐。八代三唐兩宋間，但有正變無門户。底事有明三百年，分疆别界如秦楚。劉高並革元代風，旋尊臺閣歸膚庸。李、何、邊、徐盛弘正，炳如星日懸天中。詎料公安、竟陵起，一則爲魔一爲俚。魔俚相承溺濁流，賴有黄門追正始。正始未復虞山來，不分雅鄭分朋儕。黨同伐異恣顛倒，七子前後遭擠排。瑶琴寶瑟置不齒，賞心箏笛琵琶耳。石湖爲矩劒南規，五尺之童輕正始。我朝定鼎代右文，賓龍繡虎來紛紛。或如開寶稱大手，或如元祐張奇軍。名家大家各位置，壇坫巍巍誇並峙。争爇山東一瓣香，遠近文人無異議。山薑花謝蠶尾傾，野狐怪鳥齊争鳴。泛泛東流視安德，狺狺衆口嗥新城。黄鐘毁棄

瓦缶重，長夜漫漫竟如夢。陳相便爾嫉陳良，師有屈兮弟無宋。扶輪大雅非君誰，屈直先自海邦訟。願君挽弓射訓狐，置身千仞宜高呼。别裁僞體君之分，勿使此事終糢糊。嗚呼，勿使此事終糢糊。先論明代，後及本朝。牧齋是賓，明言之；諸城是主，轉隱言之，使覽者自得其意。

趙北口感舊

燕南趙北路迢迢，往事何堪問柳條。只此公車風雪裏，十年三過十三橋。

黄之雋

字石牧，江南華亭人。康熙辛丑進士，官翰林院編修。著有《㾕堂集》。○雲間詩自陳黄門振興後，俱能不入岐途，累累繩貫。至盧文子後，又日就衰隤，尠所宗法矣。㾕堂學殖富有，而心思才力又足以驅策之，故能自開生面，仍復不失正軌，謂之詩學中興可也。

雜詩

絲布皆可服，本自機上分。布作縞素色，絲成羅綺春。載染紅紫艷，花色争鮮新。紫綺裁窮袴，紅羅製舞裙。細腰同結束，密與支體親。回顧衣裄間，縞袂積埃塵。羅綺雖見愛，私褻不可陳。布素雖見棄，拂拭有餘芬。言文采炫於一時，不如太質之可久也。此六義中比體，不用説明正意。

卓文君寄遠

靈禽有良匹，邕邕叶和鳴。奈何拼飛去，忽然棄平生。鳳鳥不變音，君子不變心。故人恩愛重，夙昔念同衾。明月在天上，流水在地下。秦蜀路非遥，人心自相阻。春風桃李花，緑葉對青枝。願爲歲寒友，偕老何不宜。原辭《白頭吟》，閨閤中頗有英爽之氣，此云『鳳鳥不變音，君子不變心』，即謂君子之恒久不已可也。有韵之言，不妨斷章取義。

種王瓜籬豆諸蔬

昔逮養親日，灌園佐擊鮮。親亡事奔走，忽忽二十年。倦遊返衡門，老圃聊息肩。修我灌園業，情事恍如前。汲水諒非水，清淚同涓涓。此蔬親不逮，此圃親所傳。終作抱甕身，五鼎未列筵。瓜瓠如有知，爲我根蔓牽。蔓則蔽蒼野，根則入黄泉。以告我父母，貧賤子可憐。瓜瓠莫結子，有子亦徒然。老圃，親之所遺。因灌園蔬而自傷卑賤，并蔬熟而親不及待，皆淚痕血點凝結而成者也。予亦有地一區，係先君子向時藝花者，因貧售人。今欲贖歸藝植，而親不及見矣。讀此詩，爲之泫然。

水碓

轉輪在水稻在屋，糠粃如塵米如玉。誰其爲之機與軸，坎臼在地杵在水。横貫輪心輪運瀑，以溪之水代人足。列杵五六杵齒齒，一杵入臼一杵起。圜輪迫杵水迫輪，急急晨昏舂不止。溪女鬟插山花紅，列坐臼旁如課功。從容揎袖簸揚畢，勞逸不與吾鄉同。我來如聽一部之水樂，輪音爲商杵音角。細寫難狀之情，正與瑣屑處見筆力，此古文叙事手也。孰精《左史》者能之。

海嘯歌

壬子七月十八九，羽檄紛馳報郡守。上海南匯兩邑人，一旦其魚幾萬口。郡守告予往勘災，華婁兩宰同去來。目慘不忍齒頰述，廬蘼掩胔心神哀。餘則入海不可問，田廬蕩蕩無塵埃。崇明寶山同此難，靖江江陰亦罹患。他邑已發催餉符，老夫讀符添浩歎。嗚呼，禍非由海降自天，靈佑百姓胡爲然。山左産麟昭聖瑞，吾鄉遭水紀堯年。

登報恩寺塔絶頂

到眼無埃壒，蒼茫入素秋。萬家斜照外，千古大江流。金碧翔霄表，虬龍壓石頭。長安稱雁塔，此亦舊皇州。三、四語，登塔時所見略同，而於長干寺塔尤切。以帝王之州長江環抱也，十字捶之有聲。

漂母祠

少年欺帶劍，老母念垂竿。恩怨一時有，波濤千古寒。封侯金自易，乞食飯應難。最是窮途感，英雄淚不乾。

武昌懷古

碧眼孫郎此建都，憑陵中國控全吴。危磯冒堞猶黄鵠，長鎖連江豈赤烏。霸業久隨流水去，客愁唯對楚山孤。太平城郭周遭在，戰壘荒荒隱緑蕪。長鎖連江，乃太康元年事。計無所出，聊以禦晉，若赤烏時，將相有人，必不爲此下策也。孫皓之失，言下顯然。

鄱陽湖水大發，自木樨灣瑞洪至趙家匯田廬浸没，舟過，感賦

換眼湖光接杳冥，此中波岸記曾經。浪花自拍無人屋，樹杪皆縈有蔕萍。想到避災聞痛哭，誰爲守土告明廷。鳧鷗不解行人感，梅雨蘋風戲一汀。只是波濤入室，樹木粘萍耳。今云『無人屋』『有蔕萍』，加一『拍』字、『縈』字，便覺新警異常。

題李草亭畫《寒江送别圖》

長江風定水無波，歲晚天寒客又過。一度送行傳一畫，人生那厭别離多。從黯然銷魂中傳出異樣風趣，熟處生新，不落習經。

儲大文 字六雅，江南宜興人。康熙辛丑會元，官翰林院庶吉士。著有《存研樓詩》。

秋江詞

瑶草湄，瓊樹杪。海客居，何縹緲。泛長江，楚天曉，木蘭舟外煙波繞。江上景，山嵯峨。仙人樓迥輕雲過，美人簾卷秋色多。鴛鴦隊隊忽驚散，西風遥送采蓮歌。采蓮歌，怨遲暮。芙蓉花，墜江露。意言無盡，下不能更添一語。

謝道承 字又紹，福建晉安人。康熙辛丑進士，官至内閣學士。著有《小蘭陔詩集》。

〇閣學高行，屢聞於家光禄敬亭，後於令似璥處得其遺集，讀之，仁孝之思時時流溢，洵爲德人之言也。璥係予戊辰所取士，官比部，亦敦本行。

冬笋

蒼巖鬱寒姿，先雷蓄孤勁。砯崖凍壑中，氣盛萌欲迸。譬諸君子心，虚直含至性。胚胎何堅貞，節目自苞孕。長鑱雪外擕，劚取雪没脛。清幽蘭比德，潔白玉同瑩。品格遠膏腴，烹飪戒飣餖。莫嫌滋味薄，能使襟懷净。試看山林人，蕭然祛俗病。不須故實，自然雅切，從物性中傳出君子德性。理足於中，隨所感觸，所云『惟其有之，是以似之』者也。

承晨昏省侍，太夫人必詰問史事，或對稍延，訶責隨之，今不復聞矣

『兒來前，自堯經今凡幾年？兒彊記，自堯經今凡幾帝？』兒時應對稍逡巡，母顔變色旋恚嗔。陳篋孫志學人責，稽古胡不如婦人。吁嗟乎，母言在耳，兒顔猶泚。安得我母常嗔兒常泚，於今勸學無聞矣。

歸山後，家園蕭颯，甘旨缺供，太夫人見憐，每食減啬，乙卯十月，爲二子璈璥析箸，愴然几筵，永志餘痛

切肉作羹，母呼進菜。侍側勸餐，母匕不再。獺能報本烏返哺，夕膳晨羞闕供具。母曰汝貧，毋以我故。加豆盈觴，匪行我素。俄焉空庭感風樹，爲豐爲啬總不御。吁嗟乎，兒無母哺哺於兒，撫兹梧棬雙淚垂。上章憶母氏之勸學，此章憶母氏之慈愛，字字從至性流出，去《三百篇》未遠。每一披讀，令人欲泣，所感同也。

一枝山房見新月

牆角光仍隱，檐牙淡欲流。葛衣涼似水，板屋静于秋。山鬼弔鐙暝，林鵶繞樹幽。關河同一照，怊悵此淹留。

送友南歸口占

親老偏爲客，家貧却在官。百端俄頃集，豈獨别離難。

陸奎勳

字聚侯，浙江平湖人。康熙辛丑進士，官翰林院檢討。著有《陸堂詩學》。

○陸堂穿穴五經，皆有述作，今人中井大春也。詩獨風流明麗，廣平賦梅花，不礙心似鐵，洵然。

江南曲擬梁昭明

江南草長鷺亂飛，柳花如雪黏人衣，龍頭畫舫送將歸。送將歸，兩持楫。妹桃根，姊桃葉。

詩至梁、陳，已開詞人小令之漸，不始於李太白、温飛卿也，此故得其神似。

移居

地偏仍在市，具少不須車。將隱文焉用，雖貧樂有餘。故交三徑月，歷劫半牀書。錯擬臨江宅，空教庾信居。『不須車』，比『少於車』更貧矣，古人語須如此活用。

湖上念金心齋

鈿車轣轆碾芳塵，湖上重遊隔幾旬。柳絮忽粘空外雨，犁雲不斷夢中春。渚藏冶緑渾迷路，佩結幽香别贈人。寧料湘潭憔悴客，仍逢嫈女詈申申。

柯煜

字南陔，浙江嘉善人。康熙辛丑進士，官宜都知縣。著有《石庵樵唱》。○石菴困頓場屋，老而始遇。一官顑頷，以病乞身。至薦舉鴻博，而石菴則已没矣。詩私淑牧齋，親炙鈍翁，論者謂得兩家之長，予謂不襲兩家之貌，斯爲善學兩家者。

古詩

小智欲求道，得失常相因。如鏡不瑩背，如燭不耀晨。鏡燭豈不朗，操舍還由人。蕩蕩至人出，羲陽徹八坤。浮雲絶蔽虧，萬古光華新。小智自用，不能燭理，所見者偏也。惟性體虚明，不矜私知，則物無不照矣。説理詩以比興出之，遂不流入于腐。

總總六合間，萬物各有我。臆見苟未除，名理動相左。譬彼迎嘉賓，重門反深鎖。宕胸生虚明，灼然勝觀火。我見未除，何由入道？萬物一體，唯聖者能之。

述懷

仕宦已三世，我豈石隱流。高堂漸斑白，誠懷捧檄謀。三釜計不就，五畝耑歸休。長跪謝阿母，阿母屢點頭。折腰非爾願，飲水非吾憂。是母是子。

屋上三重茅，已爲風捲去。天教屋漏痕，供我學書具。肯同桀黠奴，三窟竄狡兔。煙塵罨琴樽，荒穢塞畦圃。一笑姑置之，拂拭書中蠹。先祖有《風雨》絶句，下二語云：『天公助我臨池興，墻角新添屋漏痕』，心思所到，先後印合，古人往往有之。必以『漠漠水田飛白鷺』二語謂王摩詰襲李嘉祐句，殊輕薄也。况王在李前，豈前人反襲後人語耶？

勸農

雨足秧針滿，翠色迎衣裾。牛背一鴉立，夕陽人力鋤。萬物自閒暇，三農日勤渠。豐樂今伊始，勉旃事菑畬。往見石田翁畫鴉立牛背，今爲石菴詩寫出。詩中有畫，畫中有詩，豈獨摩詰然耶？

題《潯陽送客圖》爲宋蘭揮檢討賦

梁園才子瀛洲仙，幕府讀書方少年。潯陽樓高試騁望，雕闌一曲横江天。登臨懷古意緜邈，生綃染出《琵琶篇》。當時白傅佐江郡，曠懷日習東林禪。無端送客成邂逅，京都音樂聞江邊。青衫紅袖兩悽惻，千秋歌曲争流傳。只今丹粉絢本事，水雲彷彿鳴香絃。貞元朝士感淪落，善才弟子餘嬋娟。《霓裳》《六么》疑可識，檀槽手撫神宛然。古來悲歡事何限，豈必同病纔相憐。高歌妙繪恣揮灑，動盪胸臆開心田。乃知賢豪襟韻各有託，非同非異非言詮。奇章贊皇兼將相，豈若香山佳句争流連。還君此畫情悁悁，幽齋燈灺耿不眠。疎簾剩有玲瓏月，曾照西江詩酒筵。

贈沈魯瞻

男兒踪跡誤浮沉，把臂相於快入林。客館因依同鴈序，霜天酬唱作龍吟。一燈分照還家夢，千里誰明抱璞心。請念退之論駕驥，莫將高價索黄金。

蔣恭棐

字維御，江南長洲人。康熙辛丑進士，官翰林院編脩。

景州董子故里

嫚秦廢學校，坑儒并焚書。師吏辜誦説，六經歸榛蕪。漢興雖天授，創業由征誅。典禮命叔孫，緜蕞誠區區。百年生董子，私淑洙泗徒。下帷絶窺園，精心究典謨。從容對三策，致君期唐虞。武皇内多欲，遇之以虚拘。詎能崇正學，詔令相江都。後復相膠西，驕主重諂諛。誠正能感通，兩地無齟齬。邪臣懷妬嫉，主父偃、公孫弘。譎計何從攄。《春秋》詳災異，衆口訾其迂。弟子昧師説，吕步舒。妄謂論大愚。獲辠得免死，誠口全其軀。所幸聖道明，邪正分殊途。以待後來者，迭起胥匡扶。有宋五子興，直溯姬孔初。日月懸中天，蒙翳消雲衢。何人啓畬徑，廣川實先駈。而胡昌黎伯，吐辭取敷腴。屈原、司馬遷，子雲與相如。論道遺董子，所見猶偏隅。我過景州里，祠宇蔽枌榆。稽拜瞻儀容，和粹緬真儒。王道復誰陳，攬轡空踟蹰。暴秦以後，至董子始昌言聖道。後文中昌黎遞匡扶之，至濂、洛、關、閩而聖道大明，則董子實有守先待後功也。後半透發此旨，有聲有光。

馬維翰

字墨麟，浙江海鹽人。康熙辛丑進士，官至四川川東道。著有《墨麟詩卷》。○意不肯庸，語不肯弱。莽莽蒼蒼，縱筆揮霍。雖未神來，已梯階險。墨麟學杜，可云循牆而走矣。

蚤發倘浦

寒威凛冬季，木落風淒緊。束裝適京國，夜漏短無準。父母送臨河，肫復辭難罄。首言慎起居，次言遠馳騁。得既勿滿盈，失亦戒孤憤。努力崇正軌，緇塵發深警。長年動蘭橈，瞻顧兩未忍。俯首別淚滋，回汀更引領。細雨櫂橫塘，廬舍去隱隱。銘心寶訓言，守身日三省。初出門詩，矢志便已正大。後時出政，自能不辱其親。

九折坂

自注：用杜詩《木皮嶺》韻。

盤盤出鳥道，杳杳行人村。斗起邛崍山，仄隘逾劍門。天險遡開鑿，未可常理論。陰陽分向背，旦夕殊寒暄。連山走雲氣，倏忽同追奔。一峰獨秀出，頗似嶽勢尊。其下九折坂，劃絶割厚坤。况復急雨薄，萬壑當晝昏。回輿與叱馭，北轍視南轅。所志各有託，忠孝惟其根。踟躕兩不决，心緒蠶絲繁。峭壁落井底，一髮青天痕。人生鮮百歲，只有名常存。勒銘匪易事，或用酬驚魂。奇險句，似得力老杜《發秦州詩》，以下諸咏皆然。

瀘定橋

自注：用杜詩《石櫃閣》韻。

落日嵐氣陰，斜照峰頭赤。瀘河捲雪來，激盪河邊石。底定定何時，盤馬對絶壁。鐵索繫兩岸，縛橋渡行客。人影漾驚波，行空無轍跡。前灘勢未平，後浪聲轉迫。孽龍蟠深淵，長虵赴大澤。驚魂定無時，王事敢求適。

大喇嘛寺歌

我無摩泥照濁水，偶參上乘心清涼。惠師羅什亦已化，今之行脚惟衣糧。西爐自昔西番地，舊無板屋皆碉房。不生草樹山壁立，茫茫沙磧無稻粱。恭惟先皇赫威命，版圖始入開封疆。至今萬里烏斯藏，亦來重譯瞻冠裳。奈仍夙昔錮不解，俱言此類生空桑。空諸所有有彼法，如何佛寺猶雕梁。繚以垣墻一百丈，甃以文石周四方。横窓側闥面面闢，旛竿略綽當門張。其上層樓繢金碧，下畫神鬼東西廂。寺僧少長凡幾衆，不語前立紛成行。偏袒右肩事膜拜，雙瞳轉仄黝有光。宰生割剥了不怖，呼號其側神揚揚。六時梵唄若功課，渴飲酪乳飢牛羊。宵分聚徒大合樂，互吹骨角聲低昂。即論釋典尚清浄，此寧有意登慈航。或云流傳術頗異，播弄造化如尋常。安禪毒龍致時雨，誦咒青女停飛霜。此豈實具定慧力，竟能詭術回穹蒼。咄爾世人迷不悟，福田利益縈中腸。乾坤高厚妙運用，豈待尺寸量短長。聖人深意在柔遠，順育萬類通要荒。因勢利導牖蒙昧，欲使寒谷回春陽。昭昭大道揭日月，異教豈足紊紀綱。獷首夷風倘一變，飲食男女真天堂。『或云流傳術頗異』以下六語遠方畏服，其教聖朝容納之，用以柔順遠人，非尊信異説也。末歸到聖人之教如經天日月，儒者正論，曠若發蒙。

梅花

疎枝雀啅轉春温，正試東風第一番。每自凝神當遠驛，爲誰孤立向荒村。晴雲曳宕春無限，午夜分明月有痕。索解此中渾未易，目成脉脉在忘言。已能脱俗。

南行漫興

沈黎南下路迢迢，仰面青天欲射鵰。何處標名銅作柱，早時轉餉鐵爲橋。王師久駐將無倦，荒服多虞或未驕。正值原田望霖雨，每占箕畢起中宵。將無倦，言必倦也；或未驕，防其驕也。

遠書底用問邊鴻，得失因緣塞上翁。敢惜金繒當此日，正期鎖鑰仗群公。夫人堡有和番計，丞相碑傳縱虜功。可信降酋無叵測，漫教部曲卧雕弓。無洗夫人之謀、忠武侯之智，而謂降虜貼服，武備廢弛，恐生意外之變，勞臣心事，昭然欲揭。

沈楙華

字芝岡，浙江歸安人。康熙辛丑進士，官由翰林改侍御。○侍御詩意主蘊含，不欲説盡，唐、宋之分，斷斷如也。晚歸佛氏教，不復作詩。

泰和道中

行子易時序，但嗟江路難。孤帆轉天際，遥出青林端。山影落空翠，濤聲生夜寒。鄉書猶未達，雲海正漫漫。

渡江

路盡鳥飛外，微茫一葉舟。月斜江岸曉，潮落海門秋。山色南朝寺，鐘聲北固樓。寄奴城外草，隱隱入邊愁。此詩吾友許武平極稱道之，謂其調高意遠，直接唐人。

秋夜東湖玩月

洞庭木脱渺愁余，倚櫂寒流挹望舒。笛裏關山清夜怨，鏡中樓閣美人居。天高風轉依枝鵲，川静波騰縱壑魚。直是乘槎度銀漢，都看白露下前除。字字清遠，妙在意言之餘。

魯曾煜

字啓人，浙江會稽人。康熙辛丑進士，官翰林院庶吉士。

商婦篇記汝陽事

問妾何人婦，商家執巾縰。枯楊生其稊，亦自稱連理。前年販洞庭，今歲糶吴市。妾嘗處空闈，獨宿鮮娣姒。妾貌苕之榮，妾心水之止。東隣何少年，自矜冠玉美。娓詞致黄金，新聲挑緑綺。爲妾謝少年，越禮禽行耳。庭前雪皚皚，江上石齒齒。石堅不可泐，雪淨不可滓。付命朱絲繩，安念君休矣。『男兒愛後婦，女子重前夫』，『使君自有婦，羅敷自有夫』，以拒狂且，何辭婉而意嚴也。此云『越禮禽行』，死志已決矣。詩亦從漢人中出，而立言各有體裁。扶持名教，賴有此種。

李鍼

字含奇，直隸盧龍籍，江南吴縣人。康熙辛丑進士，官翰林院庶吉士。○太史館選，未幾，旋卒，無有知其能詩者。讀其遺集，鬱伊易感，愴怏難懷，情至文生，咀吟不厭。何吾吴之多詩人也！彼山澤之士，沉淪而不章者，可勝歎哉？

雜感

爛漫年華爛漫愁，春光春水兩悠悠。卷施有葉心先斷，杜宇無聲血已流。歎逝陸機同閱世，思家王粲獨登樓。此鄉信美非吾土，冷落胥江一釣舟。此章自歎，下章傷逝。斷腸人遠，傷心事多。年之不永，已兆于此。

生别吞聲已不禁，頻爲死别更摧心。圍棋寂寞虚山墅，清宴依稀憶竹林。自注：叔、季兩叔相繼早世。季子遠攜留墓劍，自注：密友繆馨聞墓草已宿。女嬃空冷搗衣砧。自注：同懷姊喪。三年伏枕雙垂淚，腸斷清猿向曉吟。

送友歸鑑湖即赴辰陽幕

易别還如商與參，醉歌燕市悵分襟。旅遊舊雨聯今雨，歸客越吟還楚吟。潮落嚴灘殘雪盡，春生湘浦紫蘭深。相思一夜江花發，千里月明同此心。越吟、楚吟，謂鑑湖辰陽也，此句虚領，下又分承，格法極細。

甘曰懋

字實夫，四川大邑人。康熙辛丑進士。

華頂道院見三十六峰老農吴青霞題詩壁間寄贈

袖拂剛風倚天闕，忽見龍虵氣蓬勃。君從三十六峰來，獨上蓮花攬明月。自是君身有仙骨，放歌長向煙霞窟。回頭却笑韓退之，痛哭蒼龍嶺上時。

王　恕

字中安，四川安居人。康熙辛丑進士，官至福建巡撫。著有《樓山集鈔》。

牧牛詞

童兒長成何所求，農家職守惟牧牛。春風著物百草長，驅牛嚙草來沙洲。童知牛性不擇草，遇豐茸處俱堪留。乘閑好弄三孔笛，緑楊影裏聲悠悠。天上日車休轣轆，少待吾牛飽其腹。牛得飽兮安吾心，牛不飽兮媿吾牧。不施鞭朴牛馴擾，順牛之性無機巧。牛蹄彳亍牛尾摇，背上閒閒立春鳥。高下陂陁任所之，牛日肥兮牛不知。嗚呼，司牧盡如此，人間那受飢寒死。通體説牧牛、牧民之道已，曲折詳盡，正意一點自足。◯牛肥必使牛知，此小補術也；不使之知，上下兩忘氣象。

過十八灘

補天剩塊截江流，今古驚濤咽暮秋。萬石稜稜争出水，千崖叠叠曲行舟。猿啼頻下孤臣淚，日落重增旅客愁。惶恐灘頭征雁斷，幾人回首望神州。

邵　泰

字峙東，直隸大興籍，江南吴縣人。康熙辛丑進士，官翰林院編修。

壬子正月，重赴金陵志館，偶誦陶詩『遥遥從羈役，一心處兩端』句，憮然有感

春風從何來，所過不留跡。人與物同春，欣欣各自得。而我獨何爲，當春轉蕭瑟。親老不能待，飢驅此行役。縱非出山泉，仰媿入林翮。一心信兩端，繹思有餘戚。緬昔負米賢，歡焉供子職。

太史以母氏年高，居官未久，即請終循陔之養。詩中暫赴志館，戚然於中，仁孝之思可風矣。

儲雄文

字汜雲，江南宜興人。康熙辛丑進士。

有訪

未遇幽人又獨還，貪看落日立溪灣。隔溪幾處炊煙動，遮斷寒林數叠山。

訪朝陽道院

竹逕陰陰磬韻流，行來便覺此生浮。道人所得惟貪懶，滿地松花散不收。兩斷句氣韻欲流，

如讀有聲之畫。

國朝詩别裁集卷二十五

長洲沈德潛歸愚纂評　男　種松校字
江陰翁　照霽堂　長洲周　準欽萊同輯

蔣　深

字樹存，江南長洲人。官山西朔州知州。著有《繡谷詩鈔》。◯繡谷以纂修《書畫譜》得官，居官有政聲，詩亦時露警句，名場中交重之。

蠅

趨熱性能慣，貪饕死亦輕。未容隨驥尾，先欲亂雞鳴。把劍何堪逐，無屏謾點成。秋風蕭颯後，憐爾竟何營。

嘲趨熱客也。語語典切，得少陵《咏螢火》遺意。

過落花村寄姚水部梓嵐

蒲村西十里，隔水澹斜陽。花落在何處，人行覺路香。雞栖煙箐密，鴉曳暮雲長。想見湄潭老，探幽覓句忙。村名韻極矣。三、四語傳出村行者之韵，而水部之韻，亦於言外見之。

軍旅

書生事軍旅，奉檄楚江遊。人度危灘月，猿啼獨夜舟。遥聞刁斗静，猶喜甲兵收。不作從征詠，登樓客已愁。

曉行

聞雞莫歎客途窮，拂曙星河倚劒雄。馬上續完鄉國夢，笛中吹起戍樓風。雲開泰岱天門白，人渡津關海日紅。湛露未晞秋信到，蘆煙深處數聲鴻。舊語一經點换，頓覺鮮新。

麻陽船口號

逆流好用船頭力，下水偏將船尾行。一葉不妨危地過，此心平處水皆平。此心不平，坦道皆危地也。以平心應世，東坡之屢謫南荒，無不自得矣。此作者閱歷有得之言。

魏荔彤

字念庭，直隸柏鄉人。官觀察使。著有《懷舫集》。○觀察爲文毅公子，嗜古學，勤著述，詩歌、雜文不下數千章。今鐫板俱散軼矣，祇存平時記憶二章，見鱗爪，可想像雲中龍也。

題沈歸愚《萬峰獨立圖》

峰峰卓立斷躋攀，笻屐逍遥鳥道間。試問此翁登眺後，何人更上萬重山。向更有七律贈，言末云：『他年旌節臨吾土，便合埽門迎故人。』後余奉使之楚，適經其地，而觀察下世久矣，爲之憮然。

馬陵道

戰壘千秋沙草平，更無殘戟礙春耕。荒城夜半喧雷雨，還似當年萬弩聲。天然映合。

王濤

字衡山，江南含山人。拔貢生，官兖州府同知。著有《青霓閣集》。

贈唐魏公

轅駒苦局促，寒蜎多羞縮。市兒眼如豆，群疑偏滿腹。欲吐還復茹，囁嚅私相屬。多君挺英姿，天馬脱羈束。雄辯驚四筵，高談折五鹿。聞者舌盡撟，言出人人服。豈惟言服人，石畫如剞竹。一官聊攝閒，舌敝顋亦禿。願垂竹帛名，志不在食肉。會當擕巨觴，對君洗塵俗。同登光嶽樓，齊魯歸洞矚。岱峰雲盪胸，東海日初浴。俯仰天地觀，好縱千秋目。讀此詩，知衡山志在濟時，不隨刀筆筐篋徒也。屈於下僚，有願未遂，惜哉！

李蓮 字少峰，湖廣荆門人。

石城

晉代衣冠空薜蘿，石城埤堄尚峨峨。鎮雄江漢山增險，藩撤孫吴水不波。混一方知臣力瘁，憂危孰料女戎多。廢興堪下千秋淚，若問浮名心已磨。晉平吴後，賈后之禍旋起，羊祜所謂『平吴之後，當勞聖慮』者也。鄢陵之役，晉已勝楚，范文子謂『外寧必有内憂』，即是此意。

計默 字希深，江南吴江人。◯此甫草先生子也，遨遊四方，名滿日下。晚歲，余曾評定其詩。今令子維嚴物故，無從徵索矣。于汪堯峰集中録此，附存二章，可以想見其餘。

和汪鈍翁姑蘇楊柳枝詞

紅橋綺陌柳陰濃，歷亂飛花類轉蓬。怪殺前山女貞樹，能禁二十四番風。見柔靡不如堅貞也。

去年折贈復依依，贏得江頭紫燕飛。委屬東風與將護，一枝留待藁砧歸。然以神韻行之，與罵題者迥別。

湯準

字稺平，河南睢州人。○稺平爲文正公季子，幼承家學，以樂天守道自期。詩不求工，而陶冶性靈，自足天趣。詩以人重，人不以詩重也。作序者以孟山人、林處士擬之，恐非其倫。

詠史

唐伐羌戎盛冉駹，韓公謀略信無雙。年來西域勞兵革，願築三城署受降。築受降城，自是禦戎長策，即先王守在四夷之意。

臨漪園

閒園隨意采芳蓀，興到常攜酒一尊。却笑平泉太多事，苦將木石戒兒孫。達人之言。

桃源

柴桑便是羲皇世，智慧相忘息衆喧。能使此心無魏晉，寰中處處是桃源。靖節含意未申，此申言之。

徐善建

字孝標，浙江嘉善人。○此陸清獻公高弟也。究心《周易》及宋五子著述，教人讀《小學字義》諸書，謂先識體段，方可入精微處，學者多師事之。

觀鳥哺兒有感

抱兒嬉樹下，新緑遮庭户。忽聞啁啾聲，仰見春鳥乳。不辨誰雄雌，四翼共辛苦。一出掠春蟲，一居禦鷹虎。出憂居力單，居憂出遭罟。瘁羽豈暇梳，嬌音不違吐。黄口快得食，那知翁與姆。感此撫童雛，何如此禽羽。上念父母恩，淚下如注雨。性情淺者只感觸己之哺兒，今上念父母哺己之恩，愀然、藹然，可以教孝。

王汝驤

字雲衢，江南金壇人。由選貢生官通江知縣。○雲衢文制義宗工，中歲爲詩，不落宋、元氣習，古體尤上，外人不知爲詩人，以文名掩也。有嗜痂癖，每來吴中，酒後背誦余詩，至數十章，人多笑而怪之。詩稿未鐫，葺詩時，屢訪不得，祇存其舊時鈔，謄二章，比之吉光片羽焉。

雞頭關

征馬鳴蕭蕭，澗水流潺潺。水鳴何嗚咽，馬鳴多哀酸。借問客何之，言上雞頭關。關門開一綫，羊腸裊青天。上有千仞壁，下有百丈淵。驚風吹落石，洪流盪奔湍。危途無返轡，微生寄征鞍。靡靡遵木末，遥遥造雲端。故鄉杳何許，天路安可攀。側聽《隴頭吟》，感我涕汍瀾。

黄牛峽

三峽天下奇，黄牛險尤絶。奔騰萬里流，礫豎兩崖裂。舟從罅隙行，身在古石穴。驚濤殷怒雷，觸石歕晴雪。纜牽如蟻進，橈退只一瞥。舟師唤奈何，長篙屢撑折。哀猿數聲叫，客子雙袖血。到此英雄人，自顧同蠓蠛。生涯抵投荒，輕身計何拙。載詠《小旻》詩，撫心媿前哲。連上章，能造險語，彷彿老杜入蜀諸詩。

陳奕禧

字謙六，浙江海寧人。官石阡太守。○石阡以字學鳴，詩亦清穩，王新城尚書嘗稱賞之。

望中條山有懷吴天章玉溪隱居

雪晴初日照，歷歷中條岑。下有幽人宅，長鄰洞壑深。松門閒倚杖，潭水坐清心。静聽風泉落，泠然彈玉琴。

虞帝陵

陵寢古鳴條，平岡入望遥。自注：陵在鳴條岡之盡處。殿庭二女侍，冠珮五臣朝。府事開神禹，文思協帝堯。饗堂合樂處，彷彿奏《簫韶》。

郭元釪

字于宫，江南江都人。官中書舍人。○于宫亦江左十五子中之一，嘗輯《金源詩》，無挂漏者，可補元遺山之缺略。

答邵子湘

芙蓉湖上邵髯翁，高行鴻文眼界空。京雒聲華懷漫刺，江湖踪跡趁歸鴻。南豐不讓劉中壘，杜甫平交嚴鄭公。老却少微星下客，夢魂肯踏軟塵紅。五語高子湘之文，六語高子湘之品。

顧文淵

字文寧，江南常熟人。著有《海粟集》。○蔣文肅題其集中云：『不作廊廟歌，云是騷人詞。寫出肝膽語，願得知己知。不得知己知，甘受他人嗤。』觀此贈言，其詩可知矣，其人亦可知矣。

余錦泉席上聽衆姬琵琶箏

有酒易傾不夜之圓月，有金難鑄不謝之名花，秦川公子發大笑，偏與花月争豪奢。左秦箏，右琵琶，九枝蠟燭光如霞。青蛾皓齒兩行列，袖拂紅牙低按節。初調絙朱絲，峽口春冰裂。再彈捍撥齊，鈴聲雨淋咽。江妃漢女玦環鳴，相和箏琶同擻捩。俄驚雙鳳凰，飛上梧桐岡。啁啾屏盡百鳥喧，雝雝和鳴向朝陽。逡巡換宫商，倏忽移角徵。朔風應手捲驚沙，白草茫茫雁聲死。飲恨羈臣擊劒歌，裹創戰士聞笳起。淒斷故園心，擾破離人耳。停絃兩兩寂無聲，纖纖憐殺春葱指。天孫織錦作纏頭，五色綵雲遺彼美。花殘月落不忍歸，捲下珠簾隔千里。起結神似太白，中間移宫換羽，頓挫激昂，使讀者目眩神移，幾於應接不暇。

十八灘

荒荒異縣經萬安，毒霧散影分林巒，暮愁雨宿朝風餐。前途遥數十八灘，一灘一險俱心寒。

青螺層層如抱擁，石插旋渦各森聳，寒流百道噴石孔。七千里外宋孤臣，落日灘頭説惶恐。宋孤臣，指東坡。

暮帆齊落喧鳴鐃，村人堵立林塘坳，利箭在箙弦在弰。不知何山逐獐鹿，亘天野火燒黄茅。

危磯千丈蔽天宇，長年日晚忽停櫓，月逆行雲吞復吐。虎倀啼過斷人聲，叢莽中間伏强弩。

煙中捩舵水倒衝，千篙争力怖殺儂，森森石齒排劍鋒。人言險灘最天柱，水底白日蟠蛟龍。

五章又似少陵短章。

嚴啓煜

字玖林，浙江歸安人。官永康訓導。○玖林嘗言：『昌黎、昌谷，雖非詩之極至，然針砭庸熟，廓清之功，真乃比於武事。』又言：『二昌乃吾死友。』今披其集，皆和平中正，無詰屈奇詭之習，豈善學者不求形似耶？

榆皮行

井廬無煙野無草，萬户嗷嗷缺一飽。村南村北總成群，去剥榆皮行及早。何人括盡榆莢錢，枯榦只剩榆皮堅。榆皮可食少官税，悔不種地成榆田。枝頭聚雀泣相語，新長嫩芽君莫取。雀乎雀乎慎勿争，我輩舍榆方掘鼠。乾隆乙亥，大荒，吴中榆皮剥盡，掘山泥以食，民多死者。此云『掘鼠』，正復相類。

留别吴門諸子

夕陽衰柳繫歸橈，離思孤隨雁影飄。豈類穆生忘設醴，自傷伍相久吹簫。遊雲變滅元無定，盤谷寬閒實見招。祇惜舊時諸伴侣，春燈花下隔唫瓢。

背花寧待管絃終，歸卧雲林半畝宫。世外漁樵有真趣，山間雞犬盡淳風。采松袖染秋嵐碧，擣藥窗留夜火紅。他日皋橋明月裏，故人應共念梁鴻。

汪文桂 字周士，江南新安人。

秋日，曹秋嶽先生過飲桐溪草堂，別後有作

謝公屐齒款雙扉，點筆翻書對夕暉。徑仄秋花迎客座，夜深涼月戀人衣。驚心蕉鹿追宵夢，款語滄桑坐石磯。曉柝更催歸棹發，望中帆影思依依。寫得涼月有情。

秋日同季弟歸里和韻

秋深才得返鄉閭，弱弟偕行賦《遂初》。衣上辛勤慈母線，篋中珍重故人書。白雲紅樹堪移棹，萬壑千峰擬結廬。到日松楸親拜埽，山田猶待把犁鋤。

汪文柏

字季青，浙江桐鄉人。官指揮使。著有《柯庭餘習》。○竹垞朱先生序其詩，謂『匪僅開宋、元之窔奥，直造唐人之室而躋其蔵』，不無溢美，然謂時有佳句，比之孟山人之『微雲淡河漢，疎雨滴梧桐』，斯爲得之。

盛湖

矮屋環湫市，洄流界疊塍。夜燈千疋練，秋雨半湖菱。擊榜吴娃捷，評珠賈客能。辛勤終歲力，猶未足催徵。十字，非親詣其地，不知其妙。即景成詩，羌無故實，應得於有意無意中。

登煙雨樓

十度憑欄九度晴，今朝煙雨一舟横。雁飛難辨空中字，櫓過惟聞暗裏聲。軟浪成花侵寺壁，冷雲如墨擁軒楹。舉觴放眼唫長句，始信高樓不負名。『櫓過惟聞暗裏聲』，自是佳句，然施之此題，彌見其佳。

費錫琮

字厚蕃，四川新繁人。著有《白雀樓詩》。〇厚蕃爲高人此度長子，克傳家學，五言亦有『太江流漢水，孤艇棲殘春』之概，新城王尚書惜未見其詩。

黄河

靈脉來天上，渾流晝夜奔。縱横穿套口，屈折下龍門。地入滎陰斷，山臨華嶽尊。何須逢漢使，便擬溯崑崙。一氣鼓盪，力遒氣雄。

登北固山

絶嶺横江岸，登樓望渺然。潮來徐福島，山出寄奴泉。境界分吴楚，波濤混海天。千秋征戰地，今喜靖烽煙。

費錫璜

字滋衡，四川新繁人。○此此度次子，熟古樂府，詩中蒼蒼莽莽，時有古音，然亦不無粗率處，淘汰之，取其古而近雅者，迥異時流。

兒語

鷂鷹搏雞，雞有母護。離親出門，心寒行路。連下章，竟是古謠。食魚去乙，食李去核，治國去賊。

送劉得柔入秦

紫騮卸玉羈，故人來齊安。昂藏河朔氣，兩髩蕭蕭寒。爲言三載別，岐路各漫漫。燕秦二千里，浮雲會江干。雪堂寂寞秋，傾蓋暫盤桓。片言瀉黄河，隨風生波瀾。虵虺横江湖，噬螫太無端。湛盧不在握，徒手空長歎。明日東西别，征車不可攀。

湖上

碧澄千頃豁，青立一峰孤。月似懸秋鏡，人如坐玉壺。煙光隨地盡，水色到天無。肯與漁翁醉，鄰舟近可呼。『水色到天無』，言遠水接天，合而爲一，不見水也。此工於鍊句。

海村雜詩

海樓秋易夕，水寺晝長昏。穀貴難成市，時荒早閉門。蛇龍各自媚，禮樂不言尊。寄問西村叟，方飢斸草根。『難成市』『不言尊』，寫荒年景象如見。

出塞

一度盧龍塞，傷心景物殊。秋風嘶老馬，落日聚飢烏。嶺上寒雲合，閨中明月孤。還聞遺博望，雨雪在長途。

少年行

臂上角弓强，腰間劒似霜。舊從李都尉，新拜漢中郎。愛馬黄金埒，調鷹白玉床。平原秋草淺，射獵出長楊。

汴城晚望

落木蕭蕭汴水清，雲沙何處雁飛聲。河蟠雍豫千支合，地拓中原萬里平。累代廢興難屈指，百年禾黍獨關情。夢華空有遺民記，不是宣和舊帝京。

變歌

東門楊柳枝，早晚遭攀折。今日是相逢，明日是離别。六朝小詩。

相逢

岐路不相識，一言傾寸心。贈君腰下劍，不在直千金。以千金直重，則義氣減矣，此善翻前人句意。

吴姬勸酒

吴姬十五髮鬖鬖，玉椀蒲桃勸客酣。但過黄河風色冷，更無春酒似江南。如聞勸酒之聲，而渡河以北之風塵，言外可想。

陳玉齊

字在之，江南常熟人。著有《情味集》。

秦皇

離宮環極起周廬，萬里滄波候大魚。入海雲迷徐福島，封山雨濕李斯書。華陰道上逢沉璧，陽武沙中失副車。王翦用兵真老誖，尚留三户未驅除。

徐蘭

字芬若，江南常熟人，流寓北通州以終。著有《出塞詩》。○芬若，亦字芝仙。長白描人物，詩無一語不奇。吾友徐龍友見之，幾於下拜，奇人見奇詩，尤契合云。

雨阻黑河

天地有此河，墨流獨浼浼。黄河曾爲聖人清，濁浪咆哮獨不改。迢遥西上勢蜿蜒，兩旗疆界相鉤連。自注：土默忒，兩都統分地。受降城頭坐飛將，牧馬不敢争河邊。上有共工觸破未補之漏天，下有鮫人痛哭不測之深淵。陽春有脚走不到，那得兩岸生人煙。但見奇花塞洲渚，色如人面形如拳。花裏見魚不見水，一網可以盈一船。飢兒阻雨不須哭，朝魚暮魚食尚足。雷電光中住過春，脚底莓苔黯然緑。天晴曝衣上古原，白骨堆邊檢金鏃。境奇，詩亦與之俱奇。芬若又有《大松山》詩，起云：『一峰飛入雲，雲故推之出。一峰飛出雲，雲故攫之入。』奇警，前人未道，因通體用韻夾雜，故去之。

燐火

土雨空濛著衣濕，燐火如螢飛熠熠。須臾散作星滿天，空際如聞衆聲泣。有火獨明必鬼雄，衆鬼吐焰無其紅。約束群燐共明滅，無乃昔日爲元戎。别有火光黑比漆，埋伏山坳語啾唧。鬼馬一嘶風亂旋，千百燈從暗中出。電聲閃閃兩軍接，狐兔草中皆震慴。一派刀聲不見刀，髑髏墮地輕於葉。血過千年色尚新，那知白骨化煙塵。新鬼日添故鬼冷，無復寒衣送遠人。寫燐火之忽聚忽散、鬼雄鬼馬之光怪離奇，紙上幾於有形聲矣。後又寫群鬼之接戰，更幻更奇。吴道子善畫鬼，亦未到此。

歸化城雜詠

祁連呼吸與天通，不與人間節候同。後騎解衣風柳下，前軍墮指雪花中。髮離漢地根先白，淚過秦山色變紅。騶伍漫勞歌况瘁，侯王猶自佩凋弓。奇人總無凡語。

塞下曲

萬騎從天下，邊人拭目看。長城無限窟，飲馬一時乾。

關山月

城頭一片秦時月，每到更深照黑河。馬上萬人齊仰首，不知鄉思是誰多。

出關

憑山俯海古邊州，斾影風翻見戍樓。馬後桃花馬前雪，出關争得不回頭。眼前語便是奇絶語，幾於萬口流傳，此唐人邊塞詩未曾寫到者。

沈用濟

字方舟，浙江錢塘人。國子生。著有《方舟集》。○方舟足跡半天下，至廣南，與屈翁山、梁藥亭定交，詩乃大進。遊邊塞，留右北平久，詩皆燕趙聲，一時名流，幾莫與抗行。然所成詩，一句一字，質之同人。有譏彈，輒改定，所由完善，無罅漏也。向見重紅蘭主人，輦下名大著。余留京邸時，知方舟爲詩人者寥寥矣，不知向後有能傳其人否耶？感慨係之。

燕山

我行經燕山，憑弔古戰場。當時鋭頭兒，誓死事戎行。功業未得成，金鏃遺山岡。皁鵰如車輪，飛來立人旁。黄雲蔽四野，風沙浩茫茫。驅馬行出關，悲歌慨以慷。身著短後衣，劒佩百鍊鋼。扼吭度飛狐，仰面看天狼。生當爲冠軍，死當爲國殤。慨當以慷。『皁鵰』十字，讀者如置身邊塞間。

妾受命辭

妾受命兮少孤，師氏教以《詩》《書》。阿母愛予早有家，託君子以賤軀。一解。乘華軒兮歸德門，曳綺縠兮羅金尊。上事公姥兮無間言，俯蓄五子兮今有孫。二解。何以奉君朝餐，銅盤或炙或燔。何以奉君禦寒，裁縫越布吴紈。三解。鼠穿墉兮狼入室，脣乾口燥兮不可與説，無褐無衣兮迫冬日。四解。晨雞咿喔天雨霜，明星煌煌出洞房，爲君秣馬遊四方。五解。丈夫氣磊落，朗如日照臨。渴莫飲盜泉水，倦莫憩惡木陰。六解。出門常苦遠，在家常苦貧。女子當門户，百難萃其身。七解。思我君子兮蔚爲國華，富貴勿喜兮貧賤勿嗟，履仁服德兮名乃紛葩。八解。

○此代其配朱夫人立言也。先言奉公姥、撫諸雛，次言持門户，次言遭家難，次言送遠人，末勉以修德行。得《雄雉》「不忮不求，何用不臧」之意。立意、音節，在東、西二京之間。

黄河大風行

黄河之水自天落，我舟來向黄河泊。遥看雲氣如飛龍，知有東南大風作。大風一起天茫茫，排山倒海不可當。浪花捲起高十丈，虛擬沉牛截狂象。危檣大艑撼不停，霎時飄散同流星。高岸倒震鼉鼓裂，怒濤亂捲蛟涎腥。暝來打篷聲膈膊，半爲雨點半冰雹。夕陽欲下風更狂，吹落孤帆天一角。一舟重有萬鈞力，𩗗入泥沙脱不得。一舟觸石摧鷁尾，窺見青天在艙底。水面一舟飛鳥輕，無枝可棲心目驚。其餘溜急難鼓柁，客船十個碎兩個。同泊尚餘四五船，船船相觸繩相聯。長年當風立至曉，我輩安得高枕眠。近見青齊成水府，況聞中州少安堵。皇天降災良有因，汝曹定觸河神怒，不爾風濤何太苦。男兒勿恃膽氣粗，要知蹈險非良圖。新河安穩路徑直，汝何不趨趨畏途。豈惟黄河爲畏途，波瀾平地無時無。詩亦有雲垂海立之勢，近七子中李獻吉。結意忽然换境，感觸者深。

大同道中

千嶺朝陰嶽，三城控大同。雲形隨列嶂，山響應瑚弓。馬踏黄河雪，鷹呼白草風。飛狐那用塞，天險古來通。一路邊塞之詩俱沉雄峭拔，不在李北地下。○『沙乾奔渴馬，風急下飢鷹』，亦邊塞中詩，附録於此。

太行山

山作潼關險，艱哉勢獨雄。千盤拔河內，一折走遼東。大壑雲雷伏，陰崖日月通。巍巍天下脊，元氣結鴻濛。

登八達嶺

策馬出居庸，盤迴上碧峰。坐窺京邑盡，行繞塞垣重。夕照沉千帳，寒聲折萬松。回瞻陵寢地，雲氣揔成龍。

行經將軍猛虎諸灘

高高灘十丈，直下響成雷。舟擲波心去，人穿石窟來。虹蜺雙瀑挂，菡萏小峰開。濁酒酬三老，傾危仗汝才。『擲』字、『穿』字，千捶百鍊而得。

潼關二首

重關踞天險，三輔重神京。繡嶺遥尊嶽，黄河曲抱城。一夫今保障，群盜昔縱横。星隕何年事，徒傷父老情。自注：謂孫督師傳庭。

窺關如在井，立馬一峰高。竟失山河險，徒誇汗血勞。沙蟲迷白日，陵谷徙洪濤。翻使黄巾笑，横行遇汝曹。『黄巾笑』，謂不能力戰、疊進降表諸人也。孫督師、周寧武外，有一人忠勇者乎？

登建陵

鼓櫂辭西粤，開帆趂北風。水聲飛弩下，山勢鬭雞雄。雨歇秦關外，秋深蜀道中。稻粱謀故拙，吾愧信天翁。前所鍊在虚，『擲』字、『穿』字是也；此所鍊在實，『飛弩』『鬭雞』是也。

昭平道中

灘勢奔騰下，舟行次第高。瀑流争一石，人力盡千篙。壁峭奔雷雨，林深聚羽毛。江鄉歸未得，夢寐亦風濤。此所鍊詩眼，又在『争』字、『盡』字，加捶鍊功，則無草率之患。

從彭蠡轉九江泊小孤山下

不信滔滔者，洪荒直至今。高帆轉湖口，片石奠江心。鷹隼亭臺迥，龍蟠窟宅深。《迎神歌》一曲，絃響下青禽。

花田

埋玉傳南漢，花田今尚存。雪中香不散，煙外月無痕。芳草尋詩路，青旗賣酒村。漫將蝴蝶數，一一美人魂。前一路詩皆英雄氣，此首又兒女情。見英雄、兒女，原不必分也。『雪中』，謂花開如雪，非真指雪言。

登泰山絶頂

丹梯飛磴接天門，杖底風雷萬壑奔。四嶽共推青帝長，一峰還占丈人尊。漢家雲氣封中出，秦代松陰石上存。俯仰不知天下小，蓬萊宫闕射朝暾。無懈字，無浮詞，勝于鱗、元美作。○方舟詩雖切磋於藥亭，然古體或遜藥亭，五、七言律遠過之也。近人用耳不用目，誰能信之。

望西嶽

五千仞削勢崔巍，西鎮坤維玉作臺。海日夜從金掌出，蓮花春向石盆開。宫臨白帝三峰立，城繞黄河九折來。欲跨茅龍問酒母，芝田堪種乏仙才。精神滿腹，亦勝元美作。○『酒母』，酒家嫗也。仙人子先與之騎龍上華山，亦成仙，呼爲『酒母』，見《列仙傳》。

思陵懷宗。

錦屏山色隔城來，渴葬千秋事可哀。一劒割將公主愛，九門報道寺人開。淒涼血詔留衣袵，寂寞桐棺付草萊。太息烏號幾人抱，紅牆日落首重迴。獨舉殉社稷時言之，真覺一字一憤，十三陵詩以此首爲最。○《德陵》三、四云：『宦寺九州祠宇遍，爰書三案士林空。』熹宗失德，盡二語中，因附録於此。○『九邊詩』最有名，然方茣朔詩似更英快，故舍此取彼。

湘江道中

越客歸舟向洞庭，心隨一雁入空冥。煙開沅水雙流合，帆轉衡山九面青。魂返江楓哀楚些，曲終瑶瑟怨湘靈。振衣已出塵埃外，漁父何因笑獨醒。

由麗江抵北流

頻年鞍馬歷荒陬，唐代羈縻是此州。猺洞千蟠攀嶺怯，鬼門一綫入天愁。朝昏吹角呼林鹿，婦女張弓射野牛。却望伏波銅柱在，飛鳶跕跕海西頭。『鬼門』七字，筆下有陰險愁慘之氣。

天下大師墓

曾聞遁跡入禪關，身似浮雲到處閒。解道龍虵潛草野，何年弓劒傍橋山。緇衣那有中官識，御馬誰迎老佛還。一自櫻桃無薦地，肯留封樹在人間。曰『曾聞』、曰『解道』、曰『那有』、曰『誰迎』、曰『肯留』，見建文之歸，皆《致身録》《從亡隨筆》等書造作之辭，其實未嘗有迎歸事也。《實録》

稱帝閹宫自焚，中使出其尸於火，七日乃葬，是明明死於火矣。至天下大師墓，朱竹垞謂房山僧墖，或題司徒司空，或題帝師國師，金、元舊制皆然，後人附會爲建文墓也。此詩故作疑詞，使人言下自得。

海幢寺觀大水西下

鬱水西來萬壑奔，倒翻墖影盪雲根。中間一束高腰峽，直放驚濤出海門。

題謝皆人詩後

紅桂飄香月露清，玉完天上奏瑶笙。白頭弟子秋風裏，來聽《霓裳》第一聲。

笥溝早發

北風獵獵水茫茫，多謝吴門鼓枻孃。鐵鹿長檣四千里，送人夫婿早還鄉。載兒夫婿去，劉采春怨之；送人夫婿歸，方舟又謝之。舟人受怨乎？受謝乎？各見吐辭之妙。

櫂歌

風江潮動月茫茫，欸藹聲中夜未央。南北東西盡蓮葉，不知魚戲在何方。

毛張健

字今培，江南太倉人。貢生，官訓導。

寄衣曲

去年寄衣秋月明，絡緯索索窗前鳴。今年寄衣風復雨，不識何時到邊土。邊城八月多早寒，清霜觸體愁衣單。千絲萬縷妾手製，中有珠淚焉能乾。不願功成垂竹帛，但願全軀返鄉國。學張、王體，難於別開生面。意緒自抽，一歸敦厚，如舊穀中舂出新粒也。

少年行

千金寶刀紅玉弝，繡鞍蹴踏長楸下。揚鞭不避執金吾，横過禁園矜善射。自云生長金張門，意氣雄豪那可論。小時便食天家粟，曾向長楊奉至尊。隴西老將七十戰，絶域到身空浩歎。羡君不識兜與鍪，褓中骨相當封侯。以飛將軍之刭身絶域，襯出少年之寵榮，即所云『生年十二有重封』也。寒郊類轉蓬，烏乎知之？

賈客樂

布帆滿幅高百尺，知是賈人遠行役。賈人生小樂風波，不戀家中好田宅。瞿唐灩澦平地過，此行金錢十倍多。更促前程向江口，淮南米貴今如何？春閨少婦空房宿，聽罷烏啼淚盈掬。原詞極形賈客之樂，此於賈客逐利中形出閨房之苦。末二語揔於換韻換意中翻新。

毛　序　字東球，江南太倉人。著有《静娱集》。

偕同人散步

殘紅委煙水，潭深淥更浄。臨流弄清泚，鬚眉淡相映。泠然洗我心，迥絶非人境。鯈魚從容游，鷗鳥度明鏡。物我兩俱忘，不減濠梁興。回首林丘間，閒房一聲磬。心和氣平，物我皆得。其不著力處，正不易到。

風輪羽扇歌

鶴翎皎潔修而豐，製成團扇虚含風。參差六翮形蒙茸，貫以鐵軸輪輻同。下首彎屈如彎弓，風胡何年鑄芙蓉。質理蒼黑非鉛銅，劍首一穴貫軸中。復有無絃焦尾桐，踞坐掣曳呼侍童。轆轤引綆機旋空，柔櫓咿軋中徵宫。高堂颯然起蓬蓬，動如槖籥出不窮。四坐森爽心神融，病夫憚暑常怔忡。燭龍火繖交相攻，思駕飛車訪赤松，瓊樓玉宇無藴隆。借君吹嘘凌顥穹，下視九萬塵溟濛。敍瑣屑事，獨見雅切。末幅繪風，神來之候。

輓龔敬五

執友驚淪逝，霑袍涕泫然。卑飛辭捷徑，少別即重泉。燈暗匡衡壁，塵淹子敬氈。如君瑚璉器，何可使無年。

天意原難問，龍虵厄運過。青衫仍落魄，白髮竟如何。講誦生徒散，蒐殘著述多。黄壚感存歿，回首邈山河。

陳培脉

字樹滋，江南長洲人。國學生。〇樹滋篤於友誼，壯歲與諸才士角逐名場。然衆人升雲路去，而樹滋終老諸生，無幾微見色也。詩宗法盛唐，晚遊新城尚書之門，所詣益進。

《相逢行》贈宋六木天

一年相逢在輦下，秋雨槐花對僧舍。同時獻策不見收，劇飲淋灕共悲咤。一年相逢在濟南，擁鑪未盡深宵談。烏啼曉霜催別緒，送君道上鞭羸驂。一年相逢在淮口，我挂征帆方疾走。君時追送騎馬來，隔岸遥遥但揮手。淮口一去歲一更，斷蓬落葉愁飄零。詎意今宵燈火裏，相逢又在曹丘城。人生聚散本難定，暗中有物持其柄。一年一度一相逢，如我與君良足慶。歡遊莫道在異鄉，寒梅著花春酒香。日日看花共飲酒，從今且得無參商。只叙聚散，自見交情。

登娑羅坪

絶壁迢迢上，忘危勝可探。百盤窮大壑，千仞度層嵐。采藥逢毛女，藏書問老聃。白雲如可卧，一枕學圖南。

南越王墓

天下亡秦日，乘時據粤中。自娱聊竊帝，大長竟稱雄。炎海風濤壯，孤墳草木空。千年餘霸氣，常繞尉佗宫。一筆寫就，不加追琢，比之彈丸脱手。

登慈恩寺浮圖

飄然天半御風輕，身在浮圖絶頂行。三輔山河掌上盡，五陵雲樹望中平。絪氲香界從朝暮，高下桑田幾變更。故事尚傳唐進士，曲江宴罷共題名。

五陵、三輔，收之指掌間，何等胸次！章八元登此塔，至云『危梯暗踏如穿洞，絶頂初攀似出籠』，幾不成語，當時元、白盛稱之，何耶？

蓬萊閣觀海和觀察宋公

傑閣崚嶒倚杳冥，憑高望遠極東溟。龍宫潮湧千重白，蜃市煙消萬點青。鞭石荒唐懷霸主，浮槎恍忽遇仙靈。蓬萊咫尺非難到，便欲携筇叩紫扃。

徐州懷古

紛紛楚漢當年事，憑弔西風向戰場。隆準至今尊帝號，重瞳終古怨天亡。吕梁濤落蛟龍走，芒碭雲深虎豹藏。王氣彭門消歇盡，孤城一望水茫茫。

恒山

上應天樞象北辰，衆山環拱碧嶙峋。雲霞隱見金銀闕，昏旦盤旋日月輪。呼吸蒼冥通一氣，逍遥紫嶠會群真。陽終陰始扶元化，朔漠長留太古春。

氤氲霧靄擁危巒，象肖靈虵勢鬱盤。望去神光凌斗極，飛來秀色落桑乾。龍潭雲出千崖雨，虎口風生萬壑寒。我欲摩崖登絶頂，扶摇何處覔青鸞。恒山詩罕有佳者，作者以全副本領赴之，遂覺神力俱王。

陳留弔蔡中郎二十四韻

道出陳留郡，車停潁水濱。不勝懷古意，爲弔鼓琴人。王粲稱前輩，張衡記後身。軼才真曠世，偉貌迥殊倫。淹貫鴻都學，輝皇清廟珍。于時良策藴，應詔直言陳。鸞鳳偏垂翅，驪龍漫觸鱗。幽囚北寺獄，遠徙朔方塵。禍稔天心酷，憂深國步屯。妖氛纏黑氣，賊寇起黄巾。炎祚傾危日，梟雄剥亂辰。徵車憐迫促，解綬悔逡巡。殄滅嗟元惡，彌縫賴大臣。然臍誠已晚，動色亦何因。過細寧難宥，冤奇竟莫伸。踉蹌付廷尉，涕泣遍朝紳。已矣儒宗失，悲哉史筆淪。無兒延嗣續，有女歷艱辛。忠孝名終在，風流蹟未泯。篆書垂一代，碑版照千春。尚論追芳軌，遐思托德鄰。茫茫尋故里，寂寂委荒榛。事往浮雲散，文傳炳日新。虎賁猶得似，想像爲傷神。董卓既誅，中郎在王允坐上，言之而歎，有動於色，是其所短。餘如諫三互法、諫市賈、謬爲宣陵孝子、諫天降災異，條列七事，皆原本經術，有禆政治者。即董卓初徵時，因不能逃避，始就。既就，亦屢次箴規。而王允恐其作史訕之，必欲死之，毋乃已甚乎？詩中逐層排比，得失並陳，工力悉敵，頗得少陵家數。

張錫祚

字永夫，江南吴縣人。◯永夫野居南園，後遷木瀆之下沙，三旬九食，經年卧病，居半以藥石爲饔飱也。詩初以生新爲宗，能盤硬語。後一歸平澹，在韋左司、柳柳州之間。年五十餘，窮餓以卒，葬靈巖山麓。碣曰『詩人張永夫墓』，好事者每携酒酹之。

編籬

林壑有真趣，塵俗難相通。清晨飯藜藿，荷鍤春風中。薜荔劚鄰園，杞菊采榛蘀。枯朽既芟除，柯條盡青葱。日入返茆檐，羅植清溪東。屏藩宛天成，束縛隨人工。放誕世所棄，舒散豈爾容。已造自然。

重九後溪南采杞菊

佳節倏復過，寒商激林杪。霜清杜若洲，花發蒹葭島。空庭無嘉卉，何以慰幽抱。緣源路轉迴，穿林人漸少。朱實披榛薉，黄花掇香草。尋異心無厭，適己物逾好。即此俗慮遺，逍遥可忘老。

贈澗上僧

竹庭殘雪浄，林壑寒流清。經聲静夜闌，水月生空明。道人了觀化，心止神流行。空齋一相對，澹然離俗情。色香臭味俱浄，此種詩，幾不能品評其佳。

訪沈石田故居

抗心希古賢，閒情緬高士。孤舟渡平湖，日落遵枉渚。逶迤入荒村，徘徊覓遺址。人語散檃鷺，草長眠鹿豕。何處有衡門，田中問孫子。

田家詩

磽確土無膏，人棄爲原陸。釋子云西來，挂笠結茆屋。學空易爲悦，機熟遂衆欲。嫗老苦力田，薄言往種福。日出聽談經，暮歸悔碌碌。惟我喜飲酒，醉鄉數往復。酒醒春鳩鳴，踏月起浸穀。所願穀抽芽，生理良已足。『學空』兩言，見空幻易於動人也。然福田之虚無，孰如力田之實獲乎？飲酒浸穀，乃見本分。

雨夜懷曇長老

寂寥湛深夜，青燈照空宇。花發嶺頭梅，人聽窗間雨。情虚遺衆緣，境清望真侶。釋子卧雲居，幽襟共誰語。

晨詣南園采蕨

閒居窮篇翰，理生愧無術。隔屋聽鳴雞，啓扉看曙色。逶迤板橋西，俯仰清溪側。薄物世所遺，采掇欣有得。悠然盈傾筐，延詠忘朝食。

題美人歲朝圖

和氣散林皋，江梅香滿屋。佳人愛新節，朝光畫眉緑。素琴静清聲，翛然倚脩竹。不須粉繪，如見美人。覺周昉諸人，秪傳形似。

月蝕詩

庚辰七月夜十五，清光圓圓燭天宇。斜明刮露侵窗扉，蟄蟲亥豕眼分數。俄驚蟾蜍入絳津，姮娥孀獨含悲辛。氣嬌力怯不相敵，四分五分挂半輪，九分十分明光息。斗牛氣亂渾如墨，望舒鑣轡頓金樞，棟傾舟覆迷南北。吾聞皇天無私泰階平，二紀五緯誰相争。日完其朔不掩望，昌吴融漢惟淪精。胡爲氏羌重譯稱臣妾，陰靈圓夜遭震慴。予欲上天護頹魄，無梯難向青冥躡。

寒食日，龍友于旦招集歸愚書屋，感舊述懷，用昌黎《寒食出遊》韻

一百五日倏復來，群陰盡剥陽氣盛。惠風出谷雲霧開，霽色花光共輝映。病夫寂寞卧蓬蒿，囊空莫與繁華競。忽逢朋輩遺長鬚，招我城南共遊詠。林塘歷盡入溪灣，到門始覺日影正。滿堂豪翰筆不停，猛氣紛紜鼓已更。曹鄶淺陋真小邦，曷敢與抗惟禀命。憶昔横山有遺老，海内獨司《騷》《雅》柄。良辰燕賞集嘉賓，泉流風發交相慶。當時豈有文雅飛，但期不失門人敬。詩壇十載淪荒蕪，墓門草塞音容夐。荒郊茆屋晝閉門，得句欣欣謂予聖。那堪畏友今盈前，陳劉應徐四座併。鉥心劌目豈人工，文章窈渺出天性。洪濤初過澄波鮮，平坡未盡奇峰横。諸公才調皆掞天，如予只合遐荒迸。奈何並轡得聯鑣，好醜妍媸同一鏡。雕蟲小技不足豪，正變源流那能政。由來天物忌刻削，萬事終須蓄餘勁。日斜投筆酌深杯，束手高齋聽號令。中一段感舊述懷，悼横山先生已亡，無人主持風雅也。一氣卷舒，略無痕迹。〇連上一章，皆三十歲時作。

冬夜懷天寧曇長老

野塘無暮柝，燈暗識深更。溪盡斷人語，月明聞櫓聲。薄帷塵夢冷，趺坐道心生。遥憶安禪客，龍眠萬慮清。

謁韋刺史祠

平生輕吏舍，祠宇傍宫墻。誰載花林酒，來分畫戟香。道心棲野寺，詩思冷秋塘。日暮瞻遺像，斜陽正滿堂。

牡丹

深院東風入，開簾香氣清。名花愁采摘，獨立殿殘春。格貴誰求價，庭空欲避人。玉臺今寂寞，對爾覺傷神。此因牡丹而悼亡也。五、六語獨見清新。

杏花

零落江梅悵别離，小樓人静倦吟詩。孤村花發春當路，十日雨晴紅滿枝。谷口耕夫歌斷後，壇邊漁父棹回時。南軒老樹誰相賞，日暮凄涼傍酒旗。『數枝艷拂文君酒，半里紅欹宋玉墻』，自是凡筆。此則清遠過之，論品格，不論風藻也。

遣愁

老屋欹斜挂薜蘿，柴門寂寂斷經過。擁堦梧葉落無數，帶雨黄花開正多。《三易》龍蛇輕動蟄，《二南》鐘鼓自平和。素心人遠誰同調，絺綌凄風獨放歌。動蟄則悔吝生焉，平和則崄巇泯焉。二語已見《易》《詩》大旨。

邵曾訓

字戭園，江南無錫人。諸生。戭園書法力追晉人，邑中人士多宗之。自王虚舟吏部移居無錫，人皆舍邵宗王矣。輕道藝，重人爵，不勝慨然。

蠶婦吟

姑采墻下桑，婦采陌上桑。桑葉昨嫩今日老，天氣今晴昨日好。一解。嗟蠶無糧，婦詛枯桑。鄰桑沃若蠶早熟，四月新絲上杼柚。種桑亦愛枝葉多，空抱本根奈爾何。二解。守候蠶眠不思卧，麥秋寒覺夜難過。蠶荒舅姑怒，蠶熟新婦苦。三解。今年四月少晴時，蠶病家家不出絲。新絲價長舊絲上，舊絲未賣新絲當。四解。有絲不上身，有絲不賣人。縣官徵比已赦租，家主只恐鬻無膚。五解。古意古聲，蠶家之苦已備。

蔣廷鉉

字律先，江南吴縣人。諸生。著有《半關詩集》。〇半關嗜義山詩，不喜老杜，不知義山詩正從老杜出也。玆録其有神韻三章，得義山之一體者。

落花詩和韻

王孫何事不重遊，零落穠華略似秋。燕蹴恰逢沾舞袖，風扶猶欲上歌樓。今生約已東皇判，未了緣從夕照留。色相由來揔無著，有生只合住丹丘。第四語寫得無情者有情。『今生約』『未了因』〔一〕，天然對偶。合之《感舊》二章，知借題以託興也。裵回吟誦，輙唤奈何。

感舊

玉洞桃花也自紅，擬將爛漫答春風。豈知狂客歸來晚，零落青山碧澗中。

習静長翻《般若經》，每依月觀與風亭。自從環珮無消息，簷馬丁冬不忍聽。

殷譽慶

字彦來，江南江都人。◯王漁洋嘗稱殷彦來之才，憐其屈抑未遇。余未與相識，覓其稿，不易得矣。於友人處得近體二章，皆首尾完善，有聲光者。

玉山亭

萬頃澄光倚翠屏，磯頭縹緲峙孤亭。窗收吴楚千帆白，座揖金焦兩點青。高岸浪交遥似没，

〔一〕未了因，詩中作『未了緣』。

危崖木落倒堪聽。扁舟待渡依江滸，疑有魚龍積氣腥。

暨陽懷古

此地勾吴戰壘開，尚餘重鎮楚江隈。城邊斥堠連天遠，海上魚龍捲浪來。黄歇塚荒迷蔓草，延陵碑古蝕蒼苔。西風入夜嗚哀角，并和砧聲徹曉催。

李嶟端

字蒼存，江南盱眙人。著有《焚餘稿》。○王漁洋稱蒼存詩文從衡有奇氣，江淮間才士。今讀其集，工麗之作居多。

寒日登寶積山，與客談宋南渡事，懷古有作

自注：宋與金和於此山，納歲幣，因以得名。

愁雲萬疊鎖層峰，石徑猶疑戰馬蹤。南渡衣冠慙小國，北人臣妾視高宗。金繒不惜抛流水，社稷何曾復故封。登眺枉爲韓、岳恨，夕陽寒寺一聲鐘。

芳樂苑故址

王氣江東勢漸傾，紛紛土木壯臺城。苑從趙鬼歌中起，花向潘妃步底生。蔓草久依馳道長，清塵無復屬車行。山僧莫更談遺址，落日秋風只雁聲。東昏從趙鬼之言，起芳樂苑、鑿金爲蓮花，貼地，令潘妃行其上，曰『步步生蓮花』也。三、四屬對，已盡芳樂之概，下就故址言之，落句與前寶積山一結相似。唐人許丁卯亦每有此病。

仲春漫興

午困常貪睡不醒，殘書架上任零星。年饑未敢呼庚癸，命賤何煩問丙丁。踈幕婢留飛燕路，小窗童挂護花鈴。春來頗説山遊好，愛惜芒鞵嬾踏青。隊仗工穩，不落小家。

張元昇

字時升，江南江陰人。布衣，著有《半園詩》。○半園早歲壯遊，中年後隱居荒江之濱，不與人接。吾友王子韓起時爲余誦其佳句，然欲一見其人，無由也。既讀其遺詩，韓起所誦之句俱不入選中，意者自嫌工巧，未歸高格耶？余嘗寄詩贈之，中云：『潮回疑蝕岸，雲動欲移山。穴並臺佟鑿，門同栗里關。』傾倒之者素矣。

坐友人東軒對月

今夕不爲樂，明月竊笑之。故人有好懷，招我坐軒墀。涼風颯然至，葛巾吹欲攲。金樽泛清酤，滿酌不容辭。蕭條人間世，昔人渺難期。作者詩學杜陵，一起又却似太白。

舟中

一身嗟浪迹，九月更浮舟。宿鷺依頹岸，寒花逐亂流。江雲昏對雨，市火細明樓。漂泊孤帆暝，悠悠動旅愁。氣味近杜，不在形貌。

眼復明呈諸舊遊

不信多愁眼，還堪照古今。皇天終不棄，孤客亦何心。身世宜新哭，山川續舊吟。但能從我好，窮餓自鳴琴。亦突兀、亦骯髒。

贈別雲間高日采

兀傲嗟予舊，清狂識汝新。蒼天憐骨格，老眼拔風塵。倚劒寒燈夜，題詩異國身。從來嵇性懶，相對獨情親。沉鬱蒼涼。

乍見真堪樂，將歸却可憐。亂山孤客影，斜日欲離天。別淚江亭上，鄉心馬首前。淒涼分手處，後會在何年。上章言會合，下章言送別，詩中章法。

度隴雜詠

寂寞經荒縣，蕭條只幾家。邊雲迷古堞，嶂月冷清笳。小市都無米，居民不解茶。破檐門不設，愁殺曉風斜。

高秋

寂寞高秋晚，微霜下古城。西風吹髩老，落葉入詩清。天地孤鴻影，關山畫角聲。只思歸去好，閒卧聽春鶯。『落葉入詩清』五字，苦吟而得。

過雁

遠渡湘江水，來悲海國秋。幾重黄葉路，萬里曉霜愁。片影迷寒月，孤聲落暮樓。西風正蕭瑟，對汝淚堪流。

曹叔方以久客夜吟題請予賦詩 自注：叔方，楚人，時值兵亂，流寓江陰。

清漏迢迢夜正闌，寂寥孤館劒光寒。半天霜墮杵聲急，一院月明人影單。海國燕鴻秋思苦，湘山烽火楚城殘。自憐頭白不歸去，空倚西風泣路難。

晚秋感懷

霜濃日瘦半溪陰，一片西風百感侵。窮海天高寒鬢影，空山木落老秋心。年荒貧病堅辭鶴，竈冷淒涼泣問琴。却歎吟殘重岑寂，更誰載酒過花林。五語言無糧放鶴，六語言無柴爨琴也，貧况可想。

夏　弘

字任遠，江南揚州人。◯殷彦來寄亡友夏任遠詩於漁洋，漁洋賞其中有晚唐佳句，并謂彦來友道可風，皆古人誼也。見《分甘餘話》中，附記於此。

秋夜讀《九歌》

娟娟涼月生虚壁，酒罷攤書讀《九歌》。興託美人情最切，思深公子怨何多。湘皇淚雨滋蕵竹，山鬼悲風帶女蘿。一夜寒砧催木葉，洞庭今已起微波。末點秋夜，仍關映《九歌》。

春寒

門掩蒼苔一徑中，鞦韆閒在曲闌東。梨花落地半窗雨，柳絮入簾三日風。鬭草懶舒紅袖冷，啼鶯無奈畫屏空。江南二月韶光賤，孤負枝頭蛺蝶蘐。搖之、曳之，風神無限。

孔東塘博士招同人集傍花村

傍花村裏花如雪，撲席浮觴二月時。莫向伶人争畫壁，雙鬟都唱使君詩。死事活用。

廖燕

字人也，廣東曲江人。諸生。

飲酒

萬古此一時，天地爲我宅。紛紛各有求，何時免憂戚。我心清且閒，順逆等朝夕。微酣意自佳，興至境多適。悠悠欲忘言，仰睇寒空碧。是飲酒起法。

劉祖啓

字顯之，廣東東莞人。貢生。

喜鍾翀是至

草色滿階除，君來獨慰予。人當離亂後，交在死生餘。冒雨沽村酒，衝泥得野蔬。共談身世事，款款月來初。

王文潛

字清淮，廣東南海人，布衣。◯清淮流寓吴中，落拓不偶。詩成，隨手散去，他人襲之，亦不知爲己作也。客死，同人葬於虎丘之半塘。詩一首，從友人册子中録出。

丙申歲春留别松蘿

驛路梅開春正芳，歸心偶動問輕航。經年半醉湖田上，自注：松蘿隱居湖田。何日重携虎阜旁。煙水夢魂千里月，乾坤吟嘯一頭霜。同懷莫訝輕離别，難遣羅浮業盡荒。留别後仍未得歸，卒歿於旅寓，亦可悲其窮矣。

黄河澂

字葵之，廣東南海人。著有《葵村詩》。

歸燕

昔别依窮海，今來逐暖風。細微無物役，飄泊有人同。正喜銜花語，仍勞葺壘工。遥憐楚江外，棲止盡林中。寫歸燕，而己之去來無定亦在其中，詠物詩須如此作。

送胡長史從軍鬱林

野燒明虚帳，秋聲落戰旗。可能聞笛夜，相忘在家時。阮瑀工書劄，陳琳解賦詩。知君年少日，曾慕帝王師。

嬌女

嬌女如新月，微光欲照人。眼邊頻顧汝，掌上更無珎。紺髮剪齊額，紅衫裁過春。歲華看漸老，歡喜入佳辰。比嬌女以新月，不類而類，情至者知之。

邊馬

暴露風霜早，長嘶傍塞門。殁無文梓槨，身有僕姑痕。暮齒愁相棄，成功不與論。殊方來汗血，玉輦日承恩。三、四典雅，結意深遠，明皇用蕃將代漢將，言外可思。

南海神祠

神奠南溟靖海妖，開門風浪極天遥。凌虚臺榭觀初日，排仗魚龍候早潮。祝版御名皇帝署，祠官儀品太常標。地靈不共桑田變，賸有唐碑歷數朝。

翁　誥

字元將，江南吴縣人。上舍生。

題金亦陶《運甓圖》

清談坐嘯晉祚坼，五馬南奔避劉石。長沙勵志向中原，朝暮州齋運百甓。樗蒲戲具牧奴事，生既無聞死何益。高論猶堪振懦夫，光陰分寸誰珍惜。金君名字慕古人，昂藏磊落自寫真。雞群獨立千里鶴，形貌不與尋常論。八州富貴非所羨，名山大業當精勤。君不見，棄官歸去彭澤令，祖孫高躅千秋敬。撫松采菊良可師，運甓君偏希士行。吁嗟乎，少年掣電須臾過，努力不早奈老何，及時矻矻休蹉跎。亦陶之考爲孝章先生，能抱淵明之節者。亦陶不師淵明，而師淵明之祖，意各有取也，然亦陶非用世人，故云『八州富貴非所羡』，而勉以能惜分陰，用意微至。

郁揚勳

字欽諧，江南吴江人。諸生。

憇徐氏北園池上

秋雨晚初霽，欲送千里目。攬兹一峰翠，秀色澹秋菊。奇石叠崩崖，歸雲卧巖腹。登頓歷易盡，穿林下平麓。靄靄謝公園，閒門枕山足。清暉拂衣袖，歷亂森喬木。溪堂雜菱荇，沙嶼散鳧鵠。園碁曾幾時，已動西州哭。因悲平津邸，世事變涼燠。三詠華屋詩，徘徊倚脩竹。司寇公北園，余及見其盛衰。作者此詩應在初零落時，故有『世事變涼燠』之感，今則廢爲義塚矣。曲池之平、華屋之傾，古今一轍，可勝慨然。○此詩稿本所無，四十年前，友人遊徐氏荒園，從壁間録出。愛其閒遠含藴，轉存是篇。

吳之驎

字鳴夏，江南歙縣人。諸生。○此友生吳太史瑾含祖也，詩稿甚富，瑾含郵寄，偶然散失，秖存《記憶》二章，比於吉光片羽，惜之，益珍重之。

登金山墖

踏盡層梯到半空，洪流一柱鎮蛟宫。羲娥近走簷楹際，江海平分指顧中。帝子鳳笙吹縹緲，仙人桂館啓鴻濛。三山采藥堪長往，我欲歸乘萬里風。

賦此題者過於求奇，每流荒幻。若此氣足神完，無一閒筆浪墨，洵推高唱。

出寧羌馬上漫成

亂鴉散盡曉煙濃，馬首青横劒外峰。斥堠東連秦鎖鑰，雍梁西界漢提封。天邊鳥道秋無際，雲裏猿聲樹萬重。極目黎城何處是，西風寂寂下高舂。

先著

字遷夫，四川瀘州人，遷於金陵。著有《之谿老生集》。○遷夫自云先世瀘州，或云託言蜀地，并託言姓先，猶明代之孫一元，不知果秦人否也。詩有生趣，不必以正聲繩之。

述懷

勞生百年内，患有人之形。一身歸虚無，萬念偏營營。雖有賢智人，惟與憂患并。不能棄人紀，焉得辭天刑。絶類廢群生，造化難爲情。已矣何所逃，安之以無争。老氏之學，歸到不能棄人，紀安之以無争，仍是孔門一脉矣。

堰北水

堰北水，一日高一尺，十日一丈强。秋來淫雨多，千里萬里洪流長。報水汎人善泅水，入水不愁沉水底，順流一日五百里。自注：裹皮毬泅水面，日五百里。脩堤築堰年復年，安得水勢倒行還上天。決口乍塞塞口決，明年再請司農錢。

病起截句之一

移植甘蕉爲緑陰，經年長大已成林。天寒霜落休輕剪，恐有秋來未死心。自寫逸民身分。

贈海雲子

相逢炎月亦蕭森，來處家鄉是古斟。自注：壽光，即古斟國。與論山川幾人物，仕秦王猛亦何心。自注：景略縣人。◯苻堅得王猛，幾同昭烈、孔明魚水之合。然責其不仕晋，而仕秦，自是正論。

邵陵

字湘南，江南常熟人。著有《青門集》。◯青門詩以流易爲工，不出眼前景、口頭語，自能奕奕動人。然一時宗其説者，每流入打油釘鉸一派，去風雅遠矣。所存一章，殊有生趣。

江天寺

半空蜃氣結樓臺，滬裏須彌亦壯哉。狠石未能超海去，怒濤直欲上山來。雲堂暮鼓齋時動，煙渚秋帆雨後迴。試向江天亭外望，似萍身世實堪哀。能造奇語，而不入粗浮。